AF131718

Sous un ciel égyptien

Tome 1 :
L'envol du Lotus

Armelle Hanotte

SOUS UN CIEL ÉGYPTIEN

Tome 1 :

L'ENVOL DU LOTUS

Armelle Hanotte

ROMANCE

www.soromance.com

À la recherche des Anciens...

Ouvrir ce livre,
C'est découvrir des mystères,
Aussi libres que l'air,
C'est grimper les vallées,
Et ses profondeurs à traverser,
C'est déceler la Vérité,
Car en toi elle est.

Ouvre ce livre et évade-toi, mais sache que mystère
il y aura.

Partie 1 :
L'âme a dit

« Incline ton oreille pour entendre mes paroles. Et applique ton cœur pour leur compréhension. Car c'est une chose profitable de les mettre dans ton cœur. »

Admonition of Amenemope the son of Kha-Nekht

Sable doré

« Viens donc, entre par cette porte de cette salle des deux Maâts, puisque tu nous connais. »
Formule du livre des morts.

J'ouvre les yeux, prise de peur. Ce vacarme m'extirpe de mon sommeil. Il me faut un certain temps avant de me rendre compte que mon corps n'est plus dans le lit ni dans mon appartement. Il est allongé sur le sable chaud, à la recherche d'une explication. Les grains me brûlent la peau tandis que le soleil m'aveugle. Je ne sais pas où je suis ni où je vais. La chaleur m'emprisonne, m'étouffe dans ce que je crois être un désert. Toutefois, le silence m'apaise. Il fait si calme qu'on entendrait une mouche voler. Je ne comprends pas tout de suite pourquoi je suis ici, ni dans quel but et encore moins quel est le bruit qui m'a réveillée. Je me sens tout étourdie. Un sentiment d'inquiétude me traverse. L'angoisse coule dans mes veines. J'observe les alentours, intriguée. Il y a des dunes à perte de vue, et en particulier les trois pyramides de Gizeh qui s'élèvent avec fierté. À part ces trois monuments, rien ne décore le paysage. Le souffle du vent me caresse la peau. Maintenant, je sais. Mes idées se remettent en place. Je suis de retour. Ces songes envahissent mes nuits depuis des mois.

Aucun son ne me parvient aux oreilles, à part celui des bourrasques. Sous cette canicule insoutenable, ma gorge devient sèche. Je peine à avaler ma propre salive. L'envie de boire se fait vite ressentir. Les parois de ma bouche sont desséchées. Je me relève dans l'espoir de comprendre la signification de ce rêve. Cette étrange sensation me possède toujours. Vous savez, celle d'un déjà-vu, celle d'un vécu lointain qui ne me quitte plus ? Je réalise soudain que je suis seule au monde. Cet endroit n'est pas bondé par les touristes, qui habituellement, se ruent sur les pyramides. La ville, qui devrait se trouver assez proche du site archéologique, n'est plus. Le Caire a disparu, laissant place au désert. Je suis l'unique personne présente, alors que je me trouve à quelques mètres à peine de Gizeh. L'Égypte ancienne me passionne depuis toujours, je pourrais m'y rendre et visiter les lieux, voir ce qu'il s'y passe ! Pourtant, la peur me prend aux tripes. Mon estomac se resserre. L'angoisse me prend d'assaut. L'hésitation sème le trouble dans mon esprit.

Ce n'est pas la première fois que je rencontre ce phénomène. Mes rêves sur l'Ancienne Égypte se succèdent et les précisions se font de plus en plus fines. Je ne peux en sortir de mon plein gré, puisque chaque songe amène un message. Néanmoins, l'effroi suffit parfois à me ramener au lit auprès de mon mari.

Debout, face aux dunes qui n'en finissent plus, j'observe l'horizon à la recherche d'une échappatoire. Aucun dromadaire ne se promène sur les lieux, pas même une voiture abandonnée comme on le voit si souvent dans les films hollywoodiens. L'inquiétude s'intensifie au creux de mon ventre. Impossible de fuir. Je suis au cœur du désert, de cette masse de sable et au fond de moi, je sais. La seule façon de revenir à Mons, dans mon petit appartement bien douillet, est de découvrir la Vérité. Vous savez, celle qui gît au fond de nous, de notre âme… M'échapper, comme j'ai l'habitude de le faire, ne me sert à rien. Les rayons du soleil enflamment mon corps pendant que l'affolement me consume. J'en ai presque le souffle coupé.

Mes pieds s'enfoncent dans le sol qui enflamme chaque parcelle de ma peau. Les grains de sable me piquent sous la force de la brise, telles des aiguilles qui se plantent dans mon épiderme. Toutefois, cela ne suffit pas à me déplacer. Je ne bouge pas, comme paralysée. Je reste debout comme un piquet. Mes yeux sont rivés sur ces pyramides et le sphinx. Ils semblent si réels, si vrais. Ils se tiennent là, devant moi, s'étendant à plusieurs mètres de haut. Il m'est impossible d'imaginer leur taille de là où je me trouve. L'histoire d'une seconde, j'ai l'impression que ce sphinx se déplace, qu'il vient à ma rencontre, mais cela ne doit être qu'une pure illusion. Un mirage, rien de plus. C'est fort commun dans ces endroits si arides, en pleine sécheresse. Ce phénomène d'optique pourrait me rassurer dans l'idée que ce songe n'a aucun sens, cependant, la terre tremble sous chacun de mes pas.

Cette sensation persiste. Je ressens vraiment la présence de cet environnement, de ce vent chaud, de cette douceur dans l'atmosphère, comme si j'y vivais depuis des années, comme si ce rêve n'en était pas un... Cependant, le désir de rentrer à la maison se fait de plus en plus fort. Mon esprit ne souhaite pas se frotter au danger. Petite nature que je suis... Néanmoins, quelque chose, quelqu'un m'attend là-bas, sur place. Je le sais, j'en suis sûre, et pourtant, je ne me sens pas prête à le rencontrer, ni à l'affronter. Peut-être est-ce un Dieu ou un guide spirituel ? Peut-être veut-il me montrer le chemin à prendre ? Mais ai-je seulement le courage de l'écouter et de le suivre ?

Pendant que je rumine, troublée, ce sphinx paraît de plus en plus près. Mes yeux se ferment. Il faut me calmer, retrouver ma sérénité. Tous mes sens sont en éveil. La frayeur m'alarme. M'évader, partir, M'échapper, voilà ce que je désire. J'inspire et expire à de multiples reprises. Ma respiration se calme et reprend un rythme normal. Je m'imagine dans mon lit, sous les draps, dans les bras de Christian, mon mari. Tout semble s'arrêter autour de moi, autant le vent que les tremblements. Les grains de sable ont cessé de me briser.

Soudain, je perds l'équilibre et me sens aspirée d'un coup sec. La chaleur me quitte aussitôt, la fraîcheur de ma chambre me colle à la peau. Ce trou noir m'engloutit, me dévore avant que je ne reprenne mes esprits. En deux secondes, j'abandonne ce songe. Il ne me faut pas plus longtemps pour me redresser. Il est trois heures trente-trois du matin. La nuit entraîne les pièces de l'appartement dans les ténèbres. Un silence de mort règne. Des sueurs froides perlent sur mon front. Je m'arrache du matelas, tremblante, afin de boire un verre d'eau frais. Tout cela n'est pas réel, Romane, ce n'est qu'une illusion, qu'un fantasme. Tout le monde sait que les rêves proviennent de refoulements, de ce que l'on voit la journée. Ton cerveau travaille, te joue des tours, c'est tout. Bien que j'essaye de me rassurer, les membres de mon corps continuent de trembloter.

Christian dort toujours d'un air paisible. Sur la pointe des pieds, mon corps se dirige vers la cuisine. Ma main cherche l'interrupteur à tâtons. Mes yeux se plissent lorsque la lumière m'éblouit avant qu'ils ne s'habituent à son intensité. J'attrape un verre pour me servir au robinet.

Le liquide rafraîchit ma gorge. Ça me fait un bien fou. Le temps de me ressaisir, puis je retourne au lit. Il faut que ces insomnies cessent, que mon sommeil soit réparateur, toutefois, il est hors de question d'en toucher un mot à Christian. Mon mari a horreur de ce pays, de ses mœurs et de son climat. Il supporte très mal la chaleur et les hautes températures. Ce dernier déteste cette admiration que beaucoup trop de personnes vouent à l'Égypte ancienne. Il a toujours été très catégorique là-dessus, ne souhaitant pas ressembler à ces fanatiques. C'est dommage, car ces terres et leur histoire ont tellement à nous apprendre ! Christian aurait aimé me voir transportée par la Révolution française ou la révolution belge pour son indépendance. Toutes ces guerres de pouvoir dans lesquelles il est spécialisé, étant historien. Cependant, mon cœur en a décidé autrement.

Mon corps, mon esprit, mon âme ont choisi l'Égypte, et peu importe ce que l'on me dira, je sais au fond de moi ce qu'il me reste à faire — voyager sur le Nil pour calmer l'essence de mes songes.

Un matin parmi tant d'autres

« Que ton intelligence comprenne mes paroles et que ton cœur les mette en pratique, car celui qui les néglige ne connaît plus la paix intérieure. »
Aménémopé

Je me réveille difficilement avec un mal de crâne carabiné, ce qui ne m'étonne pas avec une nuit si mouvementée. Mes membres sont lourds ainsi que mes paupières. C'est une calamité de sortir de ce lit si doux et moelleux. Il y a des matins comme ça où on aimerait rester sous la couette et ne pas travailler. Toutefois, on n'a pas vraiment le choix. Les rideaux ouverts, la lumière illumine la chambre. C'est donc à contrecœur et d'un pas nonchalant que je me lève pour rejoindre Christian dans la salle à manger.

Je remets mes idées en place autour d'un petit déjeuner, un tendre croissant chaud et une tasse de thé. Mon homme a pris l'habitude de me déposer le plat sur la table avant de partir au boulot. Il travaille à l'université de Mons en tant que professeur d'histoire, pendant que j'exerce mon métier de psychologue clinicienne dans mon cabinet. J'ai quitté l'hôpital, fatiguée par ma collègue secrétaire, incapable d'organiser un horaire correct avec mes rendez-vous. Les coups bas m'ont épuisée, la jalousie et l'hypocrisie aussi. Cette atmosphère n'était plus tolérable. Depuis, je travaille comme indépendante. Cela m'apporte beaucoup plus de liberté dans mes heures, je suis bien plus en accord avec moi-même.

Tandis que mes papilles dégustent le croissant, l'horloge au-dessus de ma tête affiche huit heures vingt. Entre la passion de Christian pour les livres sur la Révolution française et ses objets de valeurs, et la mienne pour les statuettes de Dieux égyptiens, notre appartement a un style très vintage. Je vous laisse imaginer le choc historique du salon à la cuisine.

Après avoir dévoré mon petit déjeuner, je file enfiler ma tenue. Le boulot à la maison a ses avantages, mais ça ne m'empêche pas d'être en retard. Dans une petite demi-heure, ma patiente sera là et je ne suis pas encore prête. Le rêve de cette nuit me turlupine. Il occupe mes nuits et envahit mes pensées le jour. Ce sphinx s'était bien détaché du sol pour venir à moi. Que souhaitait-il me dévoiler ? Aucune explication ne semble plausible. La psychologue en moi placerait tout son raisonnement sur les pensées déréelles typiques lors du sommeil, cependant, mon âme me chuchote que c'est faux. Ce songe possède bien une signification. Toutefois, à qui puis-je en discuter ? Ma propre thérapeute me parlera de refoulements profonds, de mécanismes de défense et du blabla que je connais très bien, puisque je souhaite tant visiter ce pays de cœur. Elle me dénichera une raison qui semblera logique pour tout le monde, excepté moi. Je n'en parle que très peu à Christian, car il ne supporte pas les conversations sur l'Égypte. Selon lui, la visite sur le Nil n'est qu'une histoire d'argent, de business. Cela me déçoit. Non, cela m'offusque, car je crains de ne jamais voir de mes propres yeux ces merveilles — les temples, les sites archéologiques, les hautes statues symbolisant les Dieux.

Une fois vêtue, je descends pour accueillir ma patiente. Mon tatouage sur l'avant-bras est dissimulé par ma chemise blanche. L'œil d'Horus signifie beaucoup à mon égard. Il représente ma connexion à l'Ancienne Égypte et ses trésors. Il désigne la protection que les Dieux m'accordent. Leur bienveillance m'enveloppe, rien qu'à y penser. Évidemment, personne de mon entourage ne connaît la dévotion que je loue à ces croyances. Ils me traiteraient tous de femme insensée, de psychologue devenue folle à force de côtoyer des fous, des clichés bien présents dans une société dite ouverte d'esprit.

La sonnette retentit à l'entrée. La porte s'ouvre et je découvre Madame Dubois en piteux état. Ses yeux sont rougis par des pleurs. Ne parlons pas de ses énormes cernes et de son teint aussi pâle qu'un cachet d'aspirine. Je devine aussitôt le tournant que prendra la consultation aujourd'hui. Le travail m'attend…

☥

La nuit tombe sur la Belgique. La ville de Mons est en grande partie habitée par une population estudiantine, encore dehors à cette heure tardive, fêtant je-ne-sais-quoi. La musique dans les ruelles apporte une ambiance de jeunesse oubliée. Je ferme à double tour mon cabinet avant de me rendre dans l'appartement. Les récits de mes patients m'ont exténuée, l'un reste bloqué sur les paroles de sa femme quand l'autre angoisse au détail près. Je ne remarque aucune évolution dans leur comportement. Il va me falloir changer de méthodes. Ces derniers se mentent à eux-mêmes à dire qu'ils essayent les solutions proposées, qu'ils les mettent en place. Je vois bien que non et que leur état se dégrade. Ce métier est bien plus compliqué qu'on ne le croirait. Madame Dubois semble, par ailleurs, anéantie par la vie depuis que son homme l'a quittée pour une autre, pendant que Monsieur Guy n'avance à rien. Il tourne en rond autour de sa bien-aimée qui le trompe depuis bientôt cinq ans. Les personnes ont toujours le choix : celui d'avancer, de progresser, ou de stagner. Bien sûr, tant de mécanismes rentrent en compte, tout est plus complexe qu'une décision à prendre, mais il faut apprendre à faire le pas.

Personne ne nous a enseigné que la vie était facile. Au contraire, sortir de sa zone de confort est plus compliqué qu'on ne le laisse croire. Il faut faire plus d'efforts… Notre bonheur en dépend. Christian me dit souvent que je tiens trop à eux. Il y a juste une nuance à ce qu'il pense : je m'inquiète pour la santé mentale de ces personnes.

En parlant du loup, ce dernier rentre d'une humeur fracassante. Il jette sa sacoche au travers de la pièce. Elle atterrit dans un coin et, la cerise sur le gâteau, touche au passage mon vase qui se brise en mille morceaux. Sans excuse, il s'enferme dans la chambre. Je n'ai ni bonjour ni baiser. Notre communication s'effrite au fil des jours. Pendant qu'il fait sa crise de colère, je ne cherche pas à le rejoindre. Mon mari a besoin de solitude dans ces moments-là. Il a certainement passé une mauvaise journée, ou reçu une nouvelle désagréable. La tension dans l'appartement m'oppresse. Cet air glacial entre nous me refroidit. Comment réagir face à un homme aussi fermé ? Il ne se confie plus à moi depuis plusieurs semaines. Tu n'es pas ma psy, répète Christian sans arrêt…

Caressant ma nuque douloureuse, après avoir passé des heures sur mes fichiers, je me redresse. Il ne reste plus qu'à ramasser les dégâts et ranger une seconde fois le salon. Comme si je n'avais que ça à faire… Passer derrière ce fourbi. Chaque soir, je passe des heures de mon côté, dans la cuisine pour préparer le souper ou à lire sur le canapé. Mon cœur est persuadé que mon mari viendra s'excuser, justifier son comportement. Néanmoins, cela devient de plus en plus difficile de supporter ses excès de violence. Je n'ai pas trop la tête à ça après une journée à écouter les plaintes et les problèmes des gens.

Le bruit des morceaux de verres brise le silence dans l'appartement. Un autre vase de cassé… Si j'avais osé briser un de ses objets de valeur, il m'aurait tué. Moi, je n'ai pas un mot à dire. C'est de la camelote… Mes pensées, tourmentées, sont troublées. Mon couple part en vrille sans que je ne puisse agir. Mes cauchemars s'enchaînent, ma santé s'épuise. Quand on y réfléchit, je suis une copie de mes propres patients. Une pause s'impose, dans la nature ou dans un endroit qui me ferait du bien. Il faut que je trouve mes bases, les origines de mon âme. J'ai besoin d'air frais. Beaucoup de connaissances me conseillent de faire le plein d'énergies vives, réconfortantes, de faire ce qu'il me plaît. En réalité, je sais ce qu'il me manque… J'ai besoin de l'Égypte.

À présent que le sol est nettoyé, je ramasse la sacoche, qui par malheur, se renverse. Je soupire, exténuée. Des centaines de copies de ses élèves s'étalent sur le carrelage. Je ferme les yeux et ravale mes larmes. *Ne craque pas, la journée a été assez difficile comme ça. La tristesse va se dissiper, il suffit juste d'inspirer et d'expirer. Respire.* Cependant, je sens sa présence dans mon dos. Christian n'a émis aucun bruit en quittant la chambre. Je ne l'ai pas entendu tant je suis préoccupée. Ce dernier pose sa main sur mon épaule en guise de soutien, puis récolte les feuilles à terre.

— Désolé, je suis fatigué. Le travail m'a tué aujourd'hui.

Je hausse les épaules. Nous avons tous des difficultés dans la vie, certains choisissent juste de ne pas l'exprimer avec tant de colère. D'ailleurs, Christian a toujours attendu de moi la compréhension, l'écoute, la patience, puisque je suis psychologue. Le monde a tendance à oublier que je suis une humaine avant tout. Il m'arrive de perdre le contrôle, mon calme et d'à mon tour, râler sur tout ce qui bouge.

— Pas de soucis. Tu m'aides à préparer le souper ? demandé-je d'une voix pâteuse.

Je n'ai plus la force de cuisiner, en particulier seule. Il y a des jours où j'aimerais tant retrouver mon Christian, cet homme doux qui partageait les tâches ménagères avec moi. Le temps semble avoir changé la donne.

Mon mari sort son téléphone de sa poche avant de répondre :

— On commande une pizza ?

Un mouvement de tête et voilà sa proposition confirmée. Tout ce que je désire, c'est de manger et de me doucher pour enfin filer sous la couette. Toutefois, l'idée d'être une nouvelle fois face aux pyramides m'effraie. Je revois, ressens ces images, chaque scène dans les moindres détails — Gizeh, le sphinx et ce sable brûlant. Je n'en touche pas un mot à Christian qui paraît assez agacé par son boulot. Je trouverai bien une occasion pour en discuter avec lui un jour.

— Parfait, je reviens tout de suite. Je passe aux toilettes.

Je l'abandonne là avec son sac. Après tout, c'est lui qui l'a balancée dans le vide sans réfléchir. Je refuse de me reprocher cet acte. La vessie pleine, je fais ma petite commission. Mes paupières sont si lourdes. Ça va être difficile de tenir debout d'ici la livraison. Qu'est-ce que j'ai hâte de me mettre au lit et d'apaiser mon esprit !

Des paroles dans le vent

« Ne passe pas la nuit à te soucier du lendemain.
Quand le jour se lèvera, que sera demain ? »
Amenope

Cette soirée pizza tourne au fiasco. L'ambiance est pesante, l'atmosphère tendue et le silence m'oppressent. Je mâchouille mes parts dans le calme. Un malaise s'impose entre nous. Il m'est impossible d'amener plus de gaieté ou de chaleur dans ce salon qui me paraît soudain si froid. Quel effort y a-t-il à faire face à un mari distant et renfermé ? Je ne retirerai rien de lui... Mes pensées se bousculent et je me torture l'esprit sans trouver de sujet de conversation. Mon couple tire sur sa fin, ça sent à plein nez, cette odeur d'amertume et de rupture. J'ai l'impression que plus rien n'est comme avant. Où est passé ce temps où il riait à mes côtés ? Où nous échangions nos secrets les plus profonds ? Où s'est envolée cette connexion de nos deux âmes ?

Trois mois se sont écoulés depuis qu'il a changé de comportement. Mon cœur se brise un peu plus chaque jour, mais je refuse de voir la réalité en face. Si nous ne nous bougeons pas, dans un an, ma bague au doigt ne sera plus. Je ne sais dire pourquoi, cependant, mon intuition me chuchote qu'une épreuve se trace sur ma route, qu'une autre âme m'attend. Nous ne partageons plus autant de choses qu'auparavant. Christian ne me raconte plus ses journées, il n'écoute plus les miennes. Une distance s'est créée dans notre couple sans même que je m'en rende compte. J'ai fermé les yeux trop longtemps, je le sais. Dès qu'il a cessé de me toucher et de m'embrasser, j'ai pris du recul. Chaque soir, le train-train quotidien se répète. Tandis qu'il se plonge dans son livre — *Que demande le peuple ?* de Pierre Serna — je partage mes craintes avec ma meilleure amie. La douleur me traverse et pourtant, mon cœur n'a pas envie de réparer les choses.

— Comment s'est passée ta journée ? me demande Christian, faussement intéressé.

Ses yeux ne quittent pas l'écran de son téléphone. De ce que j'en distingue, on devine une conversation de sa messagerie. Pour me changer les idées, j'allume la radio. La musique résonne en fond sonore. La timidité prend possession de moi, à croire que plus rien ne sera comme avant. Puis-je lui en parler sans être critiquée ? Puis-je retrouver ce bonheur que nous connaissions dans le passé ?

— Bien, même si j'aimerais une petite pause.

Il lève son regard sur moi, m'examine de la tête aux pieds avant de revenir à mon visage. Sa langue passe sur ses lèvres. Je le connais par cœur… Quand il les lèche, cela signifie qu'il est agacé. Je fixe le sol, ne sachant plus où me mettre. Tant de questions se percutent en moi. À quoi pense-t-il ? Pourquoi est-ce qu'il est distant ce moment ? Peut-être devrais-je lui parler ? Mais si je le fais, Christian me traitera de *psychologue qui ne sait pas rester à sa place*. Peu de possibilités s'offrent à moi, mais il a toujours été plus facile de conseiller mes patients sur leurs décisions que d'en prendre moi-même.

La communication dans un couple est l'une des choses les plus importantes, avec les valeurs et la confiance. Et si la communication n'existe plus, comment se termine l'histoire ?

— Une pause ? En quoi ton métier est si épuisant ? Enfin… Je peux aussi m'asseoir dans le fauteuil et écouter des personnes raconter leur vie. C'est facile, comme job.

Je serre les dents. La colère me pénètre, me transperce le cœur. *Ne t'énerve pas, Romane, tu sais très bien comment ça finit, ces remarques-là.* Cependant, c'est plus fort que moi. Impossible de garder mes pensées. J'en ai assez de ces rumeurs et de ces préjugés sur mon travail, qui sont faux et infondés. La psychologie est une science comme une autre, et, entre le boulot et la maison, je donne deux fois plus d'énergie qu'il peut en donner !

— Super ! Pourquoi tu ne prends pas ma place, dans ce cas-là ? Car j'aimerais vraiment voir comment tu aiderais une adolescente violée ou un dépressif suicidaire ! Ce n'est pas parce que je passe huit heures par jour dans mon cabinet que je me tourne les pouces ! Qu'est-ce que tu ferais, toi, face à un gosse battu ou une femme en plein trouble obsessionnel compulsif ?!

Je perds le contrôle. Ma voix, aigüe, envahit tout l'espace de la pièce. Je crie tant la colère fulmine dans mon corps. L'ambiance devient bien plus oppressante. On n'entend même plus la musique, camouflée par mes hurlements. Le regard de Christian se noircit de ténèbres.

— Il faut toujours que tu gâches tout, n'est-ce pas ? Toujours que tu fasses ta psy effondrée ! hausse-t-il le ton.

Sa voix, pleine de reproches, me glace le sang. Le voir baigner dans cette haine m'intimide. Je ne sais plus où est ma place dans ce couple chaotique. Les flammes qui nous maintenaient auparavant, qui embrasaient nos cœurs, sont en train de nous brûler. Pourvu que ça ne se termine pas en incendie d'ici deux minutes.

— Pardon ? Je te signale que ça fait trois mois que tu m'évites ! Trois mois qu'on ne baise plus et tu te plains de ma fatigue ?

Il ouvre la bouche mais la referme aussitôt. Il ne peut pas nier mes paroles. C'est à peine si mon mari me prend dans ses bras la nuit pour dormir. Chacun se tourne de son côté, dos à dos, comme si on ne se connaissait pas. Christian passe sa main dans sa chevelure brune, puis se gratte la barbe. Le carton sur la table est vide. Nous avons mangé toute la pizza, il ne reste plus une part. Mon estomac ne va pas digérer le plat si je ne me calme pas. Je bois mon verre d'eau plate, les mains tremblantes. Dès que la conversation tourne en dispute, je perds tous mes moyens, effrayée par sa colère. Au début de notre relation, mon mari ressemblait au prince charmant, parfait. Aujourd'hui, il joue à l'adolescent affalé dans le canapé après le souper. C'est à peine s'il lance une machine à laver, ou s'il lave la vaisselle sale.

— Tu as d'autres choses à me reprocher ? peste celui-ci, les mâchoires serrées.

Je réponds d'un signe de tête négatif. Subitement, la musique *Lose you to love me* de Selena Gomez se répand dans le salon. Quelle coïncidence ! L'univers tenterait-il de m'envoyer un message ? Je laisse de côté ces mauvaises pensées pour répliquer.

— Non, je vais me coucher.

Sur ces mots, la discussion est close. Je quitte la pièce dans l'espoir de me rendre dans la salle de bain. Il ne me suit pas en criant. Non, mon mari préfère marmonner entre ses dents. Une bonne douche me fera du bien. Cela fait des heures que je rêve de me glisser sous les couettes au chaud. De toute façon, nous n'avions plus rien à nous dire. Il a été suffisamment clair sur ce qu'il pensait de mon travail.

Alors que je passe dans la chambre afin de prendre des vêtements propres, Christian me rattrape par le bras d'une manière brutale. Il a eu le temps de se faufiler dans le couloir sans que je ne le voie. Mes yeux évitent de croiser son regard. Cette technique, je la connais par cœur. Christian va tenter de se faire pardonner en faisant le ménage, ou en m'amenant une pâtisserie. Il me fera cette promesse et ainsi, on aura tout oublié demain. Sauf que je ne réussis plus à oublier…

— Attends, pardonne-moi. Notre couple bat de l'aile en ce moment, je suis désolé. Tu as peut-être raison… Nous devrions prendre des vacances comme tu le proposes.

Une lueur d'espoir me traverse. L'Égypte. C'est mon unique chance de le convaincre et de ranimer notre flamme. C'est aussi la seule excuse que je possède pour m'y rendre sans qu'il ne soupçonne des croyances fanatiques.

— Est-ce qu'il y aurait une opportunité pour que l'on parte où tu sais ?

C'est à peine si j'ose prononcer son nom. Ma voix tremble. J'aimerais tellement qu'il me prenne dans ses bras à cet instant précis, qu'il embrasse me front, me rassure, qu'il me dise que tout se passera bien. J'ai besoin de sa chaleur, de son amour, de son soutien pour progresser. J'ai besoin de raviver le feu qui fait battre notre amour. Le divorce n'est pas une solution, pas la mienne. Je suis amoureuse de lui, de sa personnalité, son caractère et en particulier, de cet homme passionné par l'histoire.

— On verra. Je crois qu'on a besoin d'une bonne nuit de sommeil. Elle porte conseil, non ?

Je hoche la tête. Après être passé sous l'eau, mon corps se sèche en deux temps trois mouvements. Nous décidons de nous coucher tôt. Il se fait déjà tard et demain, je dois voir Inès, ma meilleure amie. Elle est la seule personne qui comprendra ce que je vis et qui m'écoutera vraiment. L'étincelle entre Christian et moi n'attend qu'à être ravivée.

Les cupcakes, un péché mignon

« Que ton cœur ne soit pas vaniteux à cause de ce que tu sais... Prends conseil auprès de l'ignorant comme du savant car on n'atteint pas les limites de l'art et il n'existe pas d'artisan ayant atteint la perfection. »
Ptah-hotep

Je marche calmement en direction de Milypat. C'est un petit salon de thé au thème d'Alice au pays des merveilles. Il est très prisé à Mons par les étudiants et les fans de Disney. Il faut avouer que ses cupcakes sont un délice. Inès en est folle. Elle raffole de leurs spécialités et de leur thé glacé. Nous avons d'ailleurs prévu ce rendez-vous la semaine dernière pour profiter ensemble de la nouvelle sélection de gâteaux. J'ai pris soin de prévenir Christian afin qu'il ne s'inquiète pas de mon absence à son retour. Pendant que je passe ma journée avec ma meilleure amie, il va à la salle de sport se dépenser.

Le vent est glacial aujourd'hui. Ses bourrasques me frappent le visage. Des frissons me parcourent de la tête aux pieds. Je referme ma veste, les bras croisés tandis que ma chevelure virevolte. Ma coiffure n'aura pas tenu plus de cinq minutes à l'extérieur. La joie d'être une femme…

Le sourire plaqué sur mes lèvres, je rentre à l'intérieur de la boutique. L'odeur du gâteau chaud au chocolat me fouette en plein nez. La chaleur m'enveloppe. Ce parfum me chatouille les narines. J'adore cet endroit rien que pour ce détail. Ça sent si bon… Mes babines en salivent.

Le stand s'étend sous mes yeux avec ses multiples cupcakes, ses cookies et ses cakes pops. En exclusivité, je découvre son brownie aux Oréos. Mon ventre crie famine, en attente d'une de ces délicieuses merveilles. Mon téléphone vibre. Ma meilleure amie m'a envoyé un message. *Je suis à l'étage.* Aussitôt, je m'aventure dans les escaliers en saluant la serveuse. Toute l'équipe est toujours souriante et prête à nous servir. Peut-être est-ce la magie de Disney qui agit sur elle ? J'entre dans un autre univers à chaque fois que je me rends ici. Du carrelage en damier parsème le plafond, où est collée une table accompagnée de son service à thé. Un arbre à l'entrée relie le sol à l'étage. Les pieds d'Alice pendent auprès du stand. Les murs roses sont envahis par des objets de cuisine vintage. À l'étage, des bibliothèques décorent les parois de la pièce.

Ma meilleure amie me saute dessus, la gorge déployée. Son rire adoucit l'atmosphère.

— Alors ? Comment ça va ?!

Je m'assieds à ses côtés, puis pose mon sac à main avant de retirer ma veste et l'énorme écharpe qui me protégeait du vent froid.

— J'ai connu mieux, et toi ? Tu as survécu à ta nuit ?

Inès est infirmière à l'alise. Elle apporte les soins aux personnes qui en nécessitent. Pendant une semaine, elle a travaillé la nuit avec un salaire doublé. Toutefois, cette dernière m'avait partagé une mauvaise expérience avec l'homme de la chambre 324, un bipolaire qui a poussé les bornes en l'étranglant. Heureusement, la sécurité et les psychiatres sont intervenus à temps. Maintenant, ma meilleure amie se méfie quand elle bosse la nuit. Elle ne se promène plus dans les couloirs et suit une thérapie à la suite de cet accident. Je pense que ça l'a choquée, même si elle s'y était préparée. C'est le risque quand on travaille en psychiatrie.

— Tu l'as dit... Alexandre, le psychiatre, ne souhaite plus que je m'occupe de cette partie de l'asile. Je suis descendue d'un étage, chez les dépressifs. Une autre infirmière a pris le relais.

J'approuve d'un mouvement de tête, puis la serveuse nous interrompt dans notre conversation.

— Bonjour, que puis-je vous servir ?

Je prends la carte en main et visionne à la hâte les cupcakes de la semaine. Je choisis mon favori, Dina, au parfum violette, que j'assortis avec un thé à la menthe. Quant à mon amie, elle préfère le *Jabberwocky* avec son délicieux goût au cookie. La commande passée, je reprends ma discussion. Mes paroles s'enchaînent, tandis que j'explique ce qu'il s'est produit la veille au soir avec Christian. La culpabilité me colle toujours à la peau après notre dispute. Je ne sais plus comment réagir pour qu'il se bouge, pour qu'on reprenne en main notre relation.

— Il t'a dit quoi ? répond Inès, surprise.

Mes lèvres se crispent avant de riposter.

— Je gâche toujours nos soirées, toujours tout en fait...

Je baisse la tête, honteuse. Est-ce que j'ai vraiment fauté ? Me plaindre et parler de ma relation amoureuse n'est pas ma spécialité. Cependant, je suis perdue. J'ai l'impression d'être coincée dans un désert où aucun touareg ne viendra me sauver, où seul le soleil me réchauffe, où dans ma quête pour réapprendre à me connaître, j'aurais été abandonnée à moi-même.

Après tant d'années de relation, je ne me vois plus sans Christian. Nous sommes mariés et nos familles se côtoient souvent.

— Il est dans une mauvaise phase ? Laisse-lui le temps de reprendre ses forces. C'est un homme.

À l'instant même où elle prononce cette phrase, la serveuse arrive avec nos pâtisseries et ma boisson sur le plateau. Je la remercie et nous réglons tout de suite l'addition. Je n'ai plus envie d'être dérangée pendant notre échange. À cette heure-ci, il n'y a personne dans la boutique alors que l'après-midi, il n'y a plus une seule confiserie sur le stand ni une place sur les chaises. En cette triste matinée, je ne risque pas de croiser un ami proche de mon mari ou ses collègues.

— Et après ça, je suis allée me coucher. Je vais prendre des vacances dans quelques semaines, le temps de prévenir mes patients de mon absence. Je prie pour que cette escapade renforce notre lien.

— Tu penses à ce que je pense ? dit Inès avant de croquer dans son cupcake.

Je le dévore à mon tour, puis bois une gorgée de ma boisson chaude. Je hoche la tête en signe d'approbation. Bien sûr que nos pensées sont connectées ! Ma meilleure amie ne me connaît que trop bien. L'Égypte me passionne autant que la Grèce l'obnubile. Ces terres, ces origines, vivent en nous, vibrent dans notre corps et notre âme. Il n'y a nul doute sur ça. Elle se spécialise dans la mythologie grecque et est imbattable sur le sujet. J'aimerais pouvoir en dire autant sur l'Égypte Ancienne.

— Je lui en ai parlé, il va peut-être l'envisager. Si on part là-bas, ce serait un énorme effort de sa part ! J'en serais comblée !

Mes lèvres trahissent un sourire. Ce serait si merveilleux ! Je ne pourrais que tomber dans ses bras.

Si Christian m'y emmène, ce serait le signe qu'enfin, il respecte ma passion et ce pour quoi je vis.

— Tu me préviendras hein ? Je veux tout savoir dans les moindres détails ! J'adore les potins !

Son petit rire envahit l'espace. Je vide ma tasse avant de la piquer un peu sur sa propre relation. Pas question que la conversation ne tourne qu'autour de mon couple. Elle ne m'en dit que très peu, voire rien du tout. Il faut avouer qu'elle a beaucoup de difficultés aussi de son côté. Travailler la nuit dégrade le lien qui l'unit à Michael. Il ne supporte pas de dormir seul tandis qu'elle surveille les chambres et l'entrée avec ses collègues, des hommes pour la plupart. La jalousie empire de jour en jour, en particulier quand elle rentre plus tard.

— Et Michael ? Qu'est-ce qu'il a prévu pour votre anniversaire de mariage ?

Le silence s'impose entre nous. Elle feint de ne pas avoir entendu, cependant, quand elle lève son regard sur moi, celle-ci réalise que j'attends bien une réponse. Inès se lance enfin dans une explication qui semble même être une confession. Elle me ressemble beaucoup sur cet aspect-là. Nous n'aimons pas en partager trop sur nos couples, ceci étant un sujet intime.

— Nous sommes sur la fin... J'en ai assez de ses remarques sur ce que j'aime. Je ne vais pas changer de job car Monsieur n'aime pas mon métier ni mes amis. Je fais des efforts à chaque fois qu'il sort en soirée, qu'il invite ses propres collègues à la maison. Je mets les petits plats dans les grands. J'ai tout fait pour qu'il soit fier de moi ! Je pense que je me suis perdue sur mon chemin.

J'ouvre grand la bouche en forme de O. Je suis surprise par ce qu'elle me raconte. Ma meilleure amie ne m'avait rien dit de tout ça auparavant. À chaque coup de fil, elle se retient de discuter. Elle ne me transmet que du positif en ce qui concerne son foyer.

— Tu en as discuté avec lui ? demandé-je, curieuse.

Évite de jouer ta psy, c'est ce que dirait Christian avec nos amis. Néanmoins, il a beau le nier, ma formation me permet de l'aider. Je trouve même cela normal de lui apporter mon aide et mon savoir en la matière. Si j'avais un frère ostéopathe, est-ce que je l'empêcherais de me décoincer le dos ?

— Non. Ça reste entre nous, d'accord ? J'ai rencontré quelqu'un en passant à pied devant le site de Nimy le mois dernier, près de l'université. Cette relation est si excitante ! Briser l'interdit, vivre d'une manière aussi passionnelle, dans le secret ! C'est ce piment, cette étincelle qui manquait à ma vie, ou à mon couple.

Je ne réplique pas sur l'adultère, ignore ses remarques et le détail de son infidélité. Je ne sais pas sur quel pied danser face à cette situation. Autant l'infidélité me fait grincer des dents, autant je me vois mal l'insulter pour ce qu'elle fait endurer à son mari. Mentir sur ses sentiments, le laisser croire que tout va bien… Après tout, qui suis-je pour donner des leçons, alors que ma propre relation part en vrille ? Je me penche donc sur son souci, celui qu'un jour, elle devra faire un choix. Je ravale ma fierté et mon opinion. Heureusement, il n'y a aucun enfant en jeu dans son couple, car je n'aurais pas pu me contenir. Mon père a trompé ma mère le jour de ma naissance. Dans les années qui ont suivi, en particulier mon adolescence, la tristesse m'a consumée.

— Comment est cet homme ? Tu l'as trouvé comme ça ? Par hasard ? Au bord d'un amphithéâtre ? dis-je sur un ton ironique.

Elle se raidit à ma réponse. Je ne désirais pas être trop froide dans mes propos. D'ailleurs, peut-être que Christian pourrait m'en dire plus, puisqu'il travaille là. Je vais enquêter de mon côté.

— Charmant, très romantique, adorable, sensuel… Et si tu veux savoir, il en a une grosse !

Je m'étrangle avec ma propre salive, avant d'avaler de travers. Je n'ai pas demandé à apprendre la taille de son pénis, bon sang !

— Garde ces informations-là pour toi ! Tu me dégoûtes… Et il s'appelle comment ? Christian le connaît avec un peu de chance, s'ils bossent dans la même faculté.

Elle émet un rictus sans répondre à ma question. Je comprends qu'elle ne m'en dira pas plus pour le moment. Cette dernière a besoin de temps pour savoir ce que désire vraiment son cœur. Plusieurs minutes s'écoulent, nous bavardons de tout et de rien avant qu'Inès ne se lève, prête à rentrer chez elle. Nous marchons ensemble et remontons la rue jusqu'à la Grand-place. Il faut avouer que l'herbe n'est pas plus verte ailleurs. Un proverbe qui se défend bien quand j'écoute mes patients. J'ai hâte de connaître la décision de Christian sur la destination de notre futur voyage. Ai-je seulement encore assez d'espoir pour nous ?

Préparation dans la soirée

« Dieu permet d'acquérir la richesse pour faire du bien »
Amenope

Je passe le reste de ma journée à soupirer, hésitante. Ma meilleure amie est rentrée d'urgence après un appel de Michael. Il voulait la voir sur-le-champ sans en donner la raison. J'ai tout de suite relié cette demande à, peut-être, une future séparation. Inès joue avec le feu et, comme toujours, elle finira bien par se brûler. Cela me désole d'assister à cette scène sans pouvoir agir. Elle fonce droit dans le mur en n'ayant aucune relation stable. D'un côté, son mari, sexiste et possessif, de l'autre, un bel Apollon romantique et séducteur. Comment choisir quand on sait que l'un nous protège de l'instabilité et l'autre nous fait nous sentir vivantes ? Ces décisions sont compliquées, mais à partir du moment où tu trompes ton mari, pourquoi rester en couple ?

Affalée dans le canapé, je zappe les différentes chaînes devant l'écran de télévision. Il n'y a que des films barbants qui endorment mon esprit. Entre les histoires d'amour clichées, les films d'action et les fameuses comédies françaises, je choisis d'éteindre le post. Piquer un bouquin dans la bibliothèque dans ma chambre m'enchante bien plus. Au moins, cela suffira à me distraire dans la soirée. Tant de livres y sont disposés, je ne les connais pas tous. Ma pile à lire est énorme, celle de Christian aussi. Il possède des goûts très différents des miens. Une histoire de la Révolution française de Eric Hazan est posée sur la table de nuit. Mon homme lit à une vitesse folle pendant que je traîne au travail. Mes livres ne parlent que de thèses scientifiques, de Freud et de psychologie. Je ne déniche aucune merveille à proprement dit. Il faut avouer que la plume d'un scientifique n'est pas faite pour être fluide ou légère.

Toutefois, une idée me vient en tête. Je vais vérifier quand les vacances pourraient s'organiser. Dès que je perds le goût de la lecture, il faut à tout prix y remédier. Ce n'est pas normal chez moi cette perte de plaisir, ce dégoût, puisque lire est une passion.

Alors que je me dirige vers ma chambre, la sonnerie de mon téléphone retentit. Aussitôt, je me rue vers le salon à sa recherche. Le souffle court, je décroche sans même savoir qui est à l'autre bout de l'appareil. Dans le sofa, ma respiration est haletante. Les sprints ne sont pas ma tasse de thé, cependant je crains tellement de manquer un appel de Christian que mon téléphone est souvent près de moi. La dernière fois, mon mari a piqué une crise, car je n'avais pas répondu. Il devait, d'après ses dires, me poser une question importante. Son plus proche collègue lui avait proposé un séjour en Ardennes avec moi pour les vacances de Noël, mais comme je n'ai pas décroché, il a annulé. Mon homme soutient beaucoup son pays, il en est si fier. S'il devait choisir entre une escapade en Belgique ou en Égypte, vous l'avez compris, son choix serait vite fait. Pendant des semaines, il ne m'a pas adressé la parole. Cette destination est l'une de ses favorites. Néanmoins, je n'ai jamais saisi pourquoi il ne désirait pas aller seul avec moi. Après tout, son collègue n'est pas indispensable…

— Allô ?

Je reconnais aussitôt la voix de Christian de l'autre côté. Je me redresse, attentive.

— Mon amour ? Qu'est-ce qu'il y a ? demandé-je, perplexe.

À cette heure-ci, il devrait courir, être épuisé. Je ne comprends pas ce qu'il fait. C'est notre moment de solitude, loin l'un de l'autre de l'autre, pour souffler et prendre soin de nous. À y penser, un petit sauna ou un massage me ferait le plus grand bien.

— Michael me demande si on dîne ensemble ce soir à la maison. Tu te sens capable de nous cuisiner un bon petit plat ? Inès sera présente, bien sûr.

Un sourire se dresse sur mes lèvres. Je l'ai vue ce matin et elle m'a semblé en forme, jusqu'à ce que son homme la force à s'en aller. Ce serait l'occasion parfaite pour observer les tensions entre eux. Et puis, tant de questions se bousculent dans ma tête. Comment lui peut-elle lui cacher tout ça ? Comment peut-elle l'embrasser et lui murmurer des mots doux alors que ses pensées sont occupées par son prince charmant ?

Mes amis me décrivent souvent comme une fille vieux jeu, une femme de l'ancien temps. J'ai l'impression d'être anormale quand je préfère les roses aux textos, les lettres d'amour aux mails. Peut-être suis-je trop stricte envers mon propre mari ? Mes convictions me portent à croire qu'Inès continue son jeu chez elle. Ce type de femmes, j'en croise assez dans mon cabinet pour connaître la fin de l'histoire. La vérité éclate toujours. Chacun a ses problèmes, cependant, tout le monde a sa façon de les gérer. Soit on y fait face, soit on les refoule jusqu'au moment où ce n'est plus possible. C'est à ce moment-là qu'un psychologue intervient. Je me demande combien de temps va tenir ma meilleure amie. Inès est la preuve à elle seule que l'herbe n'est pas plus verte ailleurs.

Mes angoisses m'envahissent alors que je tente de les envoyer balader. Et si ça éclatait chez nous ? Et s'ils se disputaient sous nos yeux ? Je secoue ma tête pour éloigner ces idées. Christian est curieux et très protecteur, même envers ses amis. Il demandera ce qu'il se passe, si tout baigne, s'ils ont prévu de former une petite famille, tandis qu'en secret, Inès s'envoie en l'air la nuit dans un autre lit.

— Euh… D'accord. Une préférence ?

Les secondes défilent dans le silence. Christian demande à son ami ce qu'il préfère.

— Un poulet aux raisins ! Tu sais si bien le cuisiner, avec de la purée et des petits pois. Ça fait un bail qu'on n'en a plus mangé…

Mon cerveau enregistre l'information. Il a de la chance que nous ayons fait les courses cette semaine, sinon nous aurions dû nous contenter d'une frite. Les pizzas de la veille ont sauvé notre repas de ce soir. Dommage qu'Inès ne soit pas ici pour m'aider à la cuisine. Il me faudra quelques heures pour obtenir un bon résultat. *Ce n'est pas grave, calme-toi, Romane.* On papotera dans un coin pendant que les hommes boiront leur bière. Michael a l'habitude maintenant de mon retard.

— Romane ?

— Oui ? répliqué-je tout de suite.

J'entends des voix derrière lui, celles de ses amis dans la salle de sport. Ils courent tout le temps sur leur tapis ou travaillent leurs abdos. Christian porte une grande importance à son apparence. En tant que professeur, il désire en jeter plein la vue à ses élèves, montrer où on en arrive quand on travaille dur. Ses élèves lui bavent dessus, je suis prête à parier que certaines filles fantasment sur lui. C'est même fort probable. Toutefois, Christian passe tellement de temps à soigner son physique qu'il ne porte plus d'attention sur moi.

— Si tu as le temps, la machine à gâteau est en dessous de l'évier. Des brownies ou un petit cake nature en dessert ?

Sa commande devient de plus en plus faramineuse. Est-ce une blague, un canular ? Il est déjà quinze heures de l'après-midi, il faut tout installer sur le plan et commencer. Je ne peux pas concocter son poulet s'il désire tant son gâteau. Et puis, bon sang ! Ce n'est pas à la femme de tout lui servir sur un plateau d'argent. Néanmoins, je m'abstiens et garde mon calme. Le plat principal va déjà prendre trois bonnes heures, et s'il rajoute le sucré, je suis cuite. Rien ne l'empêche de passer à la pâtisserie en bas de la rue dès qu'il rentre de sa journée. Ce n'est pas un gâteau qui va nous ruiner.

— Je n'aurais pas le temps.

Ma voix est sèche, distante, plus directe que je ne le souhaitais. Il est hors de question de tout avoir sur les épaules. C'est mon unique jour de congé, et je ne veux pas le passer dans la cuisine. Hier même, je lui râlais dessus, car notre couple partait en péril et il ne semble pas s'en préoccuper plus que ça. Non, Christian veut inviter Michael pour lui dévoiler ses nouveaux objets de collection de la Seconde Guerre mondiale. Cette histoire lui monte à la tête.

— D'accord, je finirai plus tôt pour le préparer. À tantôt, ma chérie.

Je n'ai pas le temps de répondre qu'il coupe la ligne. Soupirant d'un air exaspéré, je me laisse tomber sur le sofa. Les hommes… Pas un seul merci ni un je t'aime. Il ne me reste plus qu'à installer les ingrédients sur le plan de travail. C'est parti pour un souper digne de ce nom…

Une ambiance de folie

« Si tu es agité, calme-toi, l'homme affable franchit tous les obstacles, celui qui s'agite tout le jour n'a pas un seul bon moment. »
Ptahhotep

Les deux tourtereaux arrivent à l'heure au rendez-vous. La sonnette retentit. Christian s'empresse de leur ouvrir, tandis que je pose les dernières assiettes à table. Mon corps se sent vidé d'énergie. C'est à croire que mon enveloppe corporelle ne désire qu'une chose, et tant qu'elle ne l'aura pas, elle me le signifiera de cette façon, avec les paupières et les jambes lourdes. L'âme a dit ou la maladie, comme dirait une de mes amies. Toutefois, j'ai vraiment envie de profiter de cette soirée, de discuter avec eux. Nos petites rigolades me manquent.

Lorsqu'ils pénètrent dans l'appartement, la bonne odeur du souper embaume déjà toutes les pièces. Le poulet cuit à feu doux. J'oublie mon épuisement le temps de ce moment partagé, et les accueille alors avec un grand sourire. Deux couples voués à l'échec qui se voilent la face. Quatre âmes perdues qui ne connaissent pas encore ce que leur réserve la vie. Ce tableau pitoyable n'est pas l'un des plus beaux à voir.

— Romane ! Tu n'as pas changé, toujours aussi charmante et souriante. J'envie Christian pour cette qualité que tu as !

Sa remarque ne laisse pas indifférente Inès, qui grimace. Elle devrait le quitter au lieu de se mentir, d'être à ses côtés, telle une prisonnière. Pendant que celle-ci s'empêche d'être épanouie, Michael croit en l'amour fou, au véritable coup de foudre et réfléchit même à construire une famille. D'ailleurs, si Christian le connaît, c'est tout simplement parce que je traîne assez souvent ma meilleure amie jusqu'ici. Il a fini par vouloir rencontrer son mari. Depuis, nous nous retrouvons plusieurs fois par mois. Quand je vais aider Michael chez lui, Inès vient parfois rendre visite à Christian. On se fait confiance mutuellement, et parfois, ça fait du bien d'avoir des amis comme ça.

— Merci, tu es resté le même, réponds-je, gênée.

Leurs manteaux en main, je tourne les talons, direction le placard. Le bruit de mes chaussures claque sous chacun de mes pas. Leurs vestes sont rangées dans une autre pièce pour qu'on ne soit pas dérangé. En cette période froide, ces moumoutes prennent beaucoup de place.

Le parfum du poulet épicé me chatouille les narines, mon ventre se creuse. Qu'est-ce que j'ai faim ! Toute l'après-midi, je l'ai passée derrière les fourneaux. Mon mari n'a pas tenu sa promesse pour ne pas changer. Il est rentré en retard sans excuse ni explication. Est-ce qu'il m'en veut toujours pour la dispute de la veille ? C'était étrange, car au téléphone, ce dernier paraissait détendu. De toute façon, je n'ai cuisiné aucune pâtisserie pour le dessert. Christian a donc acheté un gâteau dans la boulangerie pas loin d'ici. J'espère que cette soirée va renforcer un peu plus notre lien de couple, bien qu'elle démarre mal, puisque les hommes s'asseyent de leurs côtés, nous laissant nous, les femmes.

— Chérie, ramène le champagne, s'il te plaît !

Du champagne ? À peine arrivée à l'entrée du salon, mon corps fait volte-face. Je pensais que cette boisson était réservée pour demain, pour notre moment à deux, en amoureux, comme prévu la semaine dernière. C'est un rituel entre nous de garder une journée tous les deux mois rien qu'à nous. Je saisis qu'il a oublié et que mes bouquins m'attendront au bon matin. Au moins, les héros de mes auteurs favoris me sont fidèles.

J'attrape donc les verres pour les servir, la bouteille posée sur le plan de travail. Après tout, autant en profiter ce soir, puisque la journée de demain est déjà gâchée. Mon homme a tendance à éviter tous ces moments que nous devrions passer ensemble.

Lorsque j'arrive dans la pièce, tout le monde s'est installé. Je sens une tension palpable. Inès, loin de Michael, s'est assise à côté de Christian. Je n'ai plus le choix, il va falloir me tenir loin de lui. L'atmosphère est étouffante, lourde, et le silence pèse. Pourquoi ont-ils cessé de bavarder ? M'attendaient-ils ou sont-ils juste embarrassés ? Michael a l'habitude de lancer de petites blagues sexistes qui agacent ma meilleure amie. Je ne peux en dire plus, mais à l'expression qu'elle affiche, je devine vite que son mari a dépassé les bornes. Pourquoi ne lui rend-elle pas la pareille ? Il finirait peut-être par arrêter ses gamineries.

— Nous parlions justement du dessert. C'est bien une tarte aux pommes que tu as prise à la boulangerie montoise ?

Je hoche la tête, les sourcils froncés. C'est la première fois que je vois mon homme discuter d'un tel sujet, lui si passionné par l'histoire. Il n'en rate donc jamais une pour se plaindre de mes défauts. Cela m'étonne même que la pâtisserie ait pu les mettre dans cet état.

— Ah… Inès est au régime, elle n'en mangera pas ce soir. Excuse-nous, je ne pensais pas que tu irais en acheter pour nous.

La voix de Michael fait écho dans mon esprit. Je manque de m'étouffer avec ma boisson. Ai-je bien entendu ? Est-ce qu'il a vraiment dit ça ? Ma meilleure amie a dévoré un cupcake ce matin ! Si elle était au régime, cette information ne serait pas tombée dans l'oreille d'un sourd. Depuis quand décide-t-il à sa place ? La bouche fermée, je rumine. Mes pensées se bousculent dans mon esprit. Les minutes s'écoulent à une vitesse folle tandis que le calme règne dans le salon. Le temps passe et mon âme semble s'éloigner de tout ce monde. L'envie de briser toutes mes relations, d'écarter toutes ces personnes mauvaises ne me quitte pas. Mes rêves sur l'Égypte se poursuivent comme si on me racontait une histoire.

Afin de rompre ce malaise, je leur propose de passer à table. Le plat est prêt à être dégusté. Inès n'a toujours pas prononcé un mot. La conversation semble être réservée aux hommes, qui ne nous accordent aucune attention. Je tends l'oreille pour les écouter, curieuse, tout en servant mes invités.

— Non, tu ne devineras jamais ! L'une de mes élèves est venue me voir après le cours, rouge comme une tomate, pour me demander comment serait mon examen… Je lui ai fait cette tête sans expression, tu sais, assez sérieux là ? C'est tellement drôle de les intimider ! dit-il, tel un adolescent prépubère en manque.

Michael s'esclaffe.

— Un petit coup de reins et ça va la débloquer ! Je serais à ta place, j'en profiterais pour les draguer. Bon…

J'ai ma femme, mais qu'est-ce que je m'amuserais si j'étais célibataire.

Leur discussion est tout à fait déplacée, en particulier car nous sommes juste à côté. J'ai l'impression d'être invisible, absente, et je suis à peu près certaine qu'Inès ressent la même chose que moi. Plus Christian parle des autres femmes, plus je me sens inutile dans ce couple. Quand ma meilleure amie ment à son mari, le trompe, je nie les problèmes de mon propre amour.

— Il y a de très jolies filles, mais ce n'est pas mon genre, Mic, tu le sais. Je les laisse aux jeunes assistants qui sortent à peine du master.

J'avale avec difficulté ma salive. Je n'en reviens pas. Les femmes ne sont pas des bouts de viande. Il n'y a pas de « je les laisse aux jeunes assistants ». C'est sexiste et Dieu sait que ces propos sont insupportables. Mon homme en est conscient, mais il paraît ailleurs et complètement différent en présence de ses amis. Christian devient plus superficiel et égocentrique. Il se donne un genre, comme beaucoup d'hommes qui se dirigent tout droit vers la quarantaine.

Mon attention est attirée lorsque je repère mon nom dans la conversation. Je me retourne et les observe me regarder d'un air ahuri.

— Je disais que ton poulet est succulent, tu accepterais de donner la recette à Inès ?

Je hausse les épaules, puis tourne mon regard vers cette dernière. Elle sourit d'un air timide. L'envie de la secouer me prend. *Bon sang, bouge ! Réponds ! Ne te laisse pas faire !* Où est passé leur amour de jeunesse ? Celui qui les liait tant ? Absorbée par ce qu'ils disent, j'en oublie de manger mon plat, qui refroidit. Je dévore avec appétit le repas sans en laisser une miette. Mon amie refuse de discuter. Elle ne semble pas d'humeur à parler, pas même avec moi. Je le distingue à sa voix sèche et à la distance qu'elle impose entre nous.

Après de maints efforts, je baisse les bras. C'est un désastre. Est-ce la déception ou l'amertume qui m'envahit ? Faudrait-il seulement les discerner pour le savoir. Seule sur ma chaise, je me replie sur moi. Sa réaction est immature, car pendant que les hommes s'amusent, les femmes se taisent. Quelle image donnons-nous de nous ? L'une silencieuse, l'autre épuisée. Si Christian osait me traiter de cette manière, je lui jetterais mon verre en pleine figure. Il ne faut pas dépasser les limites. J'ai un caractère assez impulsif.

Quand tout le monde a terminé son assiette, je me redresse pour débarrasser et apporter le dessert. Aussitôt, Inès me suit tout en répliquant :

— Je vais l'aider !

Son changement de comportement m'intrigue. Perplexe, mes lèvres se crispent. D'un pas pressé, elle se rue vers la cuisine et je la suis de près. Nos hommes restent assis sur leur chaise, dégustant leur verre d'alcool. Une fois la porte refermée, je me lâche enfin. J'ai tout de suite compris qu'elle souhaitait me parler alors que Michael, cet imbécile, l'encourageait à porter les couverts sales.

— C'est un gros con, bordel ! chuchote-t-elle d'un souffle.

Un rictus s'échappe de ma bouche. Elle ne le remarque que maintenant ? Après plusieurs années de mariage ? Si elle n'est pas heureuse, pourquoi s'obstine-t-elle tant à rester auprès de lui ? Jamais je ne pourrais coucher avec un porc pareil. Quoique… Christian semble prendre le même chemin que son ami.

— J'espère que tu ne vas pas lui faire de cadeaux en rentrant ! Remets-le à sa place au moins une fois. Ce n'est pas en croisant les bras qu'on change le monde !

Celle-ci paraît ailleurs, dans la lune. Elle affiche un air grave, des traits endurcis. Ma meilleure amie ne va quand même pas abandonner pour se faire insulter de cette manière toute sa vie ? Non, ça ne se peut pas... Les répercussions psychologiques seraient trop conséquentes.

Son silence en dit assez sur ce qu'elle compte faire. Je reviens à la charge, telle une secouriste. Il faut bien la soutenir, même dans ces moments horribles.

— Tu devrais vivre avec ce bel Apollon dont tu me parlais ce matin chez Milypat, dis-je en me rapprochant de cette dernière.

Appuyée contre le meuble, Inès croise les bras, l'air lointain, mais je sais qu'elle m'écoute. Celle-ci ouvre la bouche dans l'espoir de riposter. Cependant, ce n'est pas sa voix que j'entends.

— Un Apollon ? Tu parles de moi, j'espère, ma chérie ! s'exclame Christian, de bonne humeur. Je suis venu vous aider aussi, je me suis dit que ce serait utile. Je prends la tarte et vous les couverts, ça vous va ?

Mon estomac se serre. Inès me fusille d'un regard aussi noir que les ténèbres. Nous avons eu chaud. Si Michael était entré avant, nous étions prises sur le fait. D'ailleurs, je n'ai pas entendu mon mari rentrer dans la cuisine. Sa joie est tout aussi fausse que ses reproductions historiques. Je prie au plus profond de mon être pour qu'il n'ait pas écouté notre conversation. Mon mari aime bien les potins et ce genre de choses.

Le dessert servi, Christian paraît bien plus enjoué. Je me demande bien ce qui le met dans cet état. Le souper se termine avec une bouteille de bière. Après cette bourde dans la cuisine, ma meilleure amie est encore plus sèche qu'avec moi. Quelle ambiance de folie...

☥

Horus

Horus est un dieu égyptien, souvent représenté avec une tête de faucon. Il est le Dieu protecteur du pharaon et des espaces célestes. La plupart des Égyptiens portaient son œil afin de jouir de sa protection. La mythologie raconte que la lune et le soleil seraient dans ses yeux.

« Ô toi, Horus, fils d'Isis et d'Osiris, protège-moi du mauvais œil et viens-moi en aide quand les ténèbres s'emparent de mon cœur. Ô Horus, je te salue, que ta sagesse me parcoure pour faire face à la vie. J'ai dit et je te remercie. »

La chaleur de mes songes

*« Ce monde retournera dans l'océan primordial,
dans le flot originel, comme à ses débuts. »*
Livre des morts, chapitre 175

Plus rien ne me paraît stable. La divine sensation d'être sur l'eau me possède. Mon corps est apaisé par des mouvements doux. Je me réveille subitement, des sueurs froides sur le front. Ma respiration est saccadée. Mes yeux, à peine ouverts, se referment aussitôt. L'intensité de la lumière m'aveugle. Je mets quelques secondes à m'adapter à l'environnement avant de réaliser ce qu'il se passe. Le rythme sur lequel avance le bateau me berce. Le fleuve est calme. Le vent n'est plus. Ce climat aride m'assèche, aussi déshydratant qu'au premier rendez-vous. Plusieurs palmiers s'élancent dans le ciel au bord de l'eau. La sensation d'être bloquée ici me prend. Le soleil me brûle la peau.

Alors, mon cœur sait. Je suis de retour, je suis là, encore une fois, plongée, coincée dans un second rêve… ou une autre réalité ? Je suis dans ce pays, ou ce territoire qui m'appelle chaque nuit.

La peur au ventre, je me redresse. Où m'ont-ils amenée cette fois-ci ? La barque semble tenir bon, elle ne risque donc pas de couler. Néanmoins, il n'y a aucune voile. Seules des rames sont à ma disposition. J'observe l'horizon, une main sur le front, et n'aperçois rien en face de moi à part le désert qui n'en finit plus. Ce désir irrésistible de boire de l'eau fraîche m'obnubile. De l'eau. Tout ce dont j'ai besoin lors de mes visites, c'est d'une bouteille d'eau pour me rafraîchir.

En territoire inconnu, mes pensées se tourmentent. Je vérifie ma tenue. Mon corps est vêtu de ma nuisette, celle que je porte à l'instant même aux côtés de Christian dans le lit. Ma curiosité me pousse à faire le tour de la barque, qui, petite, ne cache rien à part cet énorme coffret en son centre. Un secret s'y dissimule, mais lequel ? La couleur dorée qui arpente ce navire m'éblouit, tout comme les décorations égyptiennes sur ce coffre. Des hiéroglyphes, aux multiples pigments, le parsèment. J'aurais tant aimé pouvoir les déchiffrer, et pourtant, mon âme ne cesse de me répéter que c'est possible, que j'en suis capable, comme si j'avais vécu à cette époque. Un savoir, au fond de moi, n'attend qu'à exploser au grand jour. La seule question, c'est comment récupérer cette connaissance qui gît en mon âme ?

Je les effleure des doigts, intriguée, parcoure la profondeur du travail des Anciens. Tout est intact, neuf, sans aucune trace du temps, de vieillissement. Le bois dans lequel a été créée cette boîte est doux, lisse, creusé par des hiéroglyphes. Je cherche l'ouverture sans la trouver. Après plusieurs minutes d'attention, je finis par abandonner cette idée. Ce coffre s'ouvrira à la condition que je découvre ce que je dois apprendre dans ce rêve.

Mes yeux observent le ciel bleu, dégagé, dépourvu de nuages gris. Un faucon le traverse. Cet oiseau aux plumes blanches est d'une beauté inestimable. Il se dirige dans la direction opposée à la mienne. Son cri me transperce et fait écho à mon âme. Désirant le suivre du regard, je me retourne puis perds l'équilibre. Mon corps percute le sol de la barque, qui bascule. Mes bras s'attachent au bord de justesse. Alors je le vois et c'est l'évidence. Voilà ! voilà où je dois me rendre ! J'aurais dû analyser la situation plus vite. De dos, je ne l'avais pas vu, alors qu'il est gigantesque.

Un temple entouré de grandes statues m'attend. De multiples couleurs le recouvrent, du rouge au bleu lapis. Les rayons du soleil frappent le bâtiment, qui lui, scintille. Je n'avais jamais vu cet aspect des lieux sacrés, si colorés et majestueux. Il ressemble à Komombo, avec ses larges colonnes et son centre.

Le bateau ne bouge pas, tandis que le faucon disparaît au cœur du bâtiment sacré. Décidée, j'attrape la rame et essaye, du mieux que possible, d'avancer. Le corps debout, mes pieds tentent de maintenir leur équilibre sur le bout de la barque. Il me faut progresser, ainsi je saurai. J'ai besoin de savoir la raison de mes visites, de leurs appels. J'ai besoin de connaître la vérité, ma Vérité. Cet oiseau n'est pas apparu par hasard. Ils me l'ont envoyé pour me guider, me montrer le chemin, le passage ou le pas sage. J'ai l'impression de ne plus être la même quand je suis ici, d'être une autre femme. Ou peut-être mon âme prend-elle le dessus sur ma personnalité ?

Mon intuition me pousse à aller jusque-là, à découvrir ce qui s'y cache. Le temple n'est qu'à une vingtaine de mètres. Toutefois, je sens que je ne dois pas descendre tout de suite. Sauter dans l'eau, nager et toucher la terre serait le choix de la facilité. Ramer sur cette barque, sur sa pointe, et dépenser toute mon énergie est une preuve d'authenticité. Je suis là pour apprendre, pour savoir et découvrir le voile de mes songes. C'est avec fureur et motivation que je donne tout ce que j'ai. Des grognements s'échappent de mes lèvres à chaque coup dans le fleuve.

La chaleur m'étouffe, elle m'oppresse. Plus les minutes s'écoulent, plus ma vue se trouble. Je me sens défaillir alors que j'y suis presque. Le faucon m'attend, j'en suis certaine, au centre de ces colonnes gigantesques remplies d'écriteaux, au cœur de ce temple doré typique de l'Égypte ancienne. Le Dieu Horus est là, présent. Il m'apporte force et courage. Mais subitement, tout devient flou. Au moment même où je m'apprête à quitter la barque pour toucher le sol de mes pieds nus, je tombe dans un trou noir. Mon cœur se soulève, mon cri arrache les parois de ma gorge et des larmes perlent sur mes joues. Je me sens aspirée par l'invisible.

Brusquement, j'ouvre les yeux. Ma chambre, mes couvertures, mon drap, ma vie actuelle. Rien de cela ne s'est produit. Christian ronfle d'un bruit sourd. Il est trois heures trente-trois du matin, comme chaque nuit, quand mon rêve prend fin. Je me rue vers la cuisine afin d'humidifier ma gorge. De l'eau, de l'eau bon sang ! C'est tout ce que je souhaite. Je suis tout en sueur, tremblante, et frissonne. Ces symptômes deviennent presque habituels. N'importe quel psychologue pourrait croire à des terreurs nocturnes, pourtant cela n'a rien de commun. Je tente de me calmer et de me ressaisir. Ce n'est qu'un songe… ou une autre réalité. Horus est venu à moi.

— Encore un de tes cauchemars, n'est-ce pas ?

Je sursaute quand j'entends sa voix dans mon dos. Lorsque je lui fais face, sa mine est pâteuse. Il a les yeux clos, se gratte la barbe, puis baille. Le torse nu, il vient me prendre dans ses bras, certainement dans le but de me rassurer. Sa chaleur m'enveloppe. C'est à la fois ce dont j'ai besoin, et ce que j'évite. J'ai chaud, si chaud.

Comment puis-je lui avouer la vérité ? Nous avons déjà eu cette conversation sur l'Égypte, mes rêves, en vain. Rien ne le convainc de m'y amener. Mes insomnies, elles, pourront peut-être.

— Ça va, tu sais. Allons-nous recoucher, chuchoté-je.

Le verre placé dans l'évier, le dos de ma main frotte l'eau sur le côté de ma bouche. Son étreinte se resserre. Je profite de ce moment d'intimité. Depuis combien de temps ne m'a-t-il plus touchée ? Depuis combien de temps n'a-t-il plus exprimé une proximité pareille ?

— Non. Cela fait bientôt trois mois que tu te réveilles la nuit. Tu devrais voir un spécialiste pour ça. Tu en as parlé à ta psychologue ?

Sa remarque me touche en plein cœur. Elle me heurte et m'horripile. Mon cœur se serre. Ce qu'il se produit la nuit n'a rien à voir avec des refoulements ou des problèmes psychiques. Je ravale ma tristesse avec difficulté. La noirceur de la nuit nous enveloppe. Christian a beau le nier, je me sens liée à l'Égypte depuis ma plus tendre enfance. Plus le temps s'écoule et plus cette passion se manifeste et explose au fond de moi. Je suis presque sûre que si j'avais eu des visions sur la Révolution française, il m'aurait soutenue dans mes démarches. Nous aurions visité l'entièreté de la France et il aurait été si fier. Pourquoi ne peut-il pas manifester plus d'intérêt pour mes loisirs ?

— Il est bientôt quatre heures du matin, je n'ai pas envie de me prendre la tête maintenant.

En prononçant cette phrase, je m'extirpe de son étreinte afin de me rendre dans la chambre. Ses bras musclés me quittent. Son silence est sa seule réponse. Les larmes me montent aux yeux, cependant je refuse de faiblir. Avec tout ce qu'il se passe entre nous, il faut tenir tête. Un mélange de rancune et rage m'envahit. Mes plaintes rentrent par une de ses oreilles et ressortent par l'autre. Il n'écoute pas, il ne fait qu'entendre mes appels à l'aide.

Couchée au lit, sur sa droite, je prends les devants et lui fais part, enfin, de mon souhait le plus cher. Avec ou sans lui, je suis déterminée à le réaliser... À cette heure-ci, mes idées ne sont peut-être pas claires, mais cela doit cesser. Il faut que je sache.

— Que tu le veuilles ou non, j'irai en Égypte dans peu de temps. Mes vacances se dérouleront là-bas. J'ai besoin de me retrouver. Tu me préviendras si tu m'accompagnes.

Sur ces mots, mes épaules semblent plus légères. Je ferme les yeux en espérant tomber dans un profond sommeil. Qu'Horus entende mon appel.

Un accord bien décidé

« Suis ton cœur pour que ton visage rayonne durant le temps de vie »
Proverbe égyptien

Le calme règne dans l'appartement. La pluie à l'extérieur fait rage sur la ville de Mons. Les petites gouttelettes s'abattent sur les vitres, entrecoupant ce silence de mort. Je n'ai plus adressé un mot à Christian depuis notre réveil, déçue par sa façon de penser. Je ne pense pas que ma méthode soit la meilleure pour arranger cette distance entre nous, toutefois ma patience a des limites face à ses remarques désobligeantes. Il en est conscient. Pendant des années, j'ai accepté tant de choses de sa part sans m'y opposer. L'amertume me submerge. Cette injustice me rend malade. Combien de fois ai-je laissé mes amies de côté pour le rejoindre en France sur des lieux historiques ? Ces thèmes ne me passionnent pas, mais je le soutiens dans ses démarches. Tant d'efforts réduits à néant. Visites au musée, voyages, tout y est passé. Je me suis intéressée à son métier, car je l'aime lui et tout ce qui s'en suit. Ces savoirs ont fait grandir ma culture générale, alors pourquoi ne ferait-il pas de même ?

J'aime le voir sourire quand il parle de cette époque, découvrir son monde. Néanmoins, il n'en a jamais fait autant pour moi.

Assise dans le fauteuil du salon, je tente de lire un livre. Cela ne sert à rien, car la tristesse me possède. Une boule reste coincée dans le fond de ma gorge. Ma tasse de thé ne suffit pas à la faire partir. Cette rancune semble bloquée à cet endroit. Si tout se déroule comme prévu, je voyagerai au cœur des terres sacrées dans quelques petites semaines. Mes patients seront prévenus de mon absence d'une quinzaine de jours. Cela me pince le cœur de les laisser là. Madame Dubois en fera toute une histoire, comme Monsieur Lefevre. Leurs petites histoires et sourires vont me manquer. Mon travail me tient tellement à cœur. Par chance, une de mes collègues est prête à répondre à leurs appels en cas d'urgence. Il vaut mieux prendre les devants.

Tandis que ma lecture se poursuit, Christian s'assied en face de moi, les mains jointes.

— Je suis d'accord. Allons là où tu veux, mais que l'on soit clair. Une fois de retour, je ne veux plus entendre parler de tes affaires d'illuminés.

Ainsi, il se relève sans me laisser droit à la parole. La conversation est coupée. Ce dernier disparaît dans le couloir, certainement pour se retirer dans la chambre. Je referme ma bouche grande ouverte, car je n'ai rien à ajouter. Un sourire se dresse sur mes lèvres. L'impression d'avoir réussi la première étape me soulage. Je lui avais dit que ce voyage pourrait se faire sans lui s'il le fallait. Christian s'est proposé. Peut-être y a-t-il un dernier espoir pour notre couple ?

Je ne cherche pas à répondre, ni même à justifier la distance que j'ai imposée entre nous cette nuit. Le principal, c'est que l'accord est passé.

Une dernière thérapie

« Ne fais pas abattre l'arbre qui te donne de l'ombre. »
Proverbe égyptien.

Mon regard dérive sur l'horloge attachée au-dessus de la porte. Le bruit de l'aiguille me tape sur le système. Mes sens sont en éveil. Aucun bruit ne m'échappe. Le doigt de Monsieur Guy qui frappe sur l'accoudoir du fauteuil, les pas des passants dans la rue, mon pied contre le sol. Je garde néanmoins mon calme face à mon patient. Il ne faut pas lui montrer mon agacement, alors qu'il ne lui est pas adressé.

Cet homme débat sur son couple, ses doutes et ses envies. Ses désirs sexuels prennent le dessus, cependant sa femme le repousse. Je voulais l'envoyer chez une collègue sexologue pour arranger ce problème, mais il a été très clair. Monsieur Guy n'en parlera qu'à moi, soit sa psychologue habituelle. Mes conseils diminuent, au fur et à mesure qu'il les rejette. J'en viens vite à court, désespérée. Souhaite-t-il vraiment régler ses soucis ? Car, pour l'instant, nous tournons en rond. Il se décharge de ses ennuis ici, puis part le cœur plus léger. Rien ne progresse, ni lui sur le plan relationnel, ni moi sur le plan professionnel. Onze mois, voilà onze mois que nous sommes en thérapie et qu'il ne semble pas en réaliser le coût. C'est toujours le même sujet qui revient dans les conversations : sa femme, froide. Il la soupçonne de le tromper et de se jouer de lui. Pourquoi n'ouvre-t-il donc pas les yeux ? S'il en est certain, qu'est-ce que ce dernier fait encore dans mon cabinet ? Cet homme est en plein déni, un mécanisme de défense qu'il utilise, par ailleurs, à la perfection.

— Et vous ne vous parlez plus entre vous ? demandé-je, le crayon en main.

Sur mes genoux est posé mon bloc de feuille. Pour chacun de mes patients, est gardée une trace écrite de nos rendez-vous, de nos échanges. Personne n'échappe à cette méthode. Cela me permet de relire notre dernière entrevue avant de l'accueillir. Notre séance va bientôt prendre fin. L'horloge tourne, les minutes défilent tandis qu'il marmonne ses plaintes. Elles ne me parviennent plus. Chaque fois, j'écoute les mêmes explications. Pourquoi refuse-t-il donc mes propositions ?

— Non, quand elle rentre le soir, je n'ai pas le droit à un regard. Sauf pour de l'argent… Rose ne me demande de l'aide que pour faire les courses ou du shopping.

J'approuve d'un signe de tête. Ma plume défile sur le papier. Dès notre première séance, sa personnalité s'est vite distinguée de son comportement. Peut-être est-ce l'habitude ou les années d'expérience derrière moi. Chaque détail est important en thérapie, ainsi que les mots employés. C'est ce qui me passionne chez l'homme. L'absence de communication dans son couple va l'amener à sa fin.

— Et vous lui donnez ce qu'elle souhaite ? J'entends par là, acceptez-vous toutes ses demandes ?

Je perçois à travers ses billes d'émeraude que la culpabilité le ronge. Son apparence laisse à désirer. Une barbe mal rasée, des poches sous les yeux, le teint pâle. Il se préoccupe tellement des réactions de sa femme à son égard qu'il en oublie son hygiène. Ce dernier ne prend plus soin de lui. Si seulement cet homme acceptait de sortir de sa zone de confort, nous pourrions vraiment commencer la thérapie. Il économiserait par la même occasion son argent. Mais l'homme est un mammifère très malin qui pèse toujours le pour et le contre d'une situation, et je pense bien que Guy a déniché plus de points positifs à rester qu'à fuir sa femme.

— Oui. Elle ne gagne rien. Je ramène l'argent à la maison pendant qu'elle travaille sur son projet. Rose aimerait ouvrir un salon de coiffure. Je mets donc une petite somme de côté chaque mois… Peut-être qu'en réalisant son rêve, elle recommencera à me parler !

Ses espoirs sont néfastes pour lui, car lorsqu'il devra faire face à la réalité, elle lui fera l'effet d'une gifle. Je garde néanmoins mes distances. Il est très difficile, même en tant que psychologue, de ne pas être touchée par leur histoire. Nous restons des humains, et nous avons chacun notre expérience. Son histoire n'est toutefois pas la mienne. *Ressens de l'empathie, non de la pitié, Romane. Ressaisis-toi !*

— Est-ce que vous avez essayé de, comment dire… prendre une pause ? Faire un break ? Peut-être que la laisser respirer et vous occuper de vous avant tout permettra de mieux vous retrouver ?

Une lueur d'espoir traverse son regard. Guy se redresse, la main grattant le menton. Il semble réfléchir à mes mots. Tic-tac, tic-tac. Je vais finir par retirer cette énorme horloge. Nous arrivons à la fin de l'heure. Mon bureau est dans un bazar total. Des fardes s'empilent, des post-its parsèment l'écran d'ordinateur, trois tasses de café vide envahissent l'espace. Je devrais avoir honte de le montrer aux patients, mais ils sont habitués. Et puis, tout le monde sait qu'un psychologue ne réussit pas à garder son cabinet rangé plus de deux heures.

— Non, c'est une idée. Et si je l'amenais à Athènes ? Rose rêve de s'y rendre !

Il fuit, il détourne la situation. Lui payer ce voyage en Grèce n'ouvrira pas forcément la conversation, ne réglera pas ce problème. Monsieur Guy continuera à être aveuglé par l'amour, puisque cette escapade va le déconcentrer de son but premier. Si ce dernier essaye de réanimer la flamme de son couple, alors qu'un break s'impose, cela risque d'empirer la tension dans son couple. L'illusion dans lequel il se berce est d'une tristesse.

Soudain, la sonnerie du téléphone fixe sonne. Je me lève pour répondre et reconnais la voix de mon mari. Il me prévient que la séance est terminée. Ce dernier ne supporte pas que je déborde sur mon temps libre pour en terminer avec mes patients. Et puis, nous avons un rendez-vous dans une agence pour notre croisière. Monsieur Guy paraît déçu, comme à chaque fois, de l'entretien. Il repart avec ses doutes et ses incertitudes. Je n'ose pas être trop directe avec lui. Mes explications se répètent encore et encore. Elles rentrent par une oreille pour ressortir par l'autre. Je lui ai déjà dit que Rose ne l'aimait pas, qu'elle se servait de lui pour subvenir à ses besoins. Sa réponse est gravée à jamais dans mes souvenirs tant elle m'a surprise — n'est-ce pas ce qu'une femme cherche d'un homme ?

Au lieu de me concentrer sur le présent, il faudrait creuser dans ses relations d'enfance, celle avec sa mère, son père, sa famille. Toutefois, le temps me manque. Je le note sur un coin de la feuille en rouge : À NE PAS OUBLIER. Se pencher sur cet aspect de sa vie m'aidera peut-être à l'extirper de cette relation toxique.

— Êtes-vous disponible dans trois semaines ? Le 03 mars ?

Je me redresse, puis me dirige vers mon bureau. Mes mains parcourent les colonnes de mon agenda, qui s'étendent sous mes yeux.

— Non. Je suis en congé et je compte m'absenter un petit bout de temps.

J'attrape la carte de visite d'une collègue qui est prête à prendre le relais en cas d'urgence.

— Téléphonez à ce numéro si vous avez le moindre problème. Elle vous prendra en charge plus vite que je ne pourrais le faire.

Il la saisit sans même lui accorder de l'attention. La déception se lit sur son visage. Cet homme est un de mes patients préférés. Il est calme, posé, et l'aider devient une véritable énigme. Le jour où je réussirai, je m'offrirai une quinzaine de bouquins ! Une belle récompense après autant d'efforts, de casse-têtes et de recherches.

Je le raccompagne jusqu'à la porte, puis lui souhaite une bonne semaine. Ce dernier marmonne entre ses dents quelques mots avant de disparaître de mon champ de vision. Il est contrarié, voire agacé. Ce qu'il ressent à cet instant est en dehors de ma volonté. Je ne peux rien y faire. J'ai une vie à mener et mon propre couple à sauver.

À la hâte, je ressemble mes affaires avant de fermer le cabinet à clef. Ma dernière étape ? Réserver ma croisière sur le Nil.

La réservation faite

« Le silence est plus profitable que l'abondance des paroles. »
Proverbe égyptien

Dans deux jours, j'y serai. Dans deux jours, je toucherai cette terre de mes pieds, de mon corps, et je pourrai crier victoire ! Mon cœur rêve déjà du sable chaud, du soleil brûlant et des lieux sacrés. Après des heures et des heures de négociation avec Christian pour qu'il accepte, nous nous envolerons bientôt. Mon plus grand désir semble si proche et à la fois si loin, à croire que voyager en Égypte n'est pas la véritable épreuve qui m'attend sur place. Par ailleurs, mon mari est un peu grognon depuis que nous avons signé les papiers et financé le séjour.

En tout cas, mes bagages sont déjà prêts tellement je suis excitée ! Une rencontre avec ma meilleure amie est prévue avant qu'on ne s'éclipse deux longues semaines. J'ai planifié la visite dans ses moindres détails, connais sur le bout des doigts tous les différents temples à voir, et les lieux à ne pas rater sur place. Il faut avouer que la conseillère a persuadé Christian de réserver ce voyage, et pour la première fois de ma vie, j'ai savouré cette influence commerciale. Les images qu'elle nous a montrées étaient magnifiques, entre le Caire, Abou Simbel et le Nil. Mes yeux pétillaient, contrairement à ceux de mon mari, qui n'exprimaient que de la lassitude.

— Vous êtes certaine que nous ne risquons rien ? demandait mon mari, blême.

Il déteste ce pays, tout comme ce continent, et s'il avait le choix, il le barrerait de nos destinations à visiter en amoureux. Cela fera bientôt trente minutes qu'il débat avec la conseillère et essaye de trouver toutes les excuses possibles pour se défiler. Christian arrive toutefois à court d'idées. Cette dame s'y connaît bien et nous a annoncé tout ce qu'il fallait entamer une fois sur place. Mon mari est donc mal placé, car je m'y rendrais, avec ou sans lui. Le temps s'écoule à une vitesse folle depuis que nous sommes arrivés, et mon homme ne semble pas avoir dit son dernier mot.

— Bien sûr ! Je vous déconseille juste les croisières qui tournent sur le net à seulement 500 euros, à moins que vous ne souhaitiez être atteint de la turista, ce qui n'est pas très beau quand on part en couple, ni agréable ! Plus vous mettez un prix élevé, plus le filtre du bateau qui nettoie l'eau du Nil, que ce soit pour vous doucher ou pour boire, est de meilleure qualité.

J'émets un rictus discret. L'envie de rire à gorge déployée me saisit, cependant je reste dans l'ombre et cache mon sourire grâce à ma chevelure brune. Tout ce qu'il haït se retrouve là-bas, mais mon cœur est prêt à tout pour le visiter. Ma main touche celle de Christian. Il ne l'enlace pas dans la sienne. Cette distance entre nous devient très difficile à digérer. Espérons que la croisière sauve notre couple avec la proximité que nous aurons dans la chambre.

— Bon… Laquelle me recommandez-vous ?

Sa voix est plus directe. Je ressens son agacement envers cette conseillère, qui, la pauvre, ne fait que son boulot. J'essaye de le calmer en lui parlant de ce que je désire. Allons droit au but pour éviter de payer dans le vent un voyage qui ne me servira à rien. Alors que je commence à citer les différents temples, cette dame ouvre son livre et me montre LA croisière parfaite.

— Vous avez aussi les entrées comprises dans le prix, bien évidemment, et les différents repas. Une chambre pour deux et vous bénéficiez d'une réduction si vous partez ensemble, mais c'est ce que vous aviez planifié depuis le début, n'est-ce pas ?

Je hoche la tête, puis jette un coup d'œil à Christian, qui ne paraît pas réjoui à l'idée de partir. Le but est de nous réconcilier, de raviver notre flamme et j'ai tout prévu pour ces huit jours à ses côtés.

— Romane, tu m'entends ?

La voix d'Inès me parvient. Les sourcils froncés, je reprends mes esprits en secouant légèrement la tête. Ce séjour envahit mes pensées les plus profondes. Pendant qu'Inès me sort de mes rêveries, elle affiche un air grave sur la figure. Un sourire timide se dresse sur mes lèvres. Le rouge me monte aux joues. Cette dernière m'a invitée chez elle pour fêter mon départ imminent. Et, appelez ça de la chance ou non, Michael travaille. Il ne traîne pas dans nos pieds, et n'insulte pas mon amie sur sa manière d'être et de se comporter.

— Pardonne-moi... Je suis à l'ouest depuis cette nouvelle. Je m'y vois déjà !

Mes yeux s'attardent sur mon œil oudjat tatoué sur l'avant-bras droit. Mes réflexions se portent sur le prochain signe que je tatouerai. Le scarabée ? La croix d'ankh ? Si le voyage se déroule comme prévu, pourquoi pas les deux ? Mon âme est liée à ce pays, il ne peut en être autrement.

— Comment a réagi Christian quand tout a été conclu et payé ?

Sa question me perturbe. Sans lui montrer mon air dubitatif, j'attrape ma tasse sur la table qui nous sépare et bois plusieurs gorgées.

— Hé bien… Je lui ai promis de tout faire pour que ce séjour soit exceptionnel !

Après que je lui ai dit ce que je compte offrir à Christian là-bas, soit une seconde lune de miel, Inès paraît soudain plus froide et plus distante. Est-ce à cause de ma réponse courte et sans détail ? Ou de ce souper surprise dans la semaine que nos maris ont organisé ? Je n'en sais rien et ne préfère pas m'aventurer sur ce terrain-là maintenant. Une dispute représente tout ce dont je n'ai pas besoin. Son comportement diffère, cependant, de celui d'il y a deux semaines. Plus le temps progresse, plus ma meilleure amie change. Michael porte atteinte à son bonheur et à son épanouissement. Cela me peine de la voir ainsi. La tristesse me ronge. Toutefois, mon visage ne dévoile aucune émotion face à sa froideur. Bien au contraire, j'essaye de reprendre notre conversation.

— Avec le body en dentelles que j'ai acheté, ça devrait le convaincre pour la première nuit. Enfin… à condition qu'il veuille de moi. En ce moment, il est absent ou toujours sur ses copies. Son boulot lui prend beaucoup la tête.

Ma main pique un spéculoos dans la boîte à biscuits sur la table basse du salon. Son appartement a une décoration très simpliste et sans prise de tête. Des cadres de paysages recouvrent les mûrs grisâtres, ses meubles sont peints d'une couleur brune, sans parler des nombreuses statuettes grecques qu'elle tenait à installer en arrivant ici. Michael, par contre, n'a mis aucune petite touche d'originalité.

— Je ne savais pas qu'il aimait la dentelle, tu n'en parlais pas avant. Comme quoi, tout le monde peut évoluer !

Sa petite voix aigüe me perce les tympans. Son air enjoué me paraît bien trop subit. Cette dernière me cache quelque chose, mais quoi ? Je passe outre ce détail et son attitude changeante. Ses problèmes de couple l'agacent suffisamment pour que j'en rajoute une couche.

— Et ton mystérieux Apollon ? Il se porte bien ?

J'essaye de lui remonter le moral avant mon départ. Si cet homme secret est la seule solution pour qu'elle garde le moral, elle devrait le voir plus souvent et peut-être cesser son infidélité envers Michael. Ma meilleure amie finira bien par le quitter pour vivre son nouveau grand amour ! N'est-ce pas ?

— Je ne le vois plus pour l'instant. Il a décidé de sauver son couple et de me laisser. Une triste fin pour moi. C'est pour ça que je ne quittais pas Michael, lui n'aurait pas eu le cran de le faire... Bref, passons à autre chose ! Mais tu n'as jamais entendu cette histoire, d'accord ?

Je manque de m'étouffer avec mon thé à la menthe. Elle couchait avec un homme marié ? Un homme qui a peut-être des enfants, une famille à gérer, une femme aimante ? Mes lèvres se crispent, ma mâchoire mord l'intérieur de mes joues. Qu'elle s'envoie en l'air est un fait, qu'elle brise un foyer familial pour ses pulsions sexuelles en est un autre. J'ai toujours été catégorique sur l'adultère, certainement dû à mon éducation stricte. La liberté des femmes reste une de mes valeurs, pourtant, son comportement me refroidit. Je ne la reconnais plus... Si Christian me trompait, je ne pourrais jamais lui pardonner. Je me sentirais si sale, si mauvaise et nulle. Mais surtout, des questions me tourmenteraient. En plus d'avoir le cœur meurtri, le visage bouffi et l'amertume coincée dans la gorge, je me demanderai où est-ce que j'ai fauté pour qu'il aille dans les bras d'une autre. Cela me semble tellement insensé... Pourquoi n'a-t-elle pas arrêté le jeu avant de se brûler ? Inès a de la chance de ne pas être tombée enceinte de cet inconnu !

— Non, ne t'inquiète pas. Ton secret est bien gardé avec moi.

Une lecture enrichissante

« *Il est dit qu'un homme meurt deux fois dans l'ancienne Égypte. La première, quand son ba sort du khat, soit l'âme en dehors du corps. Et la seconde, quand son nom est prononcé une dernière fois.*

Le système de momification a été offert par le Dieu Anubis. Il suffisait de purifier le corps avec l'eau sacrée, pour ensuite le laver. Souvent, les hommes retiraient plusieurs organes de l'enveloppe corporelle, comme l'estomac, les poumons, les intestins et le foie. Seul le cœur gardait sa place, symbolisant de cette façon la pensée. Ils plaçaient tous ces organes dans quatre vases de canopes qui représentaient les quatre fils d'Horus — Amsit, Hâpy, Douamoutef et Qebehsenouf. La conservation était possible grâce au sel avec lequel ils les recouvraient pour assécher la chair. Après plusieurs jours, voire des semaines, le corps était enfin prêt, rempli de plusieurs essences avant l'embaumement avec des bijoux.

Pour finir ce rituel, les embaumeurs enveloppaient le corps de bandelettes de lin puis ajoutaient le masque funéraire à la momie. Vous connaissez évidemment la suite, le corps était posé dans le sarcophage qui lui était destiné, construit pour sa personne. Les traditions demandaient que l'on porte une tête de chacal en honneur à Anubis. Sur les parois des sarcophages étaient gravés les textes des pyramides. Ils permettaient d'obtenir la vie éternelle ».

— Romane, prépare-toi ! On y va !

Assise dans le sofa, au calme, mon regard défile sur les phrases du bouquin. Ce bouquin est passionnant et j'en apprends tellement ! Christian me sort de ma lecture de son appel. Sa vois stridente me perce les oreilles. Je referme le livre pour le ranger dans mon sac à main. Je vois mon mari, qui, chargé par les bagages, se dirige tout droit vers l'entrée. Ce dernier semble déjà épuisé à l'idée de partir, mais tout est payé ! On ne fait plus demi-tour. Il faut maintenant faire face à cette grande aventure qui nous attend. Ce séjour me comble de bonheur. Je suis excitée comme une puce depuis notre réservation. L'envie de sentir mes pieds dans le sable chaud, mon corps caressé par les bourrasques du désert, réchauffé par la chaleur et mes yeux pétiller face aux merveilles de l'Égypte ne me quitte plus. Je m'y vois déjà, sur le bateau de croisière, les cheveux au vent, le sourire sur les lèvres.

Pendant que Christian charge la voiture, j'enfile mes chaussures. Cela fait une demi-heure que je m'impatiente. Tout est prêt : ma tenue, les billets d'avion et les valises. L'agence nous a conseillé de prendre des vêtements assez souples et légers pour supporter le climat aride. Et avec toute la marche qu'on nous prépare, il vaut mieux être à l'aise dans nos tenues. La conseillère avait bien insisté là-dessus. J'espère maintenant que mon homme a suivi ses conseils, car le connaissant, il portera ses pantalons par fierté pour contredire les avertissements de cette femme. Il a de la chance que je sois prévoyante, puisque je lui ai piqué trois shorts en les rangeant dans mes bagages. Cela devrait faire l'affaire. Tous mes rendez-vous sont transférés chez ma collègue pour les deux semaines à venir. Quant à Christian, il a prétexté un coup de mou et des soucis de santé pour annuler ses cours. Nous sommes enfin parés au départ, l'excitation au creux du ventre.

J'ai l'impression de revivre, prise par cette adrénaline. Je ne me suis jamais sentie aussi heureuse. Cette joie me gonfle la poitrine. Notre lune de miel à Paris, des années plus tôt, avait été un véritable désastre avec la pluie et les musées fermés, sans oublier ce problème de douche dans l'hôtel. Nous n'avions pas l'eau chaude. Ce voyage représente alors notre chance de rattraper ce coup foireux, et surtout, de recoller les morceaux. Je ne sais pas quand, ni comment mon couple a dérapé, mais je suis bien décidée à retrouver mon amour, l'homme que j'aime depuis le début.

Avant de prendre la route, nous vérifions si tous les robinets sont bien fermés, si les chauffages sont éteints, comme les lampes. Tout est nickel. Il ne manque plus que nos tickets d'avion, sagement casés dans mon sac à dos.

— Tu sautilles comme une puce, rit Christian en me voyant dans cet état.

Je lui vole un baiser. Ce séjour promet beaucoup de choses à découvrir !

— On va voir les temples, mon amour ! Des temples, tu entends ?

Ses lèvres trahissent un sourire. Je ferme à double tour la porte puis m'éclipse. Cette journée va être parfaite, je le sens. Cela ne peut qu'aller bien, non ?

Nous sommes coincés dans les bouchons en direction vers Bruxelles. Je bénis Horus de m'avoir fait penser à partir plusieurs heures à l'avance. Cela n'a pas dérangé Christian, qui a pris l'habitude de mon comportement nerveux. Au contraire, après avoir déboursé plusieurs milliers d'euros pour ce séjour, nous ne voulions aucun retard.

Pendant que les autres conducteurs s'acharnent sur les klaxons, j'augmente le son de la radio. *How do you sleep* de Sam Smith envahit le véhicule. Mon mari affiche une mine colérique devant cette file. Je jette un coup d'œil à l'horizon, tout paraît enfin se démêler. Après une heure d'attente et de jurons, l'avant reprend ses mouvements. Soudain, Christian coupe le son, les mâchoires serrées, le regard droit devant et l'air irrité.

J'avale avec difficulté ma salive. Comment réagir ? Depuis quand une musique le met dans cet état ? Ma main se pose sur son bras, en guise de réconfort.

— Tout se passe bien ? demandé-je, inquiète.

Mes sourcils se plissent lorsque je réfléchis à son comportement. Inès a certainement raison quand elle dit que les personnes changent avec le temps, qu'elles évoluent, et plus le temps s'écoule, plus mon mari prend la place d'un inconnu à mes côtés.

— Je ne supporte pas ces paroles ! Et je n'aime pas ce type. Il doit avoir de sérieux problèmes à régler pour chanter sur ses relations comme ça, là. Tu devrais changer tes goûts musicaux, ça devient invivable.

Je me mords la lèvre inférieure. L'énervement bout au fond de moi. Quand arrêtera-t-il de juger tout ce qui l'entoure ? Et surtout, de briser l'ambiance agréable qui s'était créée entre nous, dans cet espace ? Lire, travailler, rien ne lui convient. Ça le gêne même que je range la maison, maintenant, car je déplace ses objets historiques sans son autorisation. Parfois, je me demande s'il ne finira pas par se plaindre du bruit de ma respiration. Comment suis-je censée réagir face à ce comportement d'enfant ? S'il faut discuter de guerres et de révolutions pour le maintenir de bonne humeur, c'est bien triste. La diversité dans mon couple m'a toujours passionnée.

Toutefois, en abordant les sujets qui l'obsèdent, m'accordera-t-il plus d'attention ?

— Et si tu faisais l'effort d'en comprendre la signification ? Les artistes refoulent une grosse partie de leur vie dans leur production... Souvent dans la musique ou les livres !

J'essaye d'adoucir l'atmosphère tandis qu'il s'acharne sur son klaxon et insulte la personne devant nous. Le ton de sa voix est agressif.

— Putain, tu peux pas avancer, ducon ?! Certains devraient revoir le code théorique bordel !

D'un air agacé, il double la voiture, puis accélère. Le silence nous sépare dans le véhicule. Je ne tente plus rien et me recroqueville sur moi-même, le visage tourné vers la vitre. Le chagrin me consume. Cette solitude m'étouffe, ainsi que ce rejet permanent. Je ne me sens plus désirée, ni désirable avec son attitude envers moi.

Le paysage défile à une vitesse impressionnante et le reste de la route se déroule dans le plus grand calme. Un secret ou une erreur de notre part nous tient éloignés l'un de l'autre, mais laquelle ? Qu'ai-je fait pour mériter ça ? Cette peine s'acharne sur mon cœur et le resserre un peu plus chaque jour. Je mordille l'intérieur de mes joues, tripote mes mains et rumine encore et encore. Rien. Mes pensées se bousculent dans mon esprit. Cette incertitude est une torture. La nervosité s'accroche à l'estomac, le noue. Des nausées me prennent. Je ne digère pas cette situation. À part Inès, personne n'a passé beaucoup de temps à l'appartement. Nous avons fait plusieurs soirées ensemble et elle dormait chez nous. Peut-être que Christian avait l'impression de ne plus posséder son intimité, celle qui existait avant entre nous ? Celle qui nous tenait enflammés ? Cette question me turlupine, cependant, je ne prends pas le temps de la poser.

L'aéroport de Bruxelles apparaît sous nos yeux, en plein jour, sous ce ciel grisâtre. Une bruine tombe sur le pays. Dans quelques heures, j'abandonnerai cette pluie pour le soleil. Dans quelques heures, nous serons à Louxor où le bateau nous accueillera, et j'espère d'ici là que Christian se calmera.

Isis, si tu m'entends, si tu es là, aide-moi.

Une longue attente

« La force de la vérité est qu'elle dure. »
Proverbe égyptien

En face du distributeur, ma pièce glisse dans le trou. Mes doigts pressent le bouton vert pour obtenir mon thé à la menthe. Comme vous l'avez compris, j'y tiens beaucoup. C'est ma boisson préférée, très appréciée en Égypte. Et puis, je ressens le besoin d'une boisson chaude pour progresser dans la lecture de mon livre. Christian reste de mauvais poil à cause de la route encombrée. Son comportement m'a vraiment refroidie. Parfois, je me demande si je n'aurais pas mieux fait de partir seule à l'aventure. Même Inès est surprise qu'il ait accepté. Après lui avoir parlé des temples que je comptais visiter, elle n'en croyait pas ses oreilles. Mon intuition avait peut-être raison — ce voyage est le mien, celui dont j'ai besoin. Ce monde, qui m'appartient, n'est pas le sien.

Le gobelet tombe sur la plaque noire et le liquide se verse à l'intérieur, tandis qu'une foule s'installe sur les sièges dans mon dos. L'aéroport est bondé de vacanciers, un fait auquel je ne m'attendais pas en plein mois de février. Néanmoins, les étudiants profitent justement de leurs jours vides pour partir trois jours à l'étranger. Cela me rappelle mes années universitaires où je rêvais de voyager et de découvrir de nouvelles cultures.

Lorsque je rejoins mon mari à une table, sur la gauche du restaurant Panos, une seconde foule se dévoile. Nous avons bien fait d'arriver quelques heures plus tôt, même si Christian n'est plus de cet avis. Il s'ennuie et soupire toutes les cinq minutes. Toutefois, nous restons d'accord sur le fait que louper notre vol serait l'enfer. En particulier pour moi, des étoiles plein les yeux.

Je pose mon verre pour sortir mon téléphone portable dans ma poche. Aucun message, ni appel. Mes parents sont prévenus de ce séjour. Néanmoins, j'aurais aimé un petit SMS de la part d'Inès. J'installe la connexion wifi sur le mobile, dans l'espoir d'avoir de ses nouvelles. Rien. Elle doit être occupée, ou en train de cuisiner à l'heure qu'il est. Michael ne tardera pas à rentrer pendant sa pause pour déguster son plat.

Mes mains se saisissent de mon livre pour poursuivre ma lecture, cependant, mon mari me stoppe dans mon élan. D'une voix pâteuse, il proclame :

— Tu ne comptes pas lire maintenant, quand même ? Tu m'as ennuyé pour partir et voilà que tu te coupes du monde dans ce récit ? Laisse-moi deviner, c'est de la romance ?

Il s'est levé du pied gauche ou quoi ? La colère mijote dans mon ventre. Mes lèvres retiennent les mots qui me traversent l'esprit, lui évitant ainsi ma mauvaise humeur. Je ferme le livre d'un geste brusque et plonge mon regard dans le bleu de ses yeux.

— Très bien, de quoi veux-tu parler ? Car tu n'as pas cessé de râler sur la route et là, tu gardes le silence. Alors si c'est pour rester dans cette ambiance de merde, oui, je préfère avoir le nez dans un bouquin.

Son attitude, des plus exécrables, me dégoûte. Christian se gratte la barbe, puis passe une main dans sa chevelure. Qu'est-ce qui a bien pu changer chez lui ? Avant, il adorait m'observer lire, sourire à certains passages. Il aimait ce rat de bibliothèque que je suis, cette femme passionnée par le monde et ses mystères, intriguée par la société et ses règles, par la psychologie et ses théories.

— Tu as des nouvelles de tes amies ? Michael ne me répond pas.

Quel beau de sujet de conversation. Nous allons discuter pour aborder ça ? C'est tellement excitant et romantique.

— Non, Inès n'est pas connectée, peut-être qu'elle est occupée. Je te laisse deviner ce que mes collègues font à l'heure actuelle. Personne n'est là. Je te rappelle qu'on a choisi de partir en dehors des vacances scolaires. Tout le monde bosse...

L'intonation de ma voix s'abaisse, ne souhaitant pas attirer l'attention sur nous. Mon gobelet est vide. Je le jette avant de reprendre ma place. L'avion ne décolle que dans deux bonnes heures. Je ne sais pas comment passer le temps, entre me mettre à dos Christian pour mes envies de lecture et discuter de sujets si plats. Il s'ennuie, gigote avec ses doigts, souffle.

— Tu as le programme des visites sur toi ? Je vais jeter un coup d'œil...

Il me demande cela sur un ton plus calme. Cela me soulage de le voir faire enfin des efforts. Peut-être vaut-il mieux éviter les sujets ou les comportements fâcheux. Ce voyage est notre seconde lune de miel, notre seconde chance. Je sais très bien au fond de moi qu'à la fin de cette croisière, plus rien ne sera pareil. La décision sera prise, le choix de la destinée tombera. Notre mariage sera sauvé ou pas.

Je rends la feuille de papier sur lequel j'ai imprimé l'horaire et toutes les visites pendant notre séjour ; des temples aux simples marchés, des villes aux villages. La simple idée de naviguer sur le Nil m'émoustille. Cela me rappelle mon dernier rêve sur cette barque, si proche du temple. Je me souviens de sa similitude avec celui de Komombo et ses colonnes qui s'élancent vers le ciel auprès de Rê.

— Bon, à part une surdose de lieux sacrés, de mythologie égyptienne et de magie, je suppose que je devrais me plaire à Louxor et qu'on aura l'occasion avant notre départ de visiter un ou deux musées. Je profiterai du séjour pour déguster les plats culinaires traditionnels.

Nous partons sur de mauvaises bases. Quand il refuse de visiter les endroits convoités, je ne demande que ça. Devrais-je lui reprendre le plan ou abandonner mes désirs ? Quand nous avons découvert les lieux et les musées sur les guerres mondiales et les révolutions, je me suis abstenue de critiques ou de remarques de ce style, car il tient à ça, à ces époques et à cette passion. Pourquoi n'en fait-il pas autant pour moi ? Les jours passent et ma rancœur grandit. Nous réalisions mon rêve en allant sur place. L'amertume coule dans mes veines et me monter au cerveau. *Reste calme, Romane. Le temps défile. Bientôt, tu seras dans l'avion.*

— Fais un effort, s'il te plaît. Ce n'est qu'une grosse semaine de repos, d'accord ? Après on rentre sur Mons et je ne t'ennuie plus avec ça.

Mes yeux le scrutent avec intensité. J'essaye tout, j'essaye, bon sang, de garder mon calme, d'être patiente avec lui et de le comprendre, mais il y a des limites. Il n'écoute pas. Je ne lui ai demandé que huit jours. Qu'est-ce que cela représente face à l'éternité ?

— Oh, mais j'espère bien ! Je n'ai pas payé plus de cinq mille euros pour t'entendre te plaindre au retour. J'ai déjà hâte de terminer ce voyage pour qu'on s'envole en Écosse.

J'ai repéré des sites intéressants. Cet endroit m'intrigue et puis il a un intérêt pour mon boulot.

Après mûres réflexions, je me tais, la déception me tiraille. Deux heures qui me séparent de mon rêve. Parfois, je me dis qu'Inès aurait été une meilleure compagne dans cette escapade. Je suis exaspérée. Il vaut mieux garder le silence jusqu'à l'arrivée.

D'un soupir, je réplique :

— Si ça peut te faire plaisir…

L'air faussement intéressée, je détourne le visage vers les énormes baies vitrées qui dévoilent tous les avions parés à embarquer les touristes. Christian ne prend pas en compte ma réponse pour observer l'écran de son téléphone portable. Il fouille le web à la recherche de billets d'avion en direction du Royaume-Uni. Nous sommes à peine partis en Égypte qu'il prévoit déjà de fuir. Cela ne me dit rien qui vaille. Et si mon mariage était irrécupérable ?

L'arrivée en Égypte

« *Suis ton cœur aussi longtemps que tu vis.* »
Ptahhotep

De longues minutes se sont écoulées dans l'avion, plongée dans le silence avec mon mari. La télévision attachée au-dessus de ma tête n'a servi à rien. Le film est passé en anglais. Je n'ai compris qu'une phrase sur deux.

Soudain, le pilote nous prévient enfin que l'atterrissage approche. Nous survolons le pays qui affiche avec fierté ses villes et ses sites historiques. L'excitation me prend aux tripes tandis que Christian se réveille, endormi depuis le décollage. Au moins, j'ai eu l'occasion de continuer ma lecture ou d'entamer des recherches sur Google.

Le guide touristique que nous avons réservé nous expliquera une grosse partie de l'histoire en français. Mais pour comprendre ses mots, il faut connaître plusieurs personnages de la mythologie, les mythes les plus connus, ou savoir qui étaient les pharaons comme Ramsès II et comment ils étaient perçus. Ces heures m'ont paru très enrichissantes ! Pendant très longtemps, on a vu les pharaons comme des descendants des dieux. Enfin… Dit d'une façon vulgaire, c'est ce que j'ai retenu des trente pages que j'ai lues.

— Réveille-toi, nous sommes arrivés ! lui dis-je en le secouant légèrement.

Des grognements s'échappent de sa bouche. Il se redresse sur son siège en bâillant. La plupart des personnes commencent à s'agiter. Comment rester calme à présent, alors que nous sommes tous si proches des pyramides et des temples ? Alors que je suis sur le point d'éveiller des connaissances du passé dissimulées en mon âme ?

— C'est bon... Rassure-moi, l'hôtel n'est pas loin ?

Je vérifie dans mes notes où le Nefertiti hôtel est inscrit en rouge. L'agence nous donne rendez-vous demain pour monter dans le bateau et débuter la croisière. Nous voulions arriver une journée plus tôt afin de visiter Louxor. Cela nous laisse un peu de repos, mais surtout, de quoi fouiller la ville avant de disparaître sur le Nil.

— Il est à dix-sept minutes de l'aéroport, mais il y a un bus à disposition des touristes qui nous amènera jusqu'à la ville. On doit juste descendre de l'avion, prendre nos bagages et filer à l'aile est.

Lors de notre attente à Bruxelles, nous avions rencontré des personnes qui partaient sur la même croisière que nous. Ils avaient eu cette idée de se promener aussi à Louxor. Il y avait d'ailleurs tout un groupe excité, déjà prêt, et les yeux pétillants. Je me voyais ravie d'être entourée d'inconnus tout aussi passionnés que moi par l'Égypte ancienne. Tout d'abord, Sarah, une jeune femme au visage doux et dont la chevelure de feu lui donne un air sauvage. Son frère, Franc, arbore tout un autre physique, potelé et geek, coiffé à l'arrache, et des lunettes sur le nez. Il a gardé le regard fixé sur sa manette tout le long du vol. Il suit sa sœur dans ce séjour pour la protéger, à la demande de leurs parents. Sarah a tout juste dix-huit ans et désire prendre son envol. Manque de bol, puisqu'elle aura son frère dans les pieds tout le long du voyage.

Quant à Claudine, une femme âgée, elle a répété sans arrêt qu'elle rejoignait son mari, l'attendant auprès des pyramides. Elle m'a paru un peu désorientée et épuisée par les épreuves de la vie. Christian l'avait tout de suite trouvée stupide et naïve, tandis que j'avais vu en elle l'espoir de revoir son grand amour.

Le signe affichant le port de la ceinture s'allume. L'avion démarre sa descente et Christian blêmit. Il déteste ce moyen de transport, en particulier à l'atterrissage. Ma main s'enlace dans la sienne en guise de réconfort. Il ne réagit pas, fixe ses pieds au sol et contrôle sa respiration. Mon regard se dirige alors vers le hublot, où le paysage défile sous mes yeux. *Horus, je suis là, à quelques pas de toi.*

— Quand on sera à l'hôtel, je dormirai une petite heure avant de nous rendre en ville. Ça te va ?

J'acquiesce d'un hochement de tête, n'ayant aucune objection à cela, même si j'aurais aimé tout de suite m'aventurer dans les rues. Les roues touchent le sol. Nous sommes secoués dans tous les sens. Les moteurs émettent un bruit sourd. L'avion ralentit enfin et l'aéroport se dessine. Je me colle à la vitre sans prêter attention aux personnes qui retirent déjà leurs ceintures et qui se lèvent. Ce n'est pas en se précipitant vers les portes de sortie que nous irons plus vite. Ce véhicule possède une centaine de passagers et les stewards ne sont pas encore en position pour nous faire sortir. Après avoir jeté un coup d'œil à l'avant, je distingue les hôtesses de l'air qui s'arrangent pour rapprocher l'énorme escalier qui nous permettra de descendre. Les hommes à l'arrière sont, eux aussi, occupés à préparer les sorties.

— Hop, hop hop ! Je veux voir à quoi ressemblent la ville et notre chambre !

En tenant compte du décalage horaire, il est à peine midi. La voix de Christian m'extirpe de mes pensées. Il est debout, comme beaucoup de monde, et attrape nos sacs à dos. Je prends le temps de vérifier qu'on ne laisse rien derrière nous. Nos papiers et nos passeports sont bien entre mes doigts. Mon mari se dirige alors vers l'arrière, là où le couloir semble le plus vide. Je le suis tout en souhaitant une bonne journée au steward, qui nous remercie.

Une fois dehors, le vent chaud balaie ma peau. Le soleil me réchauffe et le ciel est dégagé, aucun nuage ne lui fait barrière. Toutes ces sensations ressemblent à celles ressenties dans mes rêves les plus profonds.

J'ai enfin l'impression d'être chez moi.

Partie 2 :
S'aime moi

« Tu parviens dans le Hall souterrain sous les arbres sacrés. Près du dieu Osiris te voici arrivé, le dieu qui dort en son sépulcre. Sa vénérable image gît sur son lit funèbre. »

Papyrus de Leyde

Une aventure dans les ruelles

« Tu dois t'efforcer d'être sincère avec ton prochain,
même si cela doit lui causer du chagrin. »
Aménémopé

Le sifflement de Christian berce la pièce. Assise sur une chaise, je meurs de chaud depuis une heure dans cette chambre étouffante. La chaleur est lourde. Elle me pèse. Les fenêtres sont pourtant ouvertes et les seules bourrasques qui rentrent sont brûlantes. Ma peau colle, ma gorge est sèche et mes membres sont lourds. D'un soupir, je balaie la scène du regard.

La jolie décoration égyptienne de la chambre me réchauffe le cœur. Un cadre au-dessus de notre lit, aux couvertures blanches, représente les pyramides de Gizeh. Des hiéroglyphes recouvrent les murs. Des statuettes de Dieux ont envahi chaque meuble brun. Notre balcon nous offre une vue sur une ruelle bondée de musiciens et de touristes. Un vase sur la table au centre contient de belles fleurs rouges.

Cette attente insécable m'ennuie au plus haut point. Mon corps se redresse sur son siège. Mes yeux fixent mon sac à main. Christian dort à poings fermés, il n'est pas près de se lever. Et puis, mon mari ne remarquera pas mon absence si je suis revenue avant son réveil. Résister plus longtemps à cette tentation me tue. Il faut que je sorte pour découvrir ce pays. Il m'attend depuis si longtemps. Ce n'est plus tenable.

Décidée, j'attrape mon sac puis m'éclipse dans le couloir sans claquer la porte derrière moi. Plusieurs personnes discutent entre elles, me saluant. Un tapis rouge enveloppe le parquet. Cet endroit dégage une odeur de renfermé. Par chance, nous sommes tombés sur une belle chambre, sans aucun problème. Ce n'est pas le cas des autres, qui dès notre arrivée, sont descendus à l'accueil râler. Mon niveau d'anglais ne me permettait pas de suivre la conversation, mais ça ne paraissait pas triste !

Dans le hall d'entrée, les voix des passants me parviennent. Je prends alors mon courage à deux mains et me lance. Ce n'est qu'une petite visite, rien de mal. Christian ne devrait pas être en colère. Enfin à l'extérieur, les grosses lettres bleues affichent fièrement Nefertiti Hotel sur ce bâtiment jaune. Le passage dans la ruelle ne manque pas. La foule m'encercle. Le brouhaha m'embrouille. La chaleur m'oppresse. Elle s'empare de moi. Le mouvement des touristes m'angoisse à une rapidité impressionnante. Il fait noir de monde.

Je tourne alors sur la gauche, en direction de l'allée des Sphinx pour quitter cette masse de personnes. Les routes sont entourées de palmiers grimpant vers le ciel. Je ne réalise qu'à l'instant même ce dépaysement dans lequel je me suis enfournée. Les panneaux sont écrits en arabe, aucun mot en français ne me vient à l'oreille, et cela, sans parler des nombreuses traditions du pays. Les habitants ne sortent pas à cette heure-ci de la journée, déclarée trop brûlante. Mon esprit prend conscience de leur manière de vivre. Ils se promènent la soirée quand le temps semble bien plus supportable.

Pour la première fois de ma vie, je me sens inconnue à moi-même, avec cette sensation particulière d'être si proche des dieux et à la fois si loin. J'ai cette puissante impression d'être déjà venue ici auparavant, en particulier lorsque je me retrouve enfin sur le site. Les livres historiques, achetés avant mon départ, expliquent que cette allée reliait les temples de Louxor et Karnak sur une longueur de trois kilomètres.

Mon cœur fait un bond dès que je parviens à son entrée. Mes yeux pétillent. De multiples petits sphinx sont alignés sous forme de rangée, abîmés par le temps. Ils sont posés sur une planche de pierres où des hiéroglyphes ont été gravés. Malgré le temps, ils ont perduré et paraissent en bon état. Je distingue certaines amulettes et de petits drapeaux. Dommage que je ne connaisse pas cette langue ancienne. Le chemin qui nous conduit au bâtiment historique est dégradé. Des gardes de sécurité veillent au respect du site. De l'autre côté, se situent normalement les mêmes statues, à l'exception de leurs têtes, qui représentent des béliers. Il y en aurait 300 au total.

Le téléphone en main, mes doigts déverrouillent l'écran pour prendre des clichés. Je m'approche des sculptures. Elles semblent rugueuses, parfois détruites sur une partie du visage. Bien qu'ils soient anciens, ces sphinx sont si beaux. Mes poils se hérissent une fois face à eux. Tandis que je prends mon temps pour observer cet art, les visiteurs se bousculent, tout aussi prompts. Des flashes à tout va envahissent l'endroit. Leurs gestes sont brusques. Certains jeunes s'amusent à les toucher pendant que les gardes tournent le dos. Ce manque de respect me choque. Tant de personnes travaillent chaque jour pour les tenir en bon état. Néanmoins, la joie me gonfle bien trop la poitrine pour laisser la tristesse me posséder. J'espère que Christian ne m'en voudra pas d'être venue ici sans lui. Je n'ai pas pu résister.

Les rayons du soleil frappent sur la ville. Ma peau en est brûlante. À la suite des photos, je range mon appareil mobile, puis fonce entre ces murs, où un courant d'air chaud m'accueille. L'agence n'avait pas prévu la visite de ce site. Nous avons bien fait de prendre un jour de plus pour profiter de Louxor. Curieuse, j'effleure des doigts les pierres brunes du temple. Leur paroi est plus lisse que je ne le pensais. Toutefois, alors que tout se passe comme sur des roulettes, mon ventre se contracte et ma gorge se noue. Des frissons me traversent l'échine. J'ai l'impression de voir des étoiles et titube de gauche à droite.

Soudain, tout s'évapore en fumée. Les palmiers, les chemins touristiques, tout change de structure. Ma vision se trouble. Tout est flou. Je ne vois plus rien. La panique me prend aux tripes. Qu'est-ce qu'il se passe ? La gorge nouée, je tente de garder mon calme, la maîtrise de moi. Je récupère mes sens quelques secondes plus tard. La vision qui s'expose à moi m'éblouit. La lumière est intense. Les édifices se colorent de bleu, de rouge et d'autres multiples couleurs, tout comme les hiéroglyphes, maintenant dorés. L'écriture est neuve, naturelle et d'une beauté insoupçonnée. Celle-ci est d'ailleurs régulière et soignée. Elle crée des creux dans les murs, mais son éclat en vaut le coup. Des personnages égyptiens s'inscrivent sous mon regard interloqué. Ils représentent des scènes, en particulier l'histoire d'Osiris. D'autres racontent l'identité des dieux lors de passages mythologiques. Je reconnais Isis, vêtue d'un tissu blanc orné de languettes étincelantes. Elle tient la croix d'Ankh. Sur sa tête se profile une coiffe. Les traces gravées sont vives, chatoyantes de pigments. Je parcours la fresque du regard. Anubis se trouve à quelques mètres, avec sa tête de Chacal. Il est symbolisé d'une façon bien plus sombre que la déesse de la fertilité. Beaucoup le voient comme un Dieu aussi mauvais qu'Hadès, alors qu'il en est tout autre. Anubis vous accompagne dans l'Après-Vie sur la barque. Il vous conduit jusqu'à la Salle des deux Maât où vous ferez face à la balance et aux quarante-deux Dieux, ainsi qu'à Osiris. Il vous protège des créatures sur le chemin. Malheureusement, Hollywood s'est amusé à lui donner un rôle bien trop ténébreux.

Le brouhaha des gens disparaît, laissant place au silence. Plus rien ne me parvient à part les coups de vent. Mon corps perd l'équilibre et tombe au sol, embrasé par le soleil. En tournant ma tête, je distingue les sphinx à présent intacts, sans aucune dégradation. Ils possèdent un aspect bien plus lisse. Les colonnes qui s'élancent vers le ciel me surprennent. Leur beauté est inestimable. De nombreuses nuances se dégagent de cet art, passant du vert au rouge et du bleu au blanc, sans oublier les mélanges et leurs créations. Je discerne les navires d'époque teints d'émeraude, la croix de vie toujours aussi brillante. Les pictogrammes s'affichent par millier. Oiseaux, bateaux, outils, tout se rassemble sur les parois. Les traits sont si fins et précis que j'en suis muette, j'en perds mes mots.

Le ciel, dégagé, ne détient plus aucun nuage pour dissimuler le soleil. L'air est plus doux. Sa brise me caresse le visage, quand ma chevelure, autrefois attachée en une queue de cheval, se perd. Des mèches s'échouent sur mon front, m'empêchant d'en voir plus. Je me recoiffe d'un coup de main. Des grains de sable viennent se coincer dans mes sandales et mes vêtements. Ma peau en est déjà touchée.

L'affolement me domine. Devrais-je avoir peur ? Perplexe, je visualise toute la scène sans en perdre une miette. Où sont passés les touristes ? Il n'y a plus personne aux alentours. L'endroit est devenu calme, sans aucune perturbation. Les promeneurs se sont volatilisés. Je suis seule, seule au monde et cette fois-ci, ce n'est plus un rêve, mais bien une vision. Je suis là, présente, éveillée, coincée dans mes propres intuitions. Ma si belle jupe et mon haut sont remplacés par une longue robe blanche, similaire à celles portées à l'époque. Qu'est-ce qu'il s'est produit ?!

Les yeux plissés, j'essaye de voir ce qui se déroule à l'horizon. Rien. Je suis plongée dans mon silence et bloquée ici un petit moment. J'inspire, expire. Il ne faut pas céder à la panique. Rien ne m'arrivera tant que je resterai à ma place. La réalité finira bien par me rattraper, non ?

Néanmoins, l'ambiance apaisante atténue ma nervosité. L'atmosphère, typique de l'Ancienne Égypte, me détend. Sans le bruit des klaxons ou des passants, tout paraît encore plus magique.

Subitement, une prêtresse et un citadin se dévoilent au grand jour, en pleine discussion. La femme a l'air de refuser sa demande, les traits de sa figure endurcis et les bras croisés. Ils sont tous les deux vêtus de vêtements blancs. Cette couleur si pure. Leurs chevelures ébène ne me laissent pas indifférente. Elles sont épaisses et pétillantes à la vue du soleil. Le visage de cette dame me paraît si doux et innocent. Son corps déambule avec souplesse, alors que l'individu à ses côtés l'implore à genoux. Il s'abaisse, puis la supplie. Je n'entends pas ce qu'ils disent de là où je me trouve, cependant, j'ai l'impression de reconnaître cette langue. Ce n'est ni du français, ni de l'anglais, et encore moins de l'arabe. Non, c'est la leur. La langue des Anciens.

Tandis qu'ils sont occupés à échanger, je cherche à tâtons mon téléphone pour immortaliser ce moment. Ainsi, Christian me croira et m'aidera à résoudre cette affaire. Pourquoi suis-je donc l'unique personne au monde à observer tous ces secrets d'Égypte ? Toutefois, mes doigts ne trouvent rien à part du sable. Il n'y a plus de sacs, plus de mobile, pas même une bouteille d'eau pour m'hydrater. Dans le doute, je me pince à de multiples reprises. Non, ce n'est pas un rêve. La réalité est là, sous mes yeux alors que je cherche à la fuir. Les minutes défilent pendant que l'espoir m'abandonne. Je ne suis pas près d'apporter une preuve à mon mari de ce que je vis.

Lorsque je relève la tête, mon corps sursaute. L'effroi me prend avec violence et me retourne l'estomac. Ma gorge se noue. Mes mains en tremblent. Je suis paralysée sur place, ne sachant pas comment agir. Elle est proche, si proche de moi, voire trop. Son souffle glisse sur ma peau. Ses yeux se perdent dans les miens pour transpercer mon âme. Je le sais, j'en suis certaine. Elle lit au fond de moi ce qui gît dans cet inconscient. Ses traits s'adoucissent quand elle discerne la frayeur qui me dévore. Sa bouche pulpeuse s'ouvre.

— Je te vois, murmure-t-elle dans ses mots.

Je fronce les sourcils, étonnée. Comment ai-je pu la comprendre ? Je ne parle pas la langue des Anciens, trop compliquée et oubliée de nos jours par les historiens. Tant de questions naissent dans mon esprit. Mais alors que je m'apprête à lui répondre, espérant saisir le sens de cette illusion, le monde devient sombre. Je perds la notion du temps, de tout. Pourquoi m'ont-ils choisie ?

— *Madam, can you hear me ? Ousir, hurry up ! She needs water !*

Sa phrase se distingue parmi le bruit de la foule. J'ouvre les yeux et réalise que les touristes m'observent, intrigués par mon état. Mon corps est allongé sur le sol bouillant. Certains prennent une photo en souvenir de la scène. Je me relève à l'aide de cet inconnu robuste. Son ami arrive à la hâte, une bouteille à la main. Je prends soudain conscience de ce qu'il vient de se produire. J'ai perdu connaissance, mais combien de temps me suis-je absentée de l'autre côté ? Avec ce monde qui m'encercle, je suffoque. Mes idées sont embrouillées par cette vision.

— *What happened ?*

Je parviens à prononcer ces deux mots en anglais. Peut-être les seuls que je connais à mon stade. Il faut dire que mon mari se débrouille assez bien pour s'occuper des voyages. Il me suffit de le suivre et le tour est joué.

— *You fainted, but don't worry. We're here now. Ousir, come on !*

Cet homme lui prend la bouteille des mains avec brutalité, puis me la tend. Je le remercie et en bois plusieurs gorgées. Et dire que ce séjour devait arranger ces problèmes d'hallucinations, ce n'est pas gagné ! Peut-être que la résolution de l'énigme ne se situe pas ici ? Et s'ils cherchaient autre chose de ma part ? Par chance, les visiteurs finissent par reprendre leur visite et me laissent à mes occupations. Je ne suis plus leur source de distraction. Pendant que les deux hommes s'inquiètent pour mon état, j'essaye tant bien que mal de les rassurer. Les Belges n'ont pas l'habitude d'un climat aussi chaud.

Assise sur les dalles en pierre, mes doigts frôlent mes lèvres gercées. Mes pensées se bousculent dans ma tête. Où étais-je passée tout ce temps, alors ? Tant de questions sans réponse. Mes yeux fixent l'homme qui m'a sauvée. De dos, il se tourne vers moi. Je croise le regard d'Ousir. Mon corps reçoit une décharge électrique. Sa beauté m'ensorcelle, entre sa mâchoire carrée, sa barbe naissante et sa chevelure ébène. Ses iris sombres me toisent. J'en perds mes mots, sans le quitter de mon champ de vision. Son corps sculpté m'impressionne. Est-ce dans ses bras que je suis tombée ? Mes interrogations en viennent même à me gêner. *Tu es mariée, Romane, ressaisis-toi !*

Subitement, j'entends mon prénom au loin. Ousir me lâche du regard pour observer qui m'appelle ainsi.

— Romane ? Romane, bon sang ! J'ai eu tellement peur ! Bon sang, tu devais m'attendre pour sortir, non ? Tu n'imagines pas tous les scénarios que j'ai pu imaginer à mon réveil quand j'ai vu que tu n'étais pas là !

Christian est là, aussi réel que je le suis, et pourtant son visage n'exprime que colère et déception quand il me regarde. Je baisse la tête. La honte m'envahit et le rouge me monte aux joues. Il a raison. J'aurais dû le secouer pour que nous puissions visiter ensemble cet endroit. Cela aurait évité une situation pareille. Sa main étreint mon bras d'un geste brusque. La force avec laquelle il me retient me vole une grimace. Ses doigts se resserrent. Je me crispe sans discuter, en ayant fait assez. Il ne vaut mieux pas se donner en spectacle une seconde fois. Christian tend alors la main vers cet homme qui m'hypnotise.

— *Sorry, I'm her husband. How are you ?*

Ousir saisit la main de mon mari sans la moindre hésitation, d'un air confiant.

— Ousir, a tour guide. The security guard called me to help your wife.

J'esquisse un sourire timide, embarrassée par la scène. Il y a à peine cinq minutes, une femme inconnue me disait « je te vois », et voilà que maintenant, Christian ne me lâchera plus d'une semelle sans me rappeler cet accident à chaque fois que je mentionnerai notre séjour. Après tout, n'avais-je pas demandé une proximité plus grande ? Ce voyage commence bien…

Sur le Nil

« Que ta puissance et ton courage me traversent pour les jours à venir. »

Le lendemain, nous retrouvons nos amis sur le bateau de bon matin. Pendant que mon mari récupère les clefs de notre chambre avec Franc, je discute du séjour avec Sarah. Le sac sur le dos, ma valise en main, l'impatience de visiter les temples et les sites historiques se fait bien plus présente. Néanmoins, j'espère ne plus perdre connaissance. Cette angoisse ne me quitte plus depuis. Je rumine le soir à l'idée de perdre le contrôle de ma conscience. Christian m'a pris la tête toute la soirée, me rappelant chacun de mes défauts, mes sautes d'humeur ou mes envies d'hystérique. C'est à se demander comment mon couple finira à la fin de la croisière.

— Tu aurais dû m'attendre ! Jamais tu n'aurais été dans cet état-là !

Je lâche mon sac à l'entrée de la pièce, puis me dirige vers la salle de bain. Une douche devrait me rafraîchir les idées et me remettre sur pieds. Ce que dit mon homme rentre par une oreille pour ressortir par l'autre.

— Tu m'écoutes, au moins ?

Ses cris m'irritent. La rage me monte à la tête. Lorsque je me retourne, il m'observe d'un regard noir. Christian est furax, rouge de colère. Je ne le reconnais plus. Ce n'est pas mon mari, ni l'homme tendre que j'ai connu quelques années plus tôt. En guise de réponse, un grognement s'échappe de ma bouche. La porte derrière moi se ferme.

Nul besoin qu'il me rejoigne sous la douche. J'ai envie d'être seule. Cette illusion me turlupine. J'aimerais tant que cela cesse, cependant, comment ? Je voyage ici et rien ne s'arrange pour l'instant. Impossible d'en discuter avec quelqu'un sans qu'il ne me prenne pour une folle. En même temps, si un patient venait me raconter des bobards pareils, je ne le croirais pas non plus. Peut-être qu'Inès pourrait m'écouter. Cette situation devient insupportable. Je ne désire pas m'évanouir à chaque visite de bâtiments historiques…

— Romane, on y va ?

La voix de Christian me sort de mes songes. De retour à la réalité, il faut prendre sur soi sa mauvaise humeur. Sarah me regarde avec de gros yeux globuleux, surprise par le ton qu'il emploie quand il me parle. Mes lèvres lui adressent un sourire, mal à l'aise. Je le suis dans le couloir sans prononcer un mot. Le sol est si propre qu'il brille et glisse sous mes pas. La décoration, spéciale, affiche une couleur beige sur les murs. Les colonnes sont faites de pierres noires. Les chaises et les poufs sont pigmentés d'un rouge vif. Notre chambre luxueuse m'impressionne. Je comprends mieux pourquoi nous avons payé si cher notre place dans cette croisière.

Un tapis bordeaux recouvre le carrelage. Des meubles vintages parsèment la cabine. Un sofa sombre siège dans le petit salon à notre disposition, avec une petite table sur laquelle sont disposés des flyers de voyage. À gauche du salon, un petit balcon nous dévoile une vue du fleuve. L'air, déjà chaud du matin, pénètre dans la pièce, les fenêtres ouvertes. Le confort de la chambre me surprend. Tout paraît si parfait !

— Viens voir ! crie Christian, tout excité.

Il se lance dans le lit double tel un enfant de cinq ans. Les couvertures, au motif oriental, sont douces. Les cadres au-dessus des meubles représentent les différents lieux que nous visiterons. Sur la console à côté, une lampe de chevet est déposée. La surdose de ce rouge chatoyant me dérange. Mêlé au noir des meubles, il se distingue et me frappe aux yeux. Je semble être la seule ennuyée par ce détail dans la décoration. Christian est de trop bonne humeur pour que je lui en fasse la remarque. Son attitude joue aux montagnes russes, cependant je ferais mieux d'en profiter.

— Défais tes bagages, ainsi on pourra aller voir ce qu'il y a d'autre sur le bateau ! me propose ce dernier.

J'approuve d'un mouvement de tête, puis dépose mon sac sur le matelas. Mes mains en extirpent mes chargeurs, mes écouteurs et tous les bouquins emportés. Pendant ce temps-là, mon mari range son ordinateur sur le côté du lit. Il l'a emporté pour les urgences de travail. Je pense plutôt qu'il compte passer son temps sur Netflix dès que j'aurai le dos tourné.

Le regard de mon mari s'attarde sur ma lingerie, en particulier le body en dentelle acheté juste pour l'occasion. La phrase de ma meilleure amie me revient en tête. Maintenant qu'il l'a vu, je n'ai plus d'autre choix que de le porter à l'une des soirées du séjour. Il effleure le tissu de ses doigts avant de le saisir. Il esquisse un sourire en coin. Celui-ci le place sur moi, imaginant de quoi j'aurais l'air en l'enfilant. Ce calme plonge la pièce dans une atmosphère étrange.

— Je ne savais pas que tu avais des goûts aussi…

— Aussi ?

Il marque un silence avant de répliquer.

— Tu le mettras ce soir ? Pour que je puisse voir à quoi ma femme ressemble là-dedans ?

J'humidifie mes lèvres, puis avale avec difficulté ma salive. Le visage d'Ousir n'a plus quitté mes pensées depuis que l'on s'est vus. J'ai l'impression de le connaître, de l'avoir vu ailleurs, mais où ? Peut-être dans une vie antérieure… Néanmoins, ce voyage est là pour sauver mon couple, pas le briser. De toute façon, je ne l'ai pas emporté pour qu'il prenne la poussière dans mes bagages.

Les minutes qui suivent sont les plus courtes de ma vie. Mon mari m'amène sur le haut du bateau, où une grande piscine nous attend, entourée d'une terrasse et d'un petit bar. Nous traversons le restaurant, qui possède une parure similaire à celle de notre cabine. Enfin, la nuit se lève sur le continent. Toute la journée, nous avons eu droit à des explications sur les règles de sécurité et sur notre parcours, mais surtout, sur les futurs temples que nous visiterons. Notre guide touristique sera présent dès demain, apparemment trop occupé dans sa chambre ce soir. Heureusement que Christian parle assez bien l'anglais, sinon je n'aurais pas compris un mot de ce qu'ils ont dit.

Le navire nous conduit pour l'instant à Esna, où siège le temple de Khnoum. Khnoum est un dieu d'une grande puissance créatrice. Il protège le peuple de la famine. Je ne connais que très peu de faits sur ce dernier, et mon homme ne paraît pas plus intéressé que ça. Il zieute l'écran de son téléphone. Je regrette de ne pas avoir vu les pyramides, ni le sphinx au Caire, qui sont des incontournables de l'Égypte. Peut-être pourrais-je convaincre mon homme de s'y rendre avant le retour ?

Alors que la nuit tombe, je prends la direction de la salle de bain, les affaires en main. C'est l'unique pièce qui n'arbore pas de tapis rubis ou de vieux meubles noirs. Cependant, à peine ai-je le temps d'avancer que Christian se redresse d'une façon brusque de son siège.

— Attends, je viens avec toi.

Sa voix est douce et son esprit n'est plus déchaîné par la colère. Sa compagnie me manque atrocement depuis des semaines. Il attrape un caleçon propre dans sa valise avant de me rejoindre. Mon regard s'abandonne sur le body qu'il a pris au passage. Pourquoi n'y ai-je pas pensé plus tôt ?

— Tu veux bien le porter ce soir ?

Christian me toise de la tête aux pieds. Il m'imagine avec le tissu sur la peau. J'accepte volontiers avant de le tirer vers la salle de bain. Son visage s'approche du mien. Ses mains se posent sur mes hanches. Je frémis à ce contact. Ses lèvres rencontrent les miennes. Je réponds à son baiser, lâchant prise. Tous mes sens sont en éveil. Mon bassin réagit aussi vite, désirant plus que tout être soulagé par cette pulsion sexuelle. Des semaines que je n'ai pas eu un seul rapport avec lui.

Mon mari retire mes vêtements, excité, l'entrejambe dur. Où te cachais-tu tout ce temps, Christian ?

Douceur du fleuve

« Accueille la mort à bras ouverts, ou cueille-la, mais un jour, elle viendra à toi. »

Une fumée rose traverse l'eau du Nil, telle une couverture. Elle parsème l'écume et perturbe ma vue. Celle-ci semble magique, je ne vois pas d'autres explications, puisqu'elle vient se coller à ma peau avant de s'évaporer. L'amour m'envahit, me traverse de la tête aux pieds, repoussant l'effroi. Des lotus flottent tout au long du cours d'eau. Ils y sont par centaines, à la couleur saumon et au pistil doré. Mes doigts les effleurent. Mon esprit est apaisé par leur forme et la lenteur à laquelle les fleurs avancent, bercées par le fleuve. Leurs pétales sont doux et le parfum qui en émane me chatouille les narines. Il a un arrière-goût sucré, fin et frais.

Mes yeux se lèvent vers le ciel, maintenant sombre, tandis que ses multiples étoiles scintillent de toute leur splendeur. Les ténèbres de la nuit intensifient ce silence, qui par surprise, ne pèse pas sur mes épaules. Je prends soudain conscience de la situation. L'inquiétude me possède. L'angoisse coule dans mes veines. Aucune vague ne chamboule le cours d'eau. Je balaie la scène du regard, l'estomac noué. Le désert m'encercle pendant que mon corps baigne au centre du Nil. La lune brille de mille éclats et ses rayons éclairent l'environnement. La chaleur caresse ma peau, m'empêchant ainsi d'avoir froid. L'Égypte n'est-elle pas glaciale quand la lune est levée ?

Perplexe, je fronce les sourcils, puis me rends compte de la nudité de mon corps, plongé dans le fleuve. Ma nuisette s'est volatilisée. Mes jambes battent d'un geste léger. Ainsi, je reste à la surface, la tête hors de l'eau. Mes vêtements à présent perdus, je tente de cacher mes parties intimes à l'aide de mes bras. Néanmoins, le calme du Nil me berce. À quoi bon dissimuler sa poitrine quand personne ne traîne par ici ? Le bateau de la croisière a mystérieusement disparu lui aussi.

Suis-je encore en plein rêve ? Ne sachant fuir tant que le message ne sera pas passé ? Les lotus continuent leur avancée, passant à mes côtés, effleurent ma taille. Ils sont aussi beaux les uns que les autres. Je nage avec eux, dans la direction du courant. L'endroit est magnifique par sa simplicité et sa nature. Une odeur délectable, sucrée, m'enveloppe. Mes yeux se ferment et je profite de l'instant. La solitude et le silence me consolent. Je me sens étrangement bien, comme protégée et à ma place parmi ces fleurs.

Toutefois, la réalité ne me quitte pas. Il faut sortir de là. Je chemine vers la droite afin de sortir de l'eau. La lune m'illumine suffisamment pour me repérer. Je touche la terre, rassurée, puis m'assieds près du bord. Des frissons me parcourent tout entière. Le vent me fouette et ses bourrasques paraissent tout d'un coup glaciales.

Subitement, le cri d'un oiseau me perce les oreilles. Aussitôt, je redresse la tête vers le ciel, prise de panique, puis aperçois ce même faucon. Il s'approche de moi. Mes yeux s'écarquillent. C'est exactement la façon dont j'imagine le Dieu Horus sous sa forme animale, un faucon à l'air majestueux.

Le bras tendu, j'essaye de lui caresser le dos, cependant, le volatile prend du recul. Pourquoi est-il si proche s'il est effrayé par ma présence ?

Je baisse la tête, perdue, partagée entre la peur qui me dévore face à ces situations inconnues et l'amour dans lequel cet univers me noie. Tandis que j'hésite sur ce qu'il y a à faire, dans ce songe des plus doux, l'oiseau me fixe. Je plonge mon regard dans ses grosses billes noires. Alors, une voix se distingue dans ce silence de fond.

— Suis le chemin.

Au temple de Khnoum

*« Le cœur de l'homme est un don de Dieu, garde-toi
de le négliger. »*
Proverbe d'Aménémopé

Le lendemain, le bateau nous dépose au temple de
Khnoum, notre toute première visite. L'excitation ne
me quitte plus. Je n'ai qu'une hâte, celle d'y pénétrer et
d'observer l'architecture de l'époque. À la bonne heure,
le soleil est présent. Il nous accueille les bras ouverts. La
chaleur du pays nous enveloppe déjà à huit heures du
matin. J'enfile ma casquette avant de descendre du navire,
accompagnée par Christian. D'autres touristes nous
suivent. La masse de personnes forme un énorme groupe
à l'approche du bâtiment historique. Je ne m'attendais
pas à ce que l'on soit autant de passionnés par l'Égypte.
Pendant que mon mari prend des clichés de l'endroit, mes
yeux détaillent chaque aspect du temple. Je l'admire pour la
complexité des hiéroglyphes et des statuettes. Six colonnes
sont entreposées sur le centre et maintiennent l'équilibre
de la construction. Des scènes sont décrites sur le côté. Je
peux reconnaître les pharaons et les différents Dieux. Je
parierai que les anciens Égyptiens ont gravé le rôle d'Horus
dans le mythe d'Osiris.

— J'ai les jambes engourdies. Il faut que je marche un
peu... dit Christian d'un ton las.

Alors que je m'apprête à lui répondre, Sarah me saute
dessus. Elle crie de joie, contente d'entamer enfin la

croisière comme il se doit. Le climat est parfait, l'ambiance l'est tout autant. Les touristes bavardent, intrigués par le temple qui s'érige sous notre regard. Beaucoup ont sorti leur appareil photo. Ils immortalisent le moment. Cette nuit, bien trop courte, est tout ce que je regrette. Je n'ai pas si bien dormi et mes songes sont de plus en plus imposants. Moi qui croyais me rendre sur place pour les calmer, c'est raté. Je n'en ai pas parlé à Christian par peur de le froisser. Il vaut mieux le laisser croire que tout s'arrange grâce au voyage. Il y aura bien un moment où ces rêves stopperont, non ? Notre soirée d'hier a été si tendre, entre ses caresses, ses baisers et ses promesses. Je ne veux rien gâcher. Cela faisait longtemps que je ne l'avais plus vu aussi doux et attentionné.

— Ouiiiii ! Tu es prête ? Car mon looser de frère n'a pas arrêté de soupirer depuis qu'il est réveillé, s'exclame la jeune fille d'un air amusé.

Un sourire se dessine sur mes lèvres. Je jette un coup d'œil dans son dos. Franc a les yeux rivés sur l'écran de son téléphone, trop occupé à jouer à Warcraft. C'est dommage qu'il ne donne pas son attention au lieu sacré. Tout le monde n'a pas la chance de voyager sur ces terres, ni de visiter un bâtiment aussi vieux ! C'est le style de voyage qu'on ne fait qu'une fois dans sa vie. Ce séjour coûte une somme phénoménale et lui, il perd son temps à s'amuser à ses jeux numériques, qui sans se mentir, pourraient attendre la soirée. Je discute alors un peu avec Sarah de notre passion pour l'Égypte, tandis que Christian se rapproche de Franc, qui lui montre ses stratégies de jeux.

Soudain, le guide touristique prend son mégaphone qu'il agite. Impossible de l'apercevoir, à part son bras, je ne vois rien. Nous sommes nombreux en ce début d'année à avoir pris des vacances. La jeune fille m'amène alors à la tête du groupe, car elle ne désire pas louper la moindre information sur cette visite. Aurais-je trouvé mon âme jumelle ? Mon regard croise alors celui de l'homme qui nous dirigera tout au long de cette escapade. Je tombe des nues. Non, ça ne peut pas être lui. Ma tête commençait à oublier l'idée de le revoir un jour. Ses yeux ténébreux me toisent avec intensité. Il me fixe. Je me sens dévoilée au grand jour, comme s'il lisait mes pensées les plus profondes. Sa beauté est surnaturelle, digne d'un Medjaï. Ses mèches ébène retombent sur son front. Sa peau mate est lisse et son corps bien musclé. Suis-je bloquée avec lui pour le reste du séjour ? Le temps semble s'être arrêté l'histoire d'une seconde.

Bien que je cherche à fuir cette situation, il m'est impossible de partir. Mon corps l'appelle. Mon âme le sait, il ne peut en être autrement. J'ai l'impression de le connaître depuis toujours, ou du moins, de l'avoir connu dans une vie antérieure. Cette attraction me rend folle. Comment sauver mon couple quand ce beau Medjaï apparaît devant moi ?

— Bonjour tout le monde ! J'espère que vous allez bien en cette belle matinée. Je suis Ousir, votre guide touristique pour cette croisière. Aujourd'hui, nous allons visiter le temple de Khnoum. Comme vous le savez, il a été dédié pendant de longues années au culte de Khnoum, d'Heka et de Neith.

Pendant qu'il continue son discours, Ousir progresse vers l'entrée du bâtiment. Mes pensées sont perturbées par sa présence. Mes mots se perdent. Même sa voix grave m'interpelle. C'est à croire que tous mes espoirs pour mon mariage ont disparu pour se poser sur cet homme. Il passe sa main dans sa crinière sombre. Ses mâchoires carrées se resserrent quand Christian enlace ses doigts entre les miens. Ce détail n'échappe pas au guide. A-t-il lui aussi cette sensation de me connaître ? Intimidée, je baisse ma tête. Que se passe-t-il en moi ? Pourquoi tout semble si flou dans ma vie actuelle ? Cet homme est une bombe sensuelle ambulante qui réveille tant de fantasmes en moi. Il va m'être compliqué de lutter contre mes pulsions sexuelles. L'envie de lui sauter dessus, de goûter à ses lèvres me saisit. *Non, Romane. Tu ne peux pas tomber amoureuse comme ça. C'est impossible. Ou serait-ce un coup de foudre ?*

— Khnoum est une divinité très ancienne que l'on retrouve inscrite sur les murs du temple d'Esna.

Je n'écoute qu'à moitié ce qu'il raconte, distraite par son charisme. Mon regard s'attarde sur sa bouche, sa barbe de plusieurs jours, ou encore son torse musclé serré dans ce débardeur noir. Quant à Christian, il paraît plus intéressé par son écran, copiant ainsi le comportement de Franc. Je mords l'intérieur de mes joues, nerveuse. *Concentre-toi Romane ! Tu ne verras qu'une fois dans ta vie ces sites historiques, profites-en !*

À force de répéter cette phrase à plusieurs reprises dans mon esprit, je finis par me ressaisir. L'Égypte ancienne a raison de moi. Pendant qu'Ousir continue ses explications sur le lieu, comme s'il les avait apprises par cœur, j'observe, subjuguée, les hiéroglyphes qui parsèment les parois. Je m'imagine ce qu'aurait pu être cet endroit des milieux d'années auparavant. Il serait coloré, animé par le peuple.

Agacée par l'attitude de mon mari, ma main lui donne une tape sur l'épaule. Ce serait aimable de sa part de respecter le travail des personnes sur ce lieu. S'il réagit ainsi pendant toute la croisière, je vais devenir folle.

Néanmoins, Christian grogne d'un air mécontent. Mon regard suit les murs qui s'élèvent à plusieurs mètres de haut. Certaines déesses se distinguent des gravures, en particulier Isis. Quant à Khnoum, avec sa tête de bélier, il apparaît dans chacune des pièces. La chaleur de l'atmosphère s'accroit à mesure que la visite se poursuit. Les chuchotements remplacent le silence, autrefois lourd.

— Cet endroit n'est pas le plus beau de l'Égypte, peste mon homme.

Il grimace d'un air dégoûté. Cette remarque n'est pas ignorée par Ousir, qui se retourne, puis baisse le bras qui pointait le haut d'un des murs. Le guide observe d'un regard sombre mon époux.

— Peut-être qu'il existe des lieux plus magnifiques, c'est vrai. Mais ce temple comportait avant une vingtaine de pièces et une grosse partie de son édifice est sous terre. Auriez-vous plus de choses à nous dire sur ces cultures égyptiennes ?

La question touche de plein fouet mon mari. Voilà qu'il se retrouve à la place de ses élèves, celle d'apprenant. À voir l'expression de son visage, la rage cogite au fond de lui. Christian ne supporte pas d'être repris sur des points d'histoires alors qu'il passe sa vie à en découvrir chaque jour. Ce dernier serre les dents. Les deux hommes se fixent sans lâcher l'autre. Tout le monde se retourne sur nous. Le rouge me monte aux joues, embarrassée. Il ne pouvait donc pas se taire ? Si j'avais eu l'audace d'en dire autant en France ou en Écosse, il m'aurait incendiée !

— Le Dieu Khnoum protégeait le peuple de la famine, n'est-ce pas ? demandé-je, curieuse.

Je n'avais aucune autre idée pour détourner l'attention du public. Évidemment, je connaissais la réponse puisqu'elle se trouvait dans mon bouquin. Toutefois, ma question est reprise par Ousir, qui ne perd pas de temps. Il répond à ma demande, qui attise la curiosité de la plupart des touristes. Pour cette fois —, je nous sauve la mise. Sarah paraît aussi surprise par le comportement de mon mari. La honte me ronge l'esprit. J'ai une sainte horreur de devenir le centre de l'attention, préférant me dissimuler dans la foule.

La visite reprend et Christian marmonne entre ses dents. Mon silence répond à ses jurons, qui cherchent mon soutien. Bon sang, qu'est-ce qui lui a pris ?

Échanges inattendus

« Qui veut le miel, doit souffrir des piqûres des abeilles. »
Proverbe égyptien

Lors de la pause, le groupe sort du temple en bavardant. Sarah ne cesse de blablater sur ce qu'elle adore dans ce pays. Elle me raconte aussi toutes ses expériences dans ses stages à travers la France. Après avoir visité Lyon et participé à un séjour de méditation égyptienne, elle s'est dirigée vers Paris pour apprendre le Tarot d'Isis. Cette dernière a énormément de connaissances sur la magie de l'époque, ainsi que sur ses coutumes. Du haut de ses dix-huit ans, elle m'impressionne. Parfois je l'envie d'être aussi épanouie et de ne pas être touchée par le comportement de Franc. Prendre du recul par rapport à la situation lui a fait du bien. Je devrais en faire autant afin de devenir insensible aux critiques de mon mari. Nous avions un amour si intense dans nos débuts qui maintenant s'égare. Cette proximité que nous avions n'est plus. Elle s'effrite au fur et à mesure des jours qui passent. Mon cœur s'apprête au choc à la fin de cette croisière, car je sais au fond de moi qu'il n'y aura plus de Nous.

— Tu dois aller aux toilettes ? J'ai une envie pressante, me demande Sarah.

Elle sautille d'un pied à l'autre sur place. Je sors de mes songes, puis esquisse un sourire.

— Non, vas-y, je t'attends ici.

Christian pose sa main sur ma taille avant de s'imposer dans la conversation. Il a enfin quitté son écran. Ce qu'il faisait pendant la visite ne m'a pas échappé. Mon mari a beaucoup écrit sur son clavier. Il ne quitte plus son boulot, pas même à l'étranger.

Au contraire, celui-ci se renferme dessus et, de ce que j'ai pu entendre de Michael, de jolies filles lui tournent autour. Une pointe de jalousie naît dans mon cœur. Pourtant, il n'y a pas de quoi les envier. Je suis mariée quand elles, ne frôleront jamais leur fantasme. Ce ne sont que des étudiantes qui rêvent de sortir avec un professeur mignon. Je ne comprends même pas pourquoi Christian ne les recale pas.

— Je vais aussi au petit coin, je ne tiens plus.

Sur ces mots, il s'éloigne de notre groupe, avec Franc qui l'escorte comme un chien, direction les toilettes mises à la disposition pour les touristes. La plupart des personnes s'occupent comme ils peuvent. Ils se sont assis à l'ombre. La chaleur nous oppresse et les rayons du soleil nous brûlent. Je les suis dans leurs mouvements pour me poser contre une bordure. La fraîcheur de l'ombre me fait du bien. J'espère qu'ils n'en auront pas pour longtemps.

La tête entre les mains, mes idées se remettent en place. Mon cœur est perturbé par la présence d'Ousir, qui lui, éveille mes plus profonds désirs. C'est ce qu'il s'est produit à notre première rencontre. Comment réagir face à tant d'imprévus ? Dommage que ma psychologue ne soit pas disponible pour m'aider à contrôler mes envies. Pour l'instant, mon âme balance entre mon mariage et la liberté. Suis-je vraiment heureuse quand j'y pense ? Plus le temps s'écoule, plus la vérité éclate. Elle me fait l'effet d'une gifle. La déception chaque soir m'envahit.

— Alors, tu te sens mieux à ce que je vois !

Cette voix… Je la reconnaîtrais entre mille. C'est lui. Mon regard se lève pour croiser le sien. Mes joues brûlent. J'en étais certaine ! Ça ne pouvait être que lui. Ousir m'observe intensément. Il s'assied sur ma droite, nos jambes se touchent. Seconde décharge électrique. Pourquoi me fait-il cet effet ? Son débardeur lui colle tellement qu'il en dévoile sa musculature. Sa main se perd dans sa barbe, en attendant ma réponse. Le charisme qu'il dégage m'attendrit. Sa présence dégage une prestance que je sous-estimais. Il a la beauté et la force d'un Medjaï, n'est-ce pas séduisant, sexy, excitant ?

— Oui… J'ai pensé à la casquette aujourd'hui et, comme tu vois, je n'ai pas oublié d'emporter ma bouteille d'eau, dis-je en montrant ma boisson.

Un sourire s'étire sur mes lèvres, ainsi que sur les siennes. Je me sens toutefois ridicule. Après des années de mariage, le flirt n'est plus ma tasse de thé. Aucun homme ne m'a draguée depuis que j'ai la bague aux doigts. Je suis rentrée dans une boucle redondante avec Christian. Je ne prends même plus soin de moi, préférant le confort à l'élégance. C'est à peine si je suis présentable, dans cette tenue décontractée.

— Ton mari n'apprécie pas trop cette croisière, n'est-ce pas ? Je l'ai entendu se plaindre tout le long de la visite.

Mes lèvres se crispent, gênée. Bien évidemment, c'est à moi d'encaisser les pots cassés. La brise légère vient nous caresser. Je replace une de mes mèches derrière mon oreille. Mon tatouage, protégé à l'ombre, a déjà pris une triple dose de crème solaire. J'avais oublié, lors de notre réservation, que l'encre pouvait bleuir exposée aux rayons.

Par chance, mon esprit s'en est rappelé avant de prendre l'avion.

— Désolée… Je l'ai un peu forcé à m'accompagner. Il n'est pas ravi d'être ici, puisqu'il déteste le soleil ou encore l'Égypte ancienne. Ce n'est pas facile.

Le guide touristique semble navré pour ma relation. J'ai parfois la sensation d'être l'un de ces couples bouffons que reçoit un sexologue. Nier nos problèmes ne me sert à rien, car ils finiront par exploser un jour. Néanmoins, mon esprit refuse de voir la vérité, celle que mon couple est voué à l'échec. Même Ousir le remarque…

— Il a tort, j'ai toujours été passionnée par l'histoire de ce pays. Ça a été comme une évidence pour moi.

— Ah oui ? dis-je, étonnée.

Je n'ai pas pensé une seconde qu'il appréciait ce domaine depuis si longtemps. Nous discutons alors de ce sujet et je découvre que depuis sa tendre enfance, Ousir s'intéresse à la mythologie égyptienne.

— Osiris reste mon favori. Quoiqu'Horus est très intrigant comme personnage dans la mythologie. Enfin bon, profite de ces endroits sacrés. C'est rare de rencontrer une personne comme toi, passionnée par l'Égypte pour ce qu'elle est, et non l'influence qu'elle a sur le monde avec les pyramides.

Mes joues rougissent. C'est le premier compliment qu'il m'offre. Alors, le guide reprend la conversation d'un air apaisé.

— Vois-tu la bande, là-bas avec la femme en rose ?

Ce dernier pointe discrètement du doigt six personnes. Je hoche la tête, curieuse de ce qu'il compte me raconter. Son corps s'est rapproché du mien. L'envie de me réfugier contre lui me saisit. Ousir dégage une énergie, une aura agréable. Il paraît bien plus tendre et ouvert d'esprit que mon mari.

— C'est typiquement ce que je croise à chaque fois que je travaille. Beaucoup sont captivés par les bâtiments, ou plutôt par les photos qu'ils réalisent à côté, mais peu prennent conscience de leur véritable valeur. Tu verras, un jour, personne ne voudra venir voir ces merveilles. Ils partiront à ce moment-là et on verra qui sont les vrais passionnés.

La déception se distingue dans l'intonation de sa voix. Pourtant, il a raison. Ce monde tourne autour de la mode et de l'image que l'on se donne. Ses yeux ténébreux m'émerveillent, ils sont si profonds que je m'y perds. Sa bouche pulpeuse me fait rêver, sans parler de sa mâchoire carrée. Quand je l'admire pour ce qu'il est, ce dernier s'attarde sur mes lèvres. Une alchimie nous lie. Il n'y a qu'un pas entre l'amour et le fantasme, qu'un pas pour franchir l'interdit. Son souffle m'effleure la peau. Je ne recule pas mon visage alors qu'il penche le sien vers moi. La seule envie qui me dévore est celle de le goûter.

Néanmoins, sans crier gare, Ousir se redresse d'un geste brusque comme s'il réalisait l'erreur que nous allions commettre. Il me souhaite une bonne continuation avant de s'éclipser. Cette magie entre nous se brise. Il me faut du temps pour revenir à la réalité. Sa présence m'hypnotise, cependant. La déception me ronge, ainsi que l'humiliation. Qu'est-ce que j'espérais ? Je suis mariée et je ne le connais pas. Ousir réveille juste au creux de mon ventre ce que Christian n'est pas capable de faire. Le guide disparaît alors aux côtés d'autres touristes pour discuter, tandis que Christian revient requinqué. Il empeste la transpiration.

Mon époux me vole un baiser avant de se jeter contre moi. A-t-il vu la scène ? Est-ce qu'il a remarqué l'étincelle dans nos regards lorsqu'on se croise ? Où était-il trop occupé à pianoter sur son écran ?

— Bon, on y va ?

Il me pose cette question à bout de souffle. Je me demande bien ce qu'il a fait pour revenir d'aussi bonne humeur. Sarah et son frère nous rejoignent vers l'entrée du temple. Avant de retourner sur le bateau, je prends des dernières photos pour mon album souvenir. Cela me tient beaucoup à cœur et Sarah a décidé de me suivre dans cette idée. Elle pique l'appareil de son frère et nous nous en allons à l'intérieur. Peut-être qu'on se ressemble bien plus que je ne le pensais.

Tu es née du ciel

« Grande est la Vérité, elle trace un chemin droit.
Elle n'a jamais été renversée depuis le règne d'Osiris. »
Ptahhotep

En fin de journée, notre bande se retrouve dans le restaurant du bateau, déjà en route vers Edfou où siège le temple d'Horus. Assis auprès des fenêtres, la vue que nous avons est magnifique. Elle dévoile au loin les villes illuminées par les lampes. La nuit est tombée. Le ciel noir est parsemé d'étoiles. Je divague, me rappelant ainsi mon rêve. Je n'en comprends toujours pas la signification, mais je suis le chemin comme ils me l'ont conseillé. Le brouhaha entraîne la salle dans une bonne ambiance.

Christian et moi discutons avec Sarah et Franc pour souper. Nous nous entendons très bien, en particulier avec la jeune fille. Son frère, lui, joue beaucoup sur son smartphone. La décoration est similaire à celle de ma chambre avec les sièges en velours rouges. Des nappes blanches recouvrent chacune des tables, sur lesquelles sont disposés les assiettes et les couverts. Les meubles, bruns, sont tous surmontés de vases fleuris. Les lampes orientales nous éclairent dans cette pièce immense. Je remarque que les serviettes dans nos plats forment une fleur. C'est plutôt joli et assez exotique.

Quant au bar, il est à plusieurs mètres de nous. D'ailleurs, Christian s'élance pour prendre nos commandes pendant que je parle avec Sarah. Nous laissons mon homme s'en charger, puisqu'il s'est si gentiment proposé.

— Ma mère m'a appelé dès que nous sommes rentrés de Khnoum. Qu'est-ce qu'elle est collante ! J'ai dix-huit ans, quoi. L'âge des responsabilités, et elle me prend toujours pour une enfant.

Celle-ci s'affale sur la table, les bras croisés. Franc ricane de la situation. Ces deux-là sont assez amusants, tout compte fait. J'hésite à lui répondre, car mon côté psy prend souvent le dessus dans ce type de conversation. Par chance, son frère me sauve la mise.

— Comprends-la. T'es dans un pays étranger, hors de l'Europe et tu pètes pas un mot d'anglais. Si j'étais pas là, tu te perdrais !

Je ne m'implique pas tout de suite dans ce débat. De toute façon, je ne suis pas la mieux placée pour parler de ses capacités en langue étrangère. Tandis qu'ils se crêpent le chignon, je cherche du regard mon mari au bar. Deux clients font la file, mais mon époux ne s'y trouve pas. Le restaurant n'est pas au complet. Où est-il passé ? L'inquiétude sème le trouble dans ma tête avant que Franc ne pose sa main sur mon épaule.

— Je vais aller chercher ton homme. Les discussions entre femmes m'ennuient à mourir.

Sa sœur ouvre grand la bouche pour riposter, mais il est trop tard. Franc a filé à la vitesse grand V. Je n'ai pas le temps non plus de l'arrêter. Christian est peut-être parti à la cabine prendre sa carte bancaire ou son portefeuille ? Non, c'est insensé. Nous avons payé tous les repas du séjour. Où est-il, bon sang ?

— Tu vas bien ? Tu semblais pas au top tantôt. Je te comprends, tu sais. J'aimerais pas avoir un mari aussi absent.

Merci, Sarah, de m'enfoncer encore plus, comme si je n'étais pas déjà assez mal. Elle ne m'aide pas à arranger mes doutes. Cependant, ses mots me tourmentent. Bien avant cette croisière, Christian finissait plus tard son travail ou s'absentait pour aller à la salle de sport. Y a-t-il quelqu'un qui se cache derrière tout ça ? Non… Mon mari serait incapable de me tromper. Je me pince les lèvres, dubitative. Tant de questions se posent dans mon esprit sur son attitude changeante.

Un serveur nous interrompt pour nous proposer le repas du jour. Nous l'acceptons pour tout le groupe en espérant que les garçons l'apprécieront. Tant pis pour eux, les absents ont toujours tort, non ? L'entrée se compose de fruits frais. Il fait si chaud que c'est tout ce dont j'ai besoin.

— Il est bien plus présent que tu ne le crois, mens-je pour me rassurer.

Si même nos amis réalisent ce comportement, il n'y a plus de doute. Cette jeune fille a repéré le plus gros problème de mon couple en à peine deux jours, alors que pour Inès, c'est une crise habituelle. Ma meilleure amie pense que c'est une mauvaise passe par laquelle il faut passer. Elle se trompe complètement, mais comment lui en vouloir quand on sait que le sien ne vaut pas mieux ? Michael la traite telle une soumise et elle ne se rebelle pas. Je n'interviens pas, puisqu'Inès ne le désire pas, toutefois, sa situation me rend malade. La voir dans cet état m'attriste. J'espère de tout cœur que ma meilleure amie retrouvera cet Apollon dont elle me vantait le charisme et qu'il la choisira. Après tout, un homme qui trompe sa femme n'a plus rien à faire avec elle non plus.

— Si tu le dis… Revoilà les mecs !

Je me retourne et aperçois mon époux, deux verres de cocktail rosé à la main. Deux cerises se noient dans l'alcool et une tranche d'orange est posée sur le bord. Il faut croire que le frère de Sarah l'a retrouvé en chemin. Franc ramène à sa sœur de la limonade et ce que je crois être une bière pour lui. La soirée peut enfin commencer. D'autres personnes s'installent aux tables. Je distingue Ousir au milieu d'un groupe de femmes. La jalousie me sert l'estomac, et bon sang, son image ne sort plus de mon esprit. Sans parler de son corps sculpté à la perfection. Qu'est-ce que je ferais pour être avec lui maintenant ? Toutefois, quand il dévie son regard vers moi, je l'abaisse. Non. Je suis mariée et je dois régler les soucis dans ma relation amoureuse.

— Tu étais passé où ? demandé-je à Christian.

Il m'observe plusieurs secondes qui semblent être des heures avant de me répondre. La lueur de ses yeux a changé, comme à chaque fois qu'il reçoit ces appels. Les doutes de Sarah me troublent.

— J'avais un petit truc à résoudre, c'est bon.

Je ne suis pas convaincue, cependant, ce n'est pas le moment de me donner en spectacle. Je lui ai demandé sept jours de sa vie, ni plus ni moins, et il n'est présent que trois heures par jour à mes côtés. En dehors des visites, il paraît ailleurs, dans ses pensées. Entre les toilettes, les coups de téléphone et ses échanges avec Franc, je ne le vois plus tant que ça.

— Tu as des nouvelles d'Inès ? Michael a chopé une sale gastro, rajoute ce dernier.

Sarah grimace, tandis que son frère pouffe de rire. Non, aucun message de sa part. Comment cela se fait-il qu'il sache tout ça ? Michael l'a-t-il appelé ?

— Non, tu remettras mon bonjour à son homme ?

Christian approuve d'un mouvement de tête et nos coupes de fruits arrivent sur un plateau. Elles ont vraiment l'air appétissantes, présentées sous forme de pyramides plongées dans un jus d'orange. Les serveurs nous servent avant d'être appelés aux quatre coins de la pièce. Alors que je ne m'y attends pas, mon mari glisse sa main sur ma cuisse, cachée sous la nappe. Surprise, mes yeux s'écarquillent. Il est imprévisible, ça en devient presque lourd. Je ne le suis plus trop, sauf quand il est dans la chambre. Christian a toujours donné une grande importance à l'image qu'il donne en public. Cependant, je n'apprécie pas la façon dont il tente cette approche.

— Bonne dégustation, nous disent les serveurs.

Ils disparaissent auprès d'autres tables. Sarah poste une photo sur les réseaux de son assiette, Franc reproduit son geste. Il faut avouer que la présentation est magnifique. Je patiente pour sauter sur mes fruits, tandis que Christian termine déjà son plat.

— Je vais chercher des glaçons !

Il se lève, puis se presse vers le bar. Mauvaise idée, mais il est trop tard pour le lui dire. Quand nos amis entament leur repas, après leur publication partagée, je savoure chaque morceau de fruits. Mon verre de cocktail est à sec. Le silence s'impose entre nous, trop occupés à dévorer notre plat. La fraîcheur de ces aliments me rafraîchit. Au retour de Christian, personne n'échange de mots, à part le frère et sa sœur. La soirée risque d'être très longue pour moi, en particulier car Ousir est dans mon champ de vision. Il est seul à sa table et ne me quitte plus du regard.

Qu'est-ce que j'aurais fait pour qu'un prince d'Égypte me vienne en aide ?

Au bord du Nil

« Suis ton cœur, car là réside ta vérité et ta destinée. »

Christian a refusé de m'accompagner à l'extérieur. La visite aujourd'hui l'a épuisé et il est allongé en ce moment même. Ce voyage ne paraît plus aussi beau que je l'espérais. Mon mari se montre absent et ne semble guère apprécier notre escapade. C'est à peine s'il me regarde la journée, les yeux toujours rivés sur son écran. Et dire que je me moquais du frère de Sarah, Franc, pour son addiction au jeu. J'ai eu tort, puisque mon époux le copie au détail près. Notre idylle s'éteint au fil des jours et je refuse de l'avouer. Ma conscience ne le digère pas et pourtant, plus nous approchons la fin du voyage, plus mon intuition me chuchote que nous n'irons pas plus loin.

Mon corps s'appuie sur le bord du bateau, les bras contre les barreaux. Le métal est froid et le vent doux. Les bourrasques me caressent avec tendresse le visage. La chaleur en plein jour est insupportable alors qu'en soirée, c'est l'instant idéal pour sortir. Dommage que Christian ne souhaite pas en profiter. Cela me permet d'avoir un peu de tranquillité. Dès que mon regard croise le sien, mes angoisses remontent à la surface. Mon âme ne cesse de m'avertir et de me dire – n'espère plus rien de sa part, vos chemins se séparent, en vain, car mon cœur s'y accroche. Quant à Ousir, son sourire apparaît sans arrêt dans ma tête, ainsi que son corps bien sculpté. Ces deux hommes sont si différents. L'un adore la guerre, l'autre la spiritualité. L'un est fermé, l'autre ouvert. L'un se laisse aller et l'autre prend soin de lui. Et bien que leurs comportements ne se ressemblent pas, mon âme vacille entre mon ancien amour et ce guide. Elle ne sait pas qui choisir. J'ai le choix entre un mariage qui ne me rend plus heureuse et une nouvelle relation qui pourrait m'apporter tant. Il me faut résister à briser l'interdit, car là est ce qui m'attire tant chez cet inconnu. M'approcher de lui, c'est franchir la frontière entre nous et découvrir ce qui m'attend de l'autre côté.

Cette idée me laisse perplexe. Ça me perturbe de songer à l'après, à l'avenir de mon amourette. Je ne ressens plus rien aux côtés de Christian pendant qu'Ousir me met dans tous mes états d'un simple regard.

Mes yeux observent le ciel et l'horizon. Les étoiles brillent comme des étincelles dans ces ténèbres. Les petits villages longeant le fleuve sont éveillés. J'envie tant ces personnes qui vivent dans un paysage si beau. La culture de l'Égypte m'éblouit.

— Si j'avais su que cette partie serait prise, je serais allé de l'autre côté.

Je me retourne soudain, puis le vois, lui et son visage à croquer. Ses origines égyptiennes m'attirent à lui et peut-être est-ce pour cette raison que mon cœur s'emballe dès qu'il est à mes côtés.

— Je suis navrée, j'allais partir de toute façon.

Mon murmure s'efface dans la brise fraîche. Des frissons me parcourent le long de la colonne vertébrale. Le vent tourne et la fraîcheur de la nuit s'installe. Mon esprit me maudit de ne pas avoir pris un gilet.

— Tu me fausserais compagnie, alors ?

Le rouge me monte aux joues. Je baisse le regard avant de lui adresser un sourire timide. C'est un bon ami, voilà tout. Mon cœur se cherche des excuses pourtant, la vérité est là. Ousir a de l'effet sur moi et Dieu sait à quel point je le trouve craquant. Ses boucles ébène volent sous l'influence du vent. Elles se posent sur son front, folles qu'elles sont.

— Je croyais que tu voulais être seul.

— J'avais besoin de réfléchir, comme toi. Mais puisque tu es là, nous pourrions discuter un peu ?

J'hésite. Faut-il rejoindre Christian, certainement endormi dans le lit, ou en découvrir plus sur ce mystérieux guide ? Quand la raison me crie de rentrer dans ma cabine, mon cœur hurle de rester auprès de lui. C'est mon intuition qui tranche et ainsi, mon corps accompagne celui d'Ousir le long du navire. Nous nous promenons bras dessus bras dessous sous la lune brillant de toute sa splendeur.

— Bon, comme nous sommes ensemble, pourquoi ne pas faire connaissance ?

Sa proposition me surprend et me donne une once d'espoir. J'ai la fâcheuse tendance de tomber dans les bras d'un homme qui me charme. Et à voir où mène mon premier mariage, je garde mes distances avec difficulté. L'envie de me coller contre lui me saisit, toutefois je n'en dévoile rien. Mon attirance à son égard reste bien dissimulée derrière ma timidité et mes sourires. Je bénis Horus que la pénombre nous enveloppe, car ce dernier ne remarque pas mes joues rouges.

— D'accord. Parle-moi un peu de toi. Tu en sais déjà beaucoup sur mon cas, entre mon mariage au bord du gouffre que tu as remarqué lors de la première visite, et ma passion pour les dieux de l'Égypte. Il n'y a plus rien à apprendre à mon sujet.

Il émet un rictus moqueur et baisse la tête.

— Très bien. Je suis guide touristique, mais ça, tu l'as déjà compris, n'est-ce pas ?

Nous plaisantons à deux sur la tournure que prend notre discussion. Pour l'avoir remarqué, c'est certain que je ne l'oublierai pas. Ousir, mon sauveur, ou plutôt, celui qui m'a apporté une bouteille d'eau à Louxor.

— Continue, je t'écoute ! dis-je d'une voix amusée.

— Je vis au Caire dans un petit appartement et mon travail me fait jongler entre la capitale et Louxor. Je fais plusieurs visites dans les croisières sur le mois. À part ça, j'adore les balades en chameau et le thé à la menthe accompagné de dattes. C'est un peu cliché pour mes racines, tu ne penses pas ?

Nous rions et je l'imagine déjà chevauchant l'animal tel un prince du désert. À ma grande surprise, cette vision me plaît. Cet homme sort tout droit d'un livre de romance ou d'un film Netflix, ce n'est pas possible autrement. Combien avais-je de chances de tomber sur un inconnu si séduisant et attirant ?

— Non, c'est tout à fait typique du pays. Regarde, j'adore les frites et le chocolat comme la bonne Belge que je suis !

Nous échangeons un peu sur nos traditions et sur la façon dont fonctionnent nos pays. Je suis étonnée lorsqu'il m'apprend qu'aucun couple ne s'enlace dans la rue ni ne s'embrasse. Chez eux, il est impensable qu'un homme et une femme se fassent un baiser en public. Par ailleurs, celui-ci aborde la tenue de la plupart des visiteurs, souvent en torse nu ou les femmes en minijupes. Plus j'en apprends sur les mœurs, plus la honte me ronge. Ma valise contient tant de robes et de short.

Soudain, mes pensées me rappellent que je porte à cet instant précis une tenue qui ne conviendrait pas en capitale. C'est une chance d'être sur le bateau rempli de touristes et en particulier de français.

— Ce n'est pas vrai ? Bon Dieu, je suis désolée ! Je ne pensais pas que…

— Ne t'inquiète pas. Ça ne me dérange pas, d'accord ?

Mes sourcils se plissent. Comment peut-il se moquer des traditions alors qu'il a vécu au Caire toute son existence ?

— Est-ce que tu es cro…

— Croyant ? Non, je ne crois pas en Allah ou en Dieu. Mon cœur est voué aux cultes d'Osiris, même si cela te semble étrange.

Sa manie de me couper dévoile son irritation. Son comportement change depuis que nous avons abordé notre culture. Il ne paraît pas approuver chacune d'elles et refuse de suivre ces dernières. Ousir s'excuse aussitôt du ton sec et froid avec lequel il m'a répondu. Je ne le juge pas et un sourire s'étire sur mes lèvres. Mon âme est émoustillée à l'idée d'avoir trouvé une essence similaire à la mienne. Il croit en Osiris ! N'est-ce pas parfait ?

— Il n'y a pas de problèmes, les dieux de l'Égypte font partie de ma vie depuis un bout de temps.

Ses yeux s'écarquillent et la surprise danse dans ses prunelles. Nous terminons cette balade à l'endroit exact où nous l'avons commencée : sous les étoiles. Cet instant partagé ensemble confirme mes doutes. Il me touche en plein cœur et vole chacune de mes pensées. Comment saurais-je cacher mon bouleversement à Christian ? Le retour en Belgique sera rude, en particulier si mon couple part en vrille et si je me dois de quitter Ousir ici.

Le guide me souhaite une bonne soirée et me remercie de ma compagnie. Mon corps l'aurait bien enlacé et mes lèvres l'auraient bien embrassé, cependant cela n'est pas approprié pour maintenant. Je dois faire un choix avant de me jeter dans ses bras, bien que mon âme ait fait le sien. Cette soirée a été agréable à ses côtés et c'est donc troublée et excitée que je rentre dans la chambre, où Christian somnole comme un mort. Ses ronflements entrecoupent le silence de la cabine.

Mon calme dissimule mon excitation et c'est à la hâte que je me change en pyjama. Mon cœur est emballé par cette rencontre secrète.

Râ, qu'as-tu donc prévu pour moi ?

☥

Thot

Thot est le Dieu du Savoir, de la Connaissance. Souvent représenté avec une tête d'Ibis, le peuple le reconnaît comme le maître de l'écriture et du langage. Ainsi, il incarne l'intelligence.

« Ô, Thot, aide-moi à décrypter la langue des Anciens, afin que tout aille pour mon destin. »

Élève-toi

« Ne sois pas vain de ce que tu as appris, mais converse avec l'ignorant comme avec le sage. »
Ptahhotep

Mon corps gigote encore et encore. Le bruit émis par l'aiguille de l'horloge me garde en éveil. Tic-tac, tic-tac. L'heure défile sans que je ne trouve le sommeil. Toutes les deux minutes, je change de position, faisant ainsi grogner Christian dès qu'il est perturbé par mes mouvements. Il grimace, plongé dans ses songes. C'est à se demander ce dont il rêve. Pour l'instant, il m'est impossible de dormir. La culpabilité me ronge. Mes sentiments pour Ousir prennent forme et notre rencontre m'a permis de mieux le connaître. Mon esprit ressasse notre balade dans les moindres détails et cette envie irrésistible de goûter à ses lèvres. Serait-ce le coup de foudre ? Ou cette sensation qu'il soit mon âme sœur ? Il y a quelque chose, un secret qui se cache sous ces ressentis, mais quoi ? Peut-être étions-nous destinés l'un à l'autre dans une vie antérieure ? C'est très commun dans l'ancienne Égypte. Son sourire à croquer persiste dans ma tête.

Agacée, je sors du lit. L'air frais de la chambre me donne la chair de poule. Mes poils se hérissent. Des frissons parcourent mon corps de la tête aux pieds. J'enfile un gilet laissé sur le dos d'une chaise. Il est seulement deux heures du matin. Entre la distance et l'humeur de Christian, ce séjour est, pour l'instant, un véritable fiasco. Le pire est à prévoir, soit une rupture. Je ne sais même plus si je l'aime… Nous sommes rentrés dans un train-train quotidien sans rebondissement. La routine nous a engloutis, attrapant au passage mes sentiments pour lui. Cela ne m'étonnerait pas que l'on se quitte dans les mois à venir. Le manque de respect qu'il porte à ce voyage me touche au plus profond de moi. Il est désintéressé par ma passion, voire de ce que je suis. Une frontière nous sépare à présent et plus le temps s'écoule, plus la frontière se renforce. Seul ce voile nous empêche d'accepter la vérité, celle que nous n'avons plus rien à faire ensemble.

Malgré toute la marche encaissée dans la journée, l'énergie ne me manque pas. Je jette un coup d'œil vers mon homme, qui se plaît bien au milieu des couvertures. Il ressemble à un enfant, là, au centre du lit, les cheveux ébouriffés avec une bouille d'ange. C'est à peine si mon mari remarque mon absence. Tant mieux, je n'ai pas envie de me disputer à cette heure-ci. Si c'est pour entendre ses conseils inutiles, il vaut mieux qu'il dorme à poings fermés. De toute façon, Christian ne me prend plus dans ses bras depuis longtemps. À part ce coup de jambe en l'air à notre arrivée, rien ne s'est produit. Aucune émotion ne me traverse quand il m'embrasse. Ses lèvres, son corps n'ont plus le même effet sur moi. Ousir semble être mon échappatoire, mon fantasme, l'homme qui réanime ma flamme avec la sienne. Quand ma passion s'éteint avec mon mari, elle s'enflamme avec le guide touristique. Qu'est-ce qui ne va pas chez moi ? Mon cœur joue aux montagnes russes.

À l'approche du balcon, je me pose sur la barrière qui nous empêche de plonger. Le bateau avance avec un rythme lent vers notre prochaine destination. Le bruit de l'eau m'apaise. L'air doux effleure mon visage. Le ciel est envahi d'étoiles scintillantes alors que la lune, bien ronde, brille avec élégance.

— Pourquoi ? murmuré-je, la tête baissée.

La brise est mon unique réponse du ciel. Je lâche un soupir, déçue. La solitude m'attriste, m'amène dans des profondeurs autrefois quittées. Je suis seule. Non, je me sens seule. Un sentiment insupportable à vivre. Mes mèches glissent sur mes joues. Le vent me décoiffe.

Il ne suffit que d'un signe, d'un message de leur part, eux qui apparaissent si bien dans mes rêves. J'ai tant prié Horus, Isis, en vain, rien ne m'atteint en dehors de ces songes ou de ces visions. Je ne comprends pas leurs significations et j'aurais aimé que cela soit plus clair. Néanmoins, c'est raté. Les Dieux n'offrent jamais un message explicite. Ils vous donnent des énigmes à résoudre avec votre cœur, votre âme, votre intuition. Et bien qu'ils répondent à mes appels, je n'entends pas.

— Si seulement tu pouvais éclaircir ma route, Thot. Qui est cette femme ? Qu'est-ce qu'elle voulait dire par « je te vois » ? Et Ousir ?

Mes chuchotements s'effacent dans le vent. Ils sont engloutis dans les ténèbres de la nuit. Cependant, mon cœur est certain que les Dieux voient les larmes que je ne pleure pas, entendent les plaintes que je ne dis pas. Ils sont là, toujours présents aux quatre coins des temples, de ce séjour. Cette dame qui m'a parlé n'était pas n'importe qui. Qui était-elle dans une vie antérieure ? Quel est le lien qui nous relie ? Tant de questions sans réponse.

Après avoir pris un bol d'air frais, je rejoins Christian sous les couettes, épuisée. Mes yeux sont à moitié clos.

Le soleil m'a exténuée, ainsi que l'effort physique apporté pendant les visites.

Puisse Thot entendre ma détresse.

☥

Les murs sont remplis d'hiéroglyphes, gravés avec soin. Ils éclatent de multiples couleurs. Plusieurs formes se distinguent parmi eux, tels le scarabée, l'œil d'Horus, les oiseaux. Certaines lignes symbolisant les vagues se distinguent à leur tour. Cet art a beau m'éblouir, je ne peux décrypter leurs sens. Je balaie la scène du regard, ce qui revient à dire que je n'aperçois que ces parois égyptiennes. À croire que mon champ de vue est limité à cela.

Alors, un Dieu se démarque, s'imposant au centre de ces écritures. Sa main tient un plumier qui écrit sur une ardoise. Une énorme croix d'Ankh, la croix de vie, a été peinte sur sa droite, ce qui ne m'étonne pas quand on en saisit sa signification de l'époque. Sa tête d'ibis me surprend. Sa coiffe est colorée d'un bleu lazuli. Ses bras possèdent plusieurs bracelets en or, quand des colliers dissimulent son cou. Ma vision s'appuie sur cette peinture flamboyante. Je n'en ai jamais vu de si étincelante. Cela ne peut pas être réel. Est-ce une illusion, une hallucination ? Ai-je trouvé le sommeil ou suis-je tombée dans les pommes ? Je ne me souviens plus de ce qui s'est déroulé dans la nuit, à part mes prières, mes lamentations et ce ciel étoilé.

Subitement, une voix perce le silence pesant. Mes yeux sont toujours rivés sur ce mur, en particulier sur le Dieu du savoir, de la connaissance, de l'écriture. Ce bruit vibre au plus profond de mon âme et éveille de nouvelles sensations. Mes vibrations résonnent. Pourtant, sa voix ne m'effraie pas, au contraire, elle m'apaise. Je me sens bien, bercée dans cette lumière. Et si les Dieux m'avaient vraiment entendu ? Et s'ils me répondaient de cette façon ? Peut-être que le faucon m'a mis sur le bon chemin ? Ce n'est pas la première fois que je l'aperçois dans mes songes. Cet oiseau symbolise Horus, divinité de la sagesse qui a battu Seth en l'honneur de son père. D'ailleurs, on œil est tatoué sur mon avant-bras droit.

« Suis le chemin », me disait-il, mais comment le suivre quand on est perdu ? » Suis le chemin et ne le quitte pas ». Pourtant, la voix qui me réveille aujourd'hui me propose tout autre chose. Ces messages se réunissent sur un sujet : mon âme, ma vie antérieure, ce que je suis. Qui étais-je dans un passé lointain ?

La phrase de Thot se répète à de multiples reprises d'une voix douce, sonnant comme une mélodie.

Retrouve les Anciens.

Une vérité douloureuse

« La langue est le glaive du roi ! Les mots valent plus que tous les combats. »
Mérikarê

— Je n'y arrive plus, Christian ! Ce séjour était censé renforcer notre amour, pas le détruire ! crié-je d'une voix brisée.

Je hurle encore et encore. Mes cris m'arrachent mes cordes vocales. Des larmes perlent sur mes joues depuis une dizaine de minutes. Nos voisins nous entendent certainement nous disputer, mais peu importe, il faut crever l'abcès. J'en ai assez de tout enfuir au fond de mon cœur sans expliquer nos problèmes. Son comportement est inacceptable face à l'irrespect qu'il exprime pour ce pays et mon amitié envers Sarah. Il s'avère de plus en plus irascible et mauvais. Après avoir fait un rêve cette nuit, ce dernier s'est réveillé au même instant que moi. Christian n'a pas mâché ses mots pour dire à quel point mes insomnies l'agaçaient. « Tu devrais voir une psy putain au lieu de tout gâcher. Ces histoires n'ont ni queue ni tête ! » Ce sujet revient toujours dans nos conversations. Pourtant, je n'aborde jamais ses habitudes dès qu'il m'énerve. Je mords sur ma chique et patiente. Malheureusement, mon mari n'est pas capable d'en faire autant. Il exprime son dégoût envers mon corps, autrefois bien plus mince, ou mes tatouages, sans parler de cette croisière. Le réveil a alors été brutal entre ses insultes et sa voix grave qui m'accusait de tous ses malheurs.

— Tu te fous de moi ? Je hais ce climat exotique et tous ces moustiques à la con ! Si tu pensais vraiment à notre couple, on serait allés en Norvège ou en Allemagne, mais pas en Afrique !

Sa voix est glaciale, agressive. Elle m'offusque, à la limite de l'insulte. Ses reproches me font l'effet d'une gifle. C'est la douche froide. Comment suis-je censée réagir ? Je ne suis plus à l'image qu'il désirait que je sois.

— L'Allemagne ? Et puis quoi encore ? Tes folies pour les révolutions et les guerres envahissent notre vie de couple depuis le début ! Quand ce n'est pas Hitler dont tu parles, c'est de Staline ou de Mussolini ! Pourquoi moi je ne pourrais pas avoir mes propres passions ?

Mes larmes me brûlent les joues. Le dos de mes mains viennent frottent mon visage. Je n'ai nulle envie de sortir aujourd'hui, ou de faire face à Sarah. Elle comprendra vite ce qu'il s'est produit et n'hésiterait pas à m'enfoncer encore plus bas que terre avec ses critiques sur mon couple.

Tandis qu'il continue son discours, je renifle. Christian me foudroie d'un regard noir. Dans ces moments-là, il m'effraie tellement, possédé par les ténèbres et ses envies. Il m'arrive parfois de penser au pire. Oserait-il un jour porter la main sur moi ?

— Tes absurdités sur l'Égypte ancienne ? Qu'est-ce que tu crois ? Que ton Dieu Horus a existé un jour ? Oh, mais qu'il te vienne en aide, à toi et à ta folie ! Tu frôles le ridicule avec tes idées. Tu deviens presque aussi folle que tes patients !

Cette phrase est la goutte d'eau qui fait déborder le vase. Mon travail revient tout le temps dans ses reproches. Je lui lance ce que j'ai en main, soit mon verre. Je n'ai pas réfléchi, ma main l'a jeté comme par réflexe. Mon mari l'esquive de justesse, puis me hurle toute sorte d'insultes. Je passe outre pour me ruer vers la salle de bain. La seule pièce au calme dans laquelle je pourrais me ressaisir. Mon esprit est embrouillé par ses remarques.

— À ce que je sache, mon métier ne t'a jamais dérangé jusqu'au jour où mon salaire a augmenté ! Qu'est-ce qui te dérange ? Que je gagne plus que toi ou que je sois une femme indépendante de son homme ?

Avant que j'aie le temps de claquer la porte, il la bloque d'un geste brusque. Si Christian avait eu des révolvers à la place de ses yeux, je serais morte à l'heure qu'il est. Lorsqu'il ouvre, tandis que j'essayais de la refermer, mon corps est expulsé en arrière. Mon dos claque contre le mur. J'aperçois mon reflet dans le miroir. Mes yeux sont rougis par mes pleurs et j'ai le visage bouffi. Avec ma tête de zombie, qui voudrait de moi ? Cela fait plusieurs nuits que je n'ai plus dormi.

— Indépendante ? C'est moi qui paye ce séjour. Tu vas te contenter de le faire ou…

— Ou quoi ? Tu passeras encore un appel mystérieux ? Comme si tes collègues ou ton patron t'appelaient toutes les heures pour vérifier si tout se déroule bien ?!

Ma voix fait écho dans la chambre. Je prie pour que Sarah n'entende rien. Elle se situe au bout du couloir. Parfois, elle se rend à notre cabine car elle s'ennuie avec son frère.

— Épargne-moi tes reproches sur la fidélité, je t'ai vue mater et baver plusieurs fois sur le guide ! Qu'est-ce qu'il a de plus que moi ? Des muscles ? Toutes les femmes sur ce bateau sont à ses pieds.

J'ouvre la bouche mais rien n'en sort. Mon cœur est meurtri par ses plaintes. Mon corps est à bout de force.

La fatigue me domine trop pour que je puisse pleurer bien plus. Qu'est-ce que je dois comprendre dans sa phrase ? Est-ce qu'il me trompe ? Est-ce qu'il se sent démuni ? Ses opinions sur mon métier, je les avais déjà maintes fois entendues, toutefois, jamais il n'a été aussi violent dans ses propos. Jamais il ne m'a attaquée sur mon physique. J'ai toujours respecté son poste, ses convictions à deux balles sans rentrer en conflit.

De toute façon, le mensonge ne nous tient plus. Christian et moi ne sommes plus sur la même longueur d'onde. Cette flamme qui nous brûlait de passion auparavant s'est éteinte. Il n'en reste plus que des cendres, de la poussière qui s'effrite et s'envole au moindre coup de vent.

— Oh, car tu es un saint, peut-être ? Tu laisses des gamines de dix-huit ans fantasmer sur toi ! Et ces appels, de qui proviennent-ils ?!

— Non, mais contrairement à toi, je n'ai rien démenti. Tu ne peux en vouloir qu'à toi-même de gâcher notre relation. Toujours à sauver tes clients avant notre couple, ça te servira de leçon.

Christian semble insensible. Pendant qu'il se plaint pour un voyage au soleil, mes patients souffrent de dépression ou de troubles de la personnalité. Comparer ces problèmes n'a aucun sens. Je garde mon sang-froid, mon regard plongé dans le sien. À part de la fureur, de la colère et du dégoût, rien ne se dégage de ses prunelles.

— Comment s'appelle-t-elle ?

Ma voix se brise à l'instant où je pose cette question, comme si la vérité éclatait enfin au grand jour, comme si mon esprit acceptait le choc. Mon mari m'observe avec répugnance. Il me méprise pour ce que je suis. Peut-être me fais-je des idées sur l'adultère ? Non, ça ne peut qu'être évident, cependant, Christian ignore ma question. Il sort de la cabine sans oublier de claquer la porte à son passage. Le navire s'est arrêté depuis cinq minutes. Il va falloir que je quitte la salle de bain pour rejoindre le groupe, bien que je n'en ressente plus l'envie. Mon âme est fracassée par la réalité.

Face au miroir, je frotte les dernières larmes qui coulent sur mes joues. Si je sortais dans cet état, Ousir comprendrait vite ce qu'il s'est passé. J'ai besoin de plusieurs minutes pour arranger mon apparence. L'eau du robinet coule, mes mains rincent mon visage bouffi. Tous les membres de mon corps tremblent sous l'effet de sa colère. *Calme-toi Romane, calme-toi, tout ira bien.* Néanmoins, je sais que plus rien n'ira dans notre couple. Nous sommes au bord du gouffre, de la rupture, sauf si cela en était une. Même si je le nie depuis le début, nous le savions tous les deux.

Christian ne me touche plus, il est lointain et reçoit des appels secrets. Si ce n'est pas suffisant pour avoir la certitude de son infidélité, je ne vois plus ce que je peux faire. Sa phrase se répète en boucle dans mon esprit. « Épargne-moi tes reproches sur la fidélité, je t'ai vu mater et baver plusieurs fois sur le guide ! Qu'est-ce qu'il a de plus que moi ? Des muscles ? Toutes les femmes sur ce bateau sont à ses pieds ». Il n'y a plus aucun doute, une autre femme est rentrée dans sa vie… et dans la mienne.

Chapitre 22
Baiser du Nil

« Je vous guiderai vers la voie de vie. La bonne voie de celui qui obéit à Dieu. Heureux celui que son cœur conduit vers elle. Celui dont le cœur est ferme. Sur la voie de Dieu. Affermie est son existence sur terre. »
Petosiris

Dès la cabine fermée à clef, je prends sur ma droite afin d'éviter la présence de Christian. Ce dernier m'attend certainement à l'entrée de l'ascenseur. Il est hors de question de lui adresser la parole après ses insultes. Mes sanglots restent bloqués dans ma gorge. Ma vue est rendue floue par l'eau qui roule sur mes joues. Il m'est impossible de me calmer. Je suis de ce type-là, moi. Excessive, à ressentir les émotions en puissance dix, susceptible. Quand je commence, je ne m'arrête plus, et ça, mon époux le savait très bien en démarrant cette querelle à sept heures du matin. Selon lui, j'ai émis trop de bruit cette nuit, ce qui l'a empêché de dormir paisiblement. Tu parles... Il a ronflé comme mon grand-père le faisait dans sa jeunesse.

Le cœur serré, le goût de la rancune ne quitte plus ma bouche. Avant de prendre les escaliers, je m'arrête face à la porte pour frotter ma figure. Ça va aller, il ne gâchera pas cette journée. C'est mon excursion et je suis bien décidée à en apprendre plus sur les Dieux de l'Égypte.

À l'instant même où je reprends mes esprits, tentant par tous les moyens de m'encourager à aller de l'avant, une porte du couloir se ferme. Je jette un coup d'œil et distingue Ousir, droit comme un piquet. Il me fixe d'un air interloqué. Les traits de son visage expriment l'incompréhension face à mon état. Un sentiment de honte me prend. Toutefois, nous restons là, paralysés sur place, yeux dans les yeux. Je n'ai jamais discuté de mes problèmes conjugaux à qui que ce soit, pas même avec Inès, cependant, j'en ressens tellement le besoin, là tout de suite. Mon cœur est meurtri par cette atroce vérité, celle que l'amour n'est ni éternel ni aussi beau qu'on l'imagine. Celle d'un mari qui trompe sa femme sans aucun prétexte. Celle que mon couple devient catastrophique. J'ai nié pendant des jours, voire des mois, ce que mon âme me chuchotait. Depuis le départ de cette croisière, nous sommes voués à l'échec, mais j'ai fermé les yeux et voilà où ça nous a menés.

Alors que le silence rend l'atmosphère tendue, je fais le premier pas, puis me dirige vers lui. Ousir ne me quitte pas du regard. J'ai l'impression que mes jambes vont défaillir, elles sont molles comme du coton. Au moindre coup, je m'effondre. L'expression que j'affiche me trahit assez. Si Sarah était là, elle me poserait mille questions et des touristes me jetteraient des regards curieux. Seul ce guide semble comprendre le monde, mon monde, ou du moins, ce qu'il en reste.

— Rentre, murmure-t-il à voix basse.

A-t-il peur qu'on l'entende ? Qu'on le surprenne ? Après tout, mes problèmes ne regardent pas tout le groupe de ce bateau. Par chance, la plupart des vacanciers sont déjà en bas et l'attendent de pied ferme.

— Que s'est-il passé ?

La pièce close, sa question me turlupine. À la vue de mes pleurs, de mon expression, il devrait saisir, en particulier après avoir assisté à la scène de la veille et à celle de notre arrivée. Sa chambre est bien plus lumineuse que la mienne. Ses rideaux sont ouverts. Les rayons du soleil illuminent chaque partie de la cabine. Elle est propre, rangée, ses vêtements pliés dans ses bagages. Il paraît si différent de Christian… Parfois, je me demande comment mon esprit fait pour tenir face à cet homme. Cette sensation s'éveille toujours quand je m'approche de lui, celle qui pétille au creux de mes jambes, au fond de mon cœur. Celle qui appelle mon âme à s'éveiller.

J'humidifie mes lèvres, puis mordille l'intérieur de mes joues. Par quoi vais-je commencer mon explication ? Ses phrases pleines de sous-entendus ? L'adultère ? Nos tensions ? Ou les désirs sexuels que ce guide réveille en moi ? Tout semble confus, flou dans ma tête, alors qu'en réalité, la situation est claire. Christian et moi ne nous aimons plus, puisqu'il tombe amoureux d'une autre, et ma flamme est entre les mains d'Ousir. Malheureusement, Inès n'est pas présente pour me réconforter.

Comme à son habitude, Ousir est vêtu d'un simple débardeur qui met à nu ses bras. Son regard, sombre et énigmatique, me perce en plein jour. Il lit en moi comme dans un livre ouvert. Impossible de me cacher ou de lui mentir, cet homme devinerait aussitôt ce qu'il se passe. Sa main s'aventure dans sa barbe, tandis qu'il attend une réponse de ma part.

— Je me suis disputée avec mon mari.

Le silence dans la chambre pèse sur mes épaules. La couleur de ses murs est beaucoup plus douce que la mienne, le blanc se noie sur les meubles principaux et le lit. Les statuettes d'Horus et de Thot grouillent sur sa table de chevet. Le vent pénètre dans la pièce pour nous frapper de plein fouet. Ousir se presse de fermer la fenêtre. Son corps me tend son dos. Mes yeux l'observent sans en perdre une miette. D'où vient ce prince d'Égypte ?

Dès qu'il est de retour, ce dernier pose sa main sur mon visage, me forçant ainsi à rencontrer son regard. L'adrénaline coule dans mes veines. Mon cœur cogne si fort que je suis certaine qu'il l'entend depuis sa position. Je ne devrais pas être ici, seule dans sa cabine et aussi proche de lui, pourtant je n'ai qu'une envie, presser mes lèvres contre les siennes. Comment fait-il pour me faire oublier tout le reste ?

— Est-ce qu'il t'a touchée ?

Son interrogation me surprend. Si on m'avait dit un jour que mon cœur basculerait vers lui, vers un inconnu, abandonnant ainsi Christian, je ne l'aurais pas cru. Habituellement, c'est moi qui questionne et qui guéris l'âme des personnes.

— Pas physiquement.

Mes réponses sont brèves, ce qui est fait est fait. Je n'apprécie pas trop étaler ma vie, en particulier avec Ousir qui semble si bon. Je me suis égarée sur mon chemin, entre le charisme qu'il dégage, sa virilité, sa beauté et le fait qu'il soit un inconnu. Est-ce que le coup de foudre existe bel et bien ? Car son physique ne sort plus de mon esprit et chacune de ses caresses a un effet électrique en moi. Après toutes mes prières ct le message des Dieux, Isis mettrait sur ma route une personne au cœur pur pour guérir de mes maux. J'ai la divine certitude que notre rencontre n'est pas un hasard, que nous sommes liés d'une manière ou d'une autre l'un à l'autre et que peu importe ce que je ferai, notre attirance, cette attraction persistera.

— Je me fais du souci pour toi. Tu perds connaissance à Louxor, ton mari râle pendant les visites et trois jours plus tard, je te retrouve en pleurs devant ma porte. Tu es sûre que tout va bien ? Je ne te jugerai pas, je ne suis pas là pour ça.

Qui est cet homme ? Pourquoi est-il si bon ? Thot, dévoile-le-moi, que je puisse comprendre notre lien et ce qui nous unit. Nous vibrons à la même intensité. Il paraît si parfait, si calme, à croire qu'il maîtrise à la perfection ses émotions. Ousir détient le secret de la sagesse pour ne pas s'énerver, tel que je l'aurais fait. Ce guide me cache un mystère que je découvrirai bientôt. S'il est sur ma route, c'est qu'il doit accomplir quelque chose avec moi.

— Il me trompe avec une femme, mais laquelle ? Impossible de le savoir…

Ma voix se casse lorsque je prononce cette phrase. Cette situation me paraît si invraisemblable. Il y a des mois de ça, nous filions le parfait amour et me voilà dans les bras d'un autre à confier mon amertume. Comment cet homme a-t-il fait pour voler mon cœur ? Christian a brisé la passion qui nous animait. Ousir est arrivé à temps pour la saisir. Cette conversation remue le couteau dans la plaie. Mon mari est infidèle, baise avec une autre et s'amuse très bien avec elle. C'est tout ce qu'il y a à raconter. Et comme si la scène ne semblait pas assez complexe, je suis en plein coup de foudre sur mon guide touristique à la beauté d'un Medjaï. Alors si tu joues avec les dés de mon destin, Osiris, ce serait vraiment gentil de ta part de cesser ces bêtises pour que je rattrape un équilibre psychique convenable.

Plongée dans mes songes, je ne remarque pas Ousir qui se rapproche de moi. Il m'invite à m'asseoir sur le bord du lit. Sa jambe se colle contre la mienne. Nos corps sont à quelques centimètres l'un de l'autre, assez proches pour que son souffle glisse sur ma peau. Cette tension entre nous m'éveille.

— Qu'est-ce qui te fait penser ça ?

Sa voix douce me rassure. Elle atténue mes émotions fortes. Ousir est celui qui apaise le fleuve en colère. J'avale avec difficulté ma salive avant de répliquer :

— Il l'a sous-entendu et trop de signes me le confirment…

La tête abaissée, la honte me prend de plein fouet. Je n'ose plus le regarder dans les yeux, cependant, ce dernier me force à le voir. Les traits de son visage sont adoucis. J'hésite entre la pitié ou l'affection qu'il ressent à mon égard. On ne peut pas lui en vouloir. Après tout, je ne suis qu'une autre touriste avec un couple en bordel. Mon cœur se resserre, je ravale mes sanglots. Je suis dépitée, au bout du gouffre, et personne ne pourra me guérir de cette trahison. Malgré mes pleurs, mon visage humide, mes yeux rougis et mes lèvres tremblantes, Ousir pose son front contre le mien. Sa sérénité se peint sur mon âme. Ma respiration reprend un rythme serein. Elle devient plus douce. On ne se lâche plus du regard. Ses mains se déplacent sur mes épaules, puis glissent le long de mes bras afin d'atterrir sur ma taille. Ses yeux ténébreux me scrutent et s'abandonnent sur ma bouche. Cette même alchimie nous pousse l'un vers l'autre avec une force inestimable, mais seulement, sommes-nous autorisés à franchir l'interdit ? Est-il déjà promis à une autre ? Tant de questions et si peu de réponses, néanmoins Ousir met fin à mon esprit torturé, à ma tourmente, en posant ses lèvres sur les miennes. Une vague d'émotions m'enveloppe. Mes sentiments explosent au creux de mon ventre. Je réponds aussitôt à son baiser avec fureur. J'ai l'impression de revivre, de ressentir toutes ces émotions oubliées, cet amour, tandis que mon corps répond à cette attraction entre nous. Nous basculons, attirés par la force qui nous unit, moi au-dessus de lui. Son parfum m'enivre. J'en oublie tout le reste — ce voyage, Christian, le monde qui nous attend en bas. Je l'embrasse, encore et encore, fondant tous mes espoirs sur lui et ce qu'il éveille en moi.

Ousir panse mon cœur d'un simple baiser. Ses mots ont un pouvoir de guérison sur moi.

Quand notre accolade prend fin, nous réalisons ce qu'il s'est produit. Lui, moi, Nous, cet amour et cette attirance sexuelle. Mon esprit ne prend pas tout de suite conscience de ce qu'il dégage. Je tombe sous son charme. Ce coup de foudre me consume, m'obsède depuis mon arrivée. Mes doigts effleurent mes lèvres, gardant en mémoire cette pression agréable que je ne suis pas prête d'oublier. Avant qu'Ousir ne puisse en discuter, mes pensées ne font qu'un tour. Bon Dieu… Et si Christian ne m'avait pas trompée ? Et si j'avais mal interprété la situation ? Et si j'avais imaginé tout ça dans ma tête ? Je serais l'infidèle et je lui ferais subir cet adultère…

Perdue, je me presse de quitter la cabine pour descendre les marches jusqu'au hall. Qu'est-ce que j'ai fait ? Qu'est-ce qui m'a pris ? Je suis noyée dans mes doutes, confuse quand je rejoins le groupe à l'extérieur. Ai-je seulement le droit d'aimer ce baiser alors que je suis mariée ? Ai-je seulement le droit d'aimer cet homme ? Ce guide a réveillé en moi ce qui était éteint et après cet échange, je ne peux en être que sûre… Mes sentiments pour lui sont bien vifs, le coup de foudre existe.

Au temple d'Horus

« Il n'y a nulle vérité que celle de ton cœur. »

La visite commence. Je suis seule, car Christian est à l'arrière du groupe avec Franc et Sarah. Ils ont renoncé à l'idée d'être à l'avant pendant ce circuit. Néanmoins, cela m'arrange, puisque j'évite les questions de la jeune fille. J'ai suffisamment exposé ma vie ce matin, et puis, j'ai dérapé. Ce qui me terrifie le plus est que mon cœur en redemande encore. Il ne désire qu'un second baiser, qu'une autre accolade. Mon esprit ressasse la scène, sa douceur et sa tendresse, ainsi que ses mains sur mon corps. Je ne suis pas encore consciente de ce qu'il s'est produit. Tout paraît irréel, bien plus beau aux côtés d'Ousir. Serait-ce ce coup de foudre qui embellit son image ? Serait-ce cet amour si soudain qui s'attache à son âme ?

Tandis que le guide touristique mène le groupe à l'intérieur, deux énormes murs se dressent face à nous. Ce sont les pylônes du temple. Le Dieu Horus est représenté sur chacun d'eux, avec sa tête de faucon et sa coiffe en forme de soleil. De petites statues sont disposées à l'entrée de la grande salle hypostyle. Elles ressemblent à des oiseaux, symbolisant le Dieu vénéré de cet endroit. Beaucoup se pressent de rentrer pour prendre en premier les clichés. Je cède ma place. *Ne te dépêche pas*, murmure mon intuition. Les rayons de soleil frappent déjà fort en cette matinée ensoleillée. J'ai complètement zappé la crème solaire avec notre dispute. Des jurons s'échappent de mes lèvres. Qui va se prendre un beau coup de soleil et les sensations de brûlure qui suivront ? C'est moi !

Ousir parle de son histoire et des inscriptions traduites par de grands historiens. L'une d'elles retient mon attention, celle de Chassinat — *N'allez point révéler les rituels que vous voyez en tout mystère dans les temples.* Et si là était le secret ? Et si mes rêves ou mes visions me dévoilaient des rituels ?

Du sable se faufile dans mes sandales. Je trébuche, manquant de tomber au sol, cependant, mes bras se rattrapent de justesse sur l'un des murs. Mes doigts touchent ses parois rugueuses et soudain, mon corps perd l'équilibre. Mon âme se révèle aspirée par une puissance inconnue. Le paysage s'efface et se noircit. La sensation de tomber dans un trou noir me saisit. Mon cœur se soulève, l'adrénaline coule dans mes veines. Mon souffle se coupe. Il me faut un certain temps avant de reprendre mes esprits. L'effroi, au fond de mes tripes, me possède. Couchée à terre, à la suite de ma chute, mes avant-bras protègent mes yeux. Le bruit émis auparavant par les touristes n'est plus. À peine ai-je le temps d'y réfléchir qu'ils m'ont une seconde fois ramenée ici. Me voilà, dans une autre de ces visions.

Lorsque je me redresse, mes yeux inspectent les environs. Le bateau n'est plus à sa place et l'entrée a changé, semblable à l'allée des sphinx à Louxor. Il y en a une dizaine de chaque côté, créant, par leur position, un chemin tracé. Le soleil m'aveugle par son intensité. Je me retourne et découvre d'énormes statues face aux parois pigmentées du temple. Elles symbolisent des pharaons imposant leur prestance. Les mots me perdent tant la beauté du lieu m'émerveille. Je suis ébahie par ce que je vois. Leurs coiffes sont dorées. Le seul tissu qui recouvre leur bas ventre est blanc, pur et simple. Ce lieu sacré est bien plus vivant qu'on ne le croirait. Le peuple de cette époque est en mouvement, parlant la langue des Anciens. Ils portent tous une tunique blanche unie, avec plusieurs bijoux sur leurs bras nus. Un graveur est assis près de l'entrée. Il écrit de nouveaux signes. Un scarabée se distingue sur le haut de l'entrée, avec ses ailes ouvertes, prêt à rejoindre la lumière, Râ.

Les passants ne me regardent pas. Ont-ils seulement conscience que je suis là ? Cela fait plus de deux jours que je vis à travers ces visions. Elles ne m'abandonnent plus, bien au contraire, celles-ci s'accrochent à mon âme. Personne ne semble réagir à ma présence. Ils traversent l'allée sans même me jeter un regard, une attention. J'en déduis qu'ils ne peuvent pas me voir.

Curieuse, mon corps me guide à l'intérieur. La peur n'est plus au creux de mon ventre. De toute façon, à chaque message donné, je reviens saine et sauve. Christian me croit folle, pourtant, mon âme est bien ici, revenue des siècles plus tôt. Ma confiance envers les Dieux de l'Égypte est indestructible. Le brouhaha de la foule s'est transformé en silence, entrecoupé par les conversations des individus qui chuchotent. Ils paraissent bien plus calmes que le monde d'aujourd'hui.

Soudain, des sculptures se dévoilent, éclatantes de couleurs. Les colonnes maintiennent le bâtiment en équilibre. Elles sont couvertes d'hiéroglyphes teintés. Tout est précis, fin et gravé avec grâce. Les hommes qui écrivent sur les murs dévouent leur culte à Horus. Les chapiteaux rayonnent d'émeraude et le fût est pigmenté tel un arc-en-ciel. Beaucoup de scènes mythologiques, en particulier le rôle d'Horus dans l'histoire d'Osiris, sont symbolisées sur chaque parcelle. Cependant, c'est le scarabée qui se démarque avec sa signification d'une grande importance. Ses ailes déployées sont peintes et scintillent à la vue du soleil. Les Égyptiens étaient donc attachés à ces couleurs. À chaque visite, ils me montrent la vie du passé.

Je lève les yeux vers le ciel dégagé. Ce pays a adopté un climat qui se répète malgré le temps et les années. Il persiste. Tandis que je cherche à comprendre cette vision, le Dieu Horus apparaît sous sa forme animale. Le faucon, le même qui m'a demandé de suivre le chemin. Mes lèvres trahissent un sourire, contente de le revoir. C'est dans ces moments-là que je me sens connectée aux Dieux de l'Égypte, dans ces instants de pureté, sans jugement, où ils apparaissent pour me guider. Je le suis du regard et m'aventure dans la bâtisse. Il fait beaucoup plus sombre. Les torches ne suffisent pas à éclairer l'endroit de façon plus intense, cependant la lumière du jour réussit à me montrer le chemin. J'ai la curieuse impression que mon hallucination va prendre fin. Les sourcils froncés, mon esprit est troublé. Qu'est-ce qui m'a amenée ici ? Dans quel but ? Celui de retrouver les Anciens ?

Rien n'a changé dans mon dos. Les citoyens continuent leur vie comme si de rien n'était. Leurs rituels se poursuivent. Quand d'autres bavardent, certains travaillent sur les murs ou prient. *N'aie pas peur*, me chuchote mon cœur, comme si Isis avait ressenti ma réticence.

Ma marche reprend. Je pénètre dans une pièce toujours aussi chatoyante. Le faucon est là, au centre, et je ne sais pas par quel moyen il est entré. Ses gros yeux globuleux me fixent. Je reste figée à l'entrée, comme si on m'avait prise sur le fait. Et s'il attendait de moi une phrase, un mot ? J'ouvre la bouche, mais aucun son n'en sort. Ma voix est partie. Ce n'est peut-être pas le bon moment. Cette sérénité enveloppe mon cœur depuis le début. Je me sens bien dans ces songes, enveloppée de lumière. Horus est grand, Horus est majestueux, et surtout, Horus est un Dieu.

J'abaisse le regard tandis que le vent caressant autrefois ma peau n'est plus. Le temple s'est refermé. Seules les torches attachées au mur nous illuminent à présent. Comment sommes-nous passés du jour, de la lumière du soleil, à cette pièce fermée, illuminée par le feu ? Les éléments s'enchaînent sans aucun sens selon moi. J'observe la salle qui ne comporte qu'une table, sur laquelle l'oiseau s'est posé. Il ne bouge pas et suit chacun de mes mouvements. Quant à moi, je saisis l'opportunité d'effleurer de mes doigts l'art de l'époque. Je me sens, pour chacune de mes visions, un peu plus proche d'eux et de la vérité. Une connexion s'est établie entre moi et cet univers. Mes prières ont toujours été entendues, contrairement à ce que j'ai cru pendant des années.

Mes mains glissent sur chaque sigle, et le bout de mes doigts se coince dans les creux. Le dos collé contre la paroi, mon corps se laisse tomber au sol. Me voilà assise, dans le plus grand des calmes, aux côtés d'un Dieu auquel je voue un culte, pour lequel j'exprime tant de respect. L'oiseau contemple mon tatouage, son œil.

— Qu'est-ce que vous cherchez à me révéler ? murmuré-je, la gorge nouée.

Le son peine à sortir de mes cordes vocales. Le faucon s'avance, puis descend de la table sur laquelle il s'est retiré. Je tends ma main pour toucher ses plumes si douces, comme mon autre songe me l'a prouvé.

— Suis le chemin et il t'aidera.

Cette voix ne provient pas de l'oiseau, cependant, elle perce l'épaisseur des murs. C'est celle de la dernière fois ! Celle qui m'a demandé de retrouver les Anciens ! Toutes les divinités se réunissent sur leurs messages et me guident vers l'Authentique. Je vois cet animal, plongée dans mes pensées. Si quelqu'un me voyait, il me prendrait pour une folle.

— Qui m'aidera ? Qui ? Je suis perdue et je ne sais pas quoi faire pour comprendre le sens de mes rêves…

Je mordille l'intérieur de mes joues. L'incohérence face à ces situations me tourmente. Qu'auraient-ils fait dans ces moments-là, ces Dieux égyptiens ? Une prière envers Rê serait peut-être la bienvenue… Je me rappelle la sagesse d'Horus, de sa patience et son amour envers son peuple. Ma poitrine se soulève au rythme de ma respiration. Je m'égare dans cette pièce, qui s'assombrit au fur et à mesure que les minutes s'écoulent.

— Thot est là, il n'attend que toi pour agir.

Mes yeux s'écarquillent, la surprise me prend d'assaut. Je n'ai donc pas parlé dans le vide cette nuit-là ! Je n'ai pas rêvé, ni imploré leur aide pour rien. Des larmes de joie perlent sur mes joues. Mon corps est envahi de cet amour comme jamais je ne l'ai ressenti auparavant. Une personne m'appelle, encore et encore, de loin. Sa voix me parvient difficilement. Le faucon, lui, me salue d'un au revoir. Alors, la salle est engloutie par les ténèbres. Soulagée, je quitte cette vision pour revenir dans mon monde le cœur léger.

— Romane, Romane, tu m'entends ? crie un homme que je ne connais que trop bien.

C'est Christian, c'est lui qui m'a extirpé de mon illusion. Il faut que je me réveille, mais en dépit de mais efforts, cinq minutes me sont nécessaires pour que mes membres obéissent aux ordres de mon cerveau. La réalité m'a rattrapée à une vitesse folle. Je ne peux m'empêcher d'être triste. Le vent est plus violent dans cet univers-ci. Le sable me frappe au visage et m'arrache une grimace. La voix de Sarah se distingue aux côtés de celles de Franc et d'Ousir. Le guide demande aux touristes de progresser sur le chemin afin de découvrir le temple pendant qu'il s'occupe de moi.

Mes yeux s'ouvrent enfin et aperçoivent les deux hommes devant moi. Mes lèvres sont gercées par la déshydratation. Est-ce que mon époux sait seulement ce qu'il s'est produit ?

— Tu m'entends ? répète ce dernier.

Un grognement s'échappe de ma gorge. Mes mains frottent mon visage tandis que je me redresse. Il ne faut pas brusquer mon corps à la suite de ces visions. C'est à croire que mon âme est souvent appelée en voyage astral. Tant qu'elle ne se sera pas remise de cette excursion, j'aurais des difficultés à être vraiment consciente. Cette sensation de planer me possède donc, mon esprit divague, toujours dans l'autre monde. J'aurais aimé demeurer auprès d'eux. Comme mon cœur me le dit souvent, je ne suis pas née à la bonne époque.

— Vous avez une bouteille d'eau ? De quoi grignoter ?

Ousir s'impose dans la conversation. Je n'écoute que d'une oreille, toujours dans les vapes. Il vaut mieux que je garde mes distances avec ce guide, même si l'envie de me réfugier dans le creux de son cou me domine. Ses mèches retombent sur ses yeux. Sa coiffure est en bataille et son charisme est digne d'un prince d'Égypte. Maintenant, j'en suis sûre. Nous étions liés dans une vie antérieure, il n'y a pas d'autre explication.

L'atmosphère est tendue entre nous trois. Il ne manquerait plus qu'une bagarre entre ces deux-là et le séjour serait fini. Néanmoins, Sarah intervient. Le bruit de l'emballage plastique se distingue. Je sens la main du guide sur mon épaule. Il m'aide à m'appuyer contre le mur. À qui pourrais-je confier ces visites ? Confier ce que j'ai sur le cœur et à quel point mon âme est liée aux Dieux, à leurs coutumes, leurs traditions et ce respect mutuel ? Tout cela semble si ancré en moi.

La jeune femme me tend sa gourde et un sachet de gaufres fines. Après la dispute avec Christian, je suis partie le ventre vide pour explorer les lieux. Je remercie Sarah, même si je ne ressens pas la faim.

— Vous avez perdu connaissance, réplique Ousir d'un air inquiet.

Il s'y préparait, j'en suis sûre. Ousir me l'a rappelé ce matin. Il savait que cette journée serait spéciale. Par chance, Horus est apparu et a illuminé cette matinée.

— Tu aurais dû déjeuner, bon sang ! Tu sais que tu es sensible à la chaleur, non ? Deux fois, deux fois que tu tombes dans les pommes. Je te l'ai déjà trop dit ! Tu n'es plus une enfant… On n'aurait jamais dû se pointer dans ce pays !

Toutes ses plaintes me retombent sur les épaules. C'est toujours ma faute. La femme se trompe quand l'homme est pétri de raison. D'ailleurs, je suis l'unique personne à connaître la Vérité sur ces pertes de conscience. Et si seulement il la connaissait, il m'enverrait au centre psychiatrique sans hésitation. Je me vois très mal lui avouer — *bonjour, mon chéri. Je parle avec les Dieux égyptiens dans mes rêves. Oh, tu savais que Horus avait des plumes très douces ? Et Thot est assez malin dans son genre.* Non, le ridicule me tuerait. Et puis, Christian est un adorateur des sciences. Il trouverait n'importe quelle preuve de ma folie.

— Je ne crois pas que ce soit le manque de sucre, Monsieur. Certains ont beau déjeuner, ils s'évanouissent aussi. J'ai l'habitude, répond Ousir d'un ton calme.

J'observe les deux hommes se faire face. Le guide dégage une sagesse quand mon mari apporte sa rancune. Il est plutôt impulsif et égocentrique. Christian doit toujours avoir raison, sinon, la situation ne lui convient pas et il rompt toute communication. De plus, en m'écroulant au sol, j'ai attisé la curiosité du public. Ce dernier est certainement en colère... Son comportement irascible m'a fait perdre des amies. Elles sont parties, agacées par son attitude et ses remarques désobligeantes. Je ne les revois que très peu, maintenant qu'elles évitent mon époux. Si seulement elles savaient...

— Écoutez, je connais assez bien ma femme pour savoir de quoi elle a besoin, peste mon mari entre ses dents.

L'ambiance est tendue. Je désire intervenir, cependant, Ousir est plus rapide que moi. Il me coupe les mots.

— Mais pas assez pour prendre soin d'elle.

Christian me toise du regard, partagé entre la curiosité et la haine. S'il cherche à déceler l'émotion qui me domine, c'est raté. Je me sens planer, toujours trop endormie pour m'énerver sur mon homme. La prestance d'Ousir ne me laisse pas indifférente. C'est la première fois qu'il prend ma défense, qu'il me protège sans crainte. Ses paroles ont suffi à fermer le clapet de mon mari, qui d'ailleurs, est furax et a les poings fermés. Franc lui propose de s'éloigner, le temps que je sois sur pieds. De toute façon, ma visite au temple d'Horus a été assez impressionnante sous sa véritable apparence. Je n'ai plus rien à voir maintenant.

— Bon dieu, ma belle ! Qu'est-ce qu'il a, ton mec ? Ne te laisse pas abattre, hein ! Qu'est-ce qu'il est de mauvais poil, en ce moment, sort Sarah après son départ.

Ousir esquisse un sourire, amusé par les dires de la jeune fille. Mes lèvres se crispent. Je ne suis pas abattue mais épuisée par son attitude. Si Inès savait ce qu'il faisait, elle me défendrait de pied ferme.

— Ne t'inquiète pas, je contrôle la situation.

La bouteille d'eau ouverte, je bois plusieurs gorgées. Le liquide rafraîchit ma bouche asséchée par ce temps aride. Avec cette chaleur, l'appétit n'est pas au rendez-vous, cependant, le sucre me fera du bien. J'engloutis sa gaufre en deux temps trois mouvements. Comme l'a expliqué Christian, j'ai sauté le petit déjeuner. Une mauvaise idée quand on sait l'effort que la marche nous demande sur le terrain.

Sarah m'abandonne pour se rendre aux toilettes. Mon mari a disparu dans la foule avec Franc. Je crains déjà ses plaintes ce soir, qu'il n'hésitera pas à crier. Ses jugements me fatiguent. L'amour s'est envolé depuis qu'il a changé. Christian a rompu cette corde qui retenait mon cœur au sien. La passion ne m'enflamme plus, excepté celle avec Ousir. Comment un coup de foudre peut-il nous faire oublier tout le passé ?

— Tu l'as vu, n'est-ce pas ?

La question du guide brise le silence qu'il y a entre nous. Elle me perturbe, laissant un goût amer. Qu'est-ce que j'ai vu ? Qu'entend-il par-là ?

— Pardon ? dis-je sur un ton surpris.

Il émet un rictus d'un air amusé. Il sait que je sais, et je sais qu'il sait. C'est ainsi, pourtant, aucun de nous ne le dira d'une façon explicite, comme si cela devait rester secret, caché, telle l'inscription gravée à l'entrée du temple.

— J'ai su, dans l'allée des sphinx à Louxor, quand je t'ai vue. Tu es spéciale. Cela n'est pas près de s'arrêter de sitôt. Ils continueront à te parler de cette façon, car tu es connectée à ces divinités. Que ton mari le veuille ou non, tu finiras tes jours sur la terre qu'ils ont prévue pour toi.

Je fronce les sourcils, troublée. J'ai l'impression de ne pas bien suivre ses explications.

— Horus, non ? rajoute-t-il d'un sourire.

La lueur de mes yeux pétille. Comment rester indifférente face à ces énigmes ? Je ne peux plus mentir. Cet homme lit en moi comme dans un livre ouvert. Il n'y a pas de secret entre nous. Ses mots confirment ainsi ce que je pensais. Nous sommes liés par l'Égypte.

— Aide-moi à me relever.

Je ne réponds pas à sa question. Ce serait trop facile et cela lui ferait plaisir. Il se redresse, puis me tend la main. Ce dernier tire d'un coup sec et mon corps se jette sur lui. Je m'excuse lorsque je le percute. Son visage est à nouveau si proche du mien. Néanmoins, je résiste à la tentation, celle de l'embrasser et de me perdre éperdument dans ses bras. Nos lèvres sont pourtant à quelques centimètres. Il ne manque qu'un pas, mais Christian n'est pas loin et pourrait nous voir. Il faut que je mette au clair ce qu'il s'est passé dans la cabine, entre nous et ce baiser échangé. J'ai bien une petite idée sur le moment idéal, puisque mon mari a bu l'eau du Nil. Les conseils de l'agence me reviennent en tête — si vous ne voulez pas attraper la turista, évitez de boire l'eau du bateau ou ses glaçons. Parfois, les mots sont plus violents que les coups. Ce soir, j'irai chercher moi-même les boissons au bar. De toute manière, il en a bu la nuit dernière, cela devrait bientôt se déclarer.

On récole ce que l'on sème

« Ne te cache pas, expose tes différences comme une qualité, car elles font de toi la personne spéciale que tu es. »

Christian s'est enfermé dans les toilettes depuis une heure. Il refuse d'en sortir, coincé sur le cabinet. Je n'ai pas eu à prendre sa boisson au bar, puisqu'il s'est servi dès notre arrivée, avec évidemment, trois gros glaçons dans son verre. Il supporte mal la chaleur et ne refuserait pas une boisson aussi fraîche. C'est mal de se moquer, mais je suis bien contente de ne pas devoir agir. Le karma s'est chargé de lui. La roue a tourné et je préfère ne pas jouer avec le feu pour éviter de me brûler.

Mon poing cogne contre la porte. Son absence me préoccupe. La salle de bain est occupée et j'aimerais vraiment me doucher. Mon corps transpire et colle sous la transpiration. Les quarante degrés en plein soleil l'après-midi réchauffent la terre et nous étouffent.

— Tu en as encore pour longtemps ? râlé-je d'un air agacé.

Je patiente dans l'espoir d'avoir une réponse. Le silence nous plonge dans une ambiance tendue. Réinsistant auprès de lui, ma main frappe encore et encore contre la porte. Elle crée un boucan pas possible.

— Je t'ai posé une question !

Subitement, j'entends un bruit qui me dégoûte. Oui, il est toujours bloqué sur le pot. L'atmosphère est lourde dans cette pièce, il faut que j'en sorte. Peut-être que Sarah me laissera prendre une douche dans sa cabine. Elle comprend mes difficultés et n'apprécie pas Christian. Entre femmes, on se soutient et partage souvent les mêmes problèmes.

Mes affaires en main, la serviette sur le bras et le peigne dans la poche, je me dirige vers sa chambre. Sarah se situe au fond du couloir, en face de la cabine d'Ousir, si je me souviens bien. D'un pas pressé, je traverse la rangée. Mon amie me répond vite. Elle ouvre la porte d'un air aussi irrité que le mien. Sa gestuelle est brusque.

— Ah, c'est toi ! Rentre.

Celle-ci me cède le passage. Je remarque à l'instant même que Franc n'est pas présent, son lit est vide. Soudain, la scène du restaurant remonte à la surface. Son frère a bu la même boisson que Christian, avec autant de glaçons. Oh non… Je ne suis pas là de me doucher.

— Ton mari s'est chopé la…

— Turista ? Oui, il occupe toute la salle de bain et je voulais me laver.

Sarah soupire, puis se jette dans son fauteuil. On est toutes les deux coincées dans la même situation. Nous n'avons plus trop le choix, à part celui de prendre notre mal en patience. Je m'assieds sans prononcer un mot. La jeune fille ne parle pas non plus. Nous toisons la porte du regard dans l'espoir qu'elle s'ouvre, cependant, seul un bruit de pet en sort. Cela devient très gênant, encore plus pour lui que moi. La scène me rend nerveuse, à tel point qu'un rire m'échappe. Ça ne se fait pas de rire du malheur des gens, mais c'est incontrôlable. C'est soit rire, soit fuir. Mon corps en a décidé autrement. Sarah me suit et sa mélodie envahit la salle.

— Mon grand-père rigole beaucoup sur ce sujet. Il dit sans cesse que c'est l'os du cul qui tourne en nougat !

Cette fois-ci, je ne me maîtrise plus. On pouffe de rire.

— D'où vient cette expression ? C'est la première fois que je l'entends !

Avoir un si grand fou rire m'a bien manqué. Sarah s'excuse pour sa vulgarité à la suite de notre conversation. Nous passons de la turista aux différents conseils à prendre en compte dans cette croisière. La jeune fille se promet de s'en souvenir. Son frère ne cesse de faire du bruit. La situation devient peut-être trop embarrassante pour lui. Celle-ci m'explique alors que la douche ne sera pas libre avant la nuit, le connaissant. Je la rassure, puis décide de sortir de là. Il vaut mieux ne pas rester et déranger plus longtemps son frère, en particulier quand on sait que dès demain, Franc n'osera même plus me regarder droit dans les yeux tant il aura honte de cette soirée.

Je quitte la pièce sans un bruit, tandis que Sarah reprend son épisode de série. Une idée me traverse alors l'esprit. Sa porte est juste en face de moi, là, à un mètre. Et si je demandais à Ousir ? Serait-ce une mauvaise idée, alors que cette force nous attire l'un à l'autre ? Alors qu'on ne contrôle peut-être pas nos sentiments ? Cette illumination est bien tentante, quand on sait que Christian n'est pas près de sortir de cet état. Sans réfléchir plus longtemps, mon intuition me pousse à tenter ma chance. Il ne se fait pas attendre pour m'accueillir, le torse nu, et les cheveux trempés. Je le parcours de la tête aux pieds. Seule une serviette dissimule ses parties intimes, entourant sa taille. L'eau coule le long de son corps humide. Je me perds dans mes pensées, nous imaginant plus proches. Ousir se gratte la gorge, me ramenant à la réalité. Mes joues rougissent.

— Désolé, mon époux a monopolisé la salle de bain. Est-ce que je peux prendre ma douche chez toi ?

Il esquisse un sourire, replace une mèche correctement. Ses lèvres fines m'attirent, sans parler de sa barbe. Maintenant que j'y songe, Ousir a un petit air de Jon Kortajarena.

— Ne t'excuse pas et rentre. Prends tout le temps qu'il te faut.

Sur ces mots, il me laisse à mes occupations et retourne à sa lecture. Mon regard s'attarde sur le titre du bouquin — *Le livre des Morts égyptien* de Marie Delcos et Jean-Luc Caradeau. Pourquoi ça ne m'étonne pas ? Sans le déranger plus, je me dirige vers la douche. L'eau coule pendant que je me déshabille. Savoir qu'il est dans la pièce à côté, à moitié nu, me trouble. Son corps musclé m'excite. Tant de fantasmes se créent dans mon esprit. *Non, Romane. Il ne faut pas céder.* Je dois garder mes distances, toutefois, mon cœur n'a qu'une envie, celle de s'allier au sien, le sentir contre moi, ses mains caressant ma peau.

L'eau chaude m'enveloppe et me fait un bien fou. Je penche la tête en arrière puis me savonne à la hâte. Bien qu'il ait accepté de m'aider, je ne désire pas trop m'imposer. Si Christian se demande où j'étais, je ne répondrais pas à sa question. Après tout, il se garde bien de me dire qui l'appelle en secret. Chacun a son jardin secret, celui dans lequel on dissimule nos désirs les plus profonds.

Ma douche terminée, je m'essuie en quatrième vitesse, puis réalise, trop tard, que je n'ai aucun vêtement propre sur moi à part ma serviette. Quelle gourde je suis ! Ma main atterrit sur mon front. Mon étourderie me perdra. Il ne me reste plus qu'une solution : enrouler la serviette autour de mon corps. Par chance, elle est assez longue pour me recouvrir entièrement. Prenant mon courage à deux mains, je quitte la salle de bain. Ma chevelure, peignée, se dépose avec délicatesse sur mes épaules. Ousir m'observe à l'instant même où je m'aventure dans sa chambre. Il a enfilé un caleçon pendant que je me lavais, un tissu qui moule bien ses fesses. Je retire ces pensées de ma tête. C'est dingue ce que mes pulsions sexuelles peuvent me faire devant un homme aussi sexy. Pour éviter ce silence intimidant, je le remercie de sa gentillesse.

— Tu te sens mieux ? demande-t-il en s'approchant de moi.

Mes mains resserrent leur emprise sur la serviette dissimulant ma poitrine nue. J'imagine les pires scénarios se produire. Et si je la perdais ? Et si elle glissait ? *Arrête d'angoisser Romane, Ousir n'est pas comme les autres.* Un hochement de tête suffit comme réponse. Je passe mon chemin, cependant, il me rattrape avant que je n'aie le temps d'atteindre la sortie. Le voir avec si peu de vêtements ne me laisse pas indifférente. Mon entrejambe commence à chauffer rien qu'à l'idée de me coller contre lui. Le tissu qui me recouvre est, par chance, suffisamment épais pour cacher mes tétons qui pointent.

— Si tu as un problème la nuit, ou peu importe quand, sache que je suis là. D'accord ?

Est-ce qu'il sait pour mes rêves ? Est-ce qu'il peut savoir à quel point c'est perturbant ? Que cette situation me rend folle ? Je tourne en rond et continue à être paumée sur cette route. La Vérité me paraît si loin et en même temps si proche. Mon cœur est sûr qu'Ousir sait quelque chose. S'il est au courant pour mes visions, il devrait savoir pour mes songes.

— Ça va, ça va…

Je bredouille, ne sachant pas quoi dire. Bon sang, depuis quand n'ai-je pas été aussi gênée par la prestance d'un homme ? Je ne suis plus habituée à flirter, toutefois, le brun de ses yeux m'hypnotise. Sa bouche m'attire. L'envie d'y goûter me possède. Tant pis, il m'est impossible de retenir ces pulsions. Il faut les assouvir, répondre à leur appel. Je me penche contre lui et nos lèvres se rencontrent. Ma main passe dans sa chevelure tandis que les siennes soutiennent ma serviette. Nos langues s'unissent. Ce baiser plein de passion et de fureur m'excite. Une explosion d'émotions fait l'effet d'une bombe au fond de moi. Je l'embrasse, oui, je l'embrasse comme j'en ai envie depuis des heures. Il ne me repousse pas, bien au contraire, Ousir me berce dans ses bras. Je m'y sens protégée. La douceur de ses gestes intensifie mes envies sexuelles. Nos corps basculent sur le bord du lit. Je ne sais plus où donner de la tête. Tous mes sens sont en éveil, répondent à ses touchers. Ses mains caressent mes bras, remontant vers mon visage. Ce baiser se termine, à contrecœur, lorsque nous réalisons ce qu'il se produit. Je ne peux pas passer la nuit ici en restant inaperçue.

Dès que nos corps se redressent, toujours enlacée dans ses bras, je regrette déjà cette pression sur ma bouche. Nous sommes en train de franchir l'interdit. Il faut que l'on se retienne face à nos désirs, cependant, c'est plus fort que nous.

— Je devrais rentrer, murmuré-je, le regard fixé sur la poignée.

Il maintient son étreinte contre moi. *Non, ne me retiens pas. Ne me laisse pas aller plus loin et devenir comme mon mari, ignoble.* Il faut que je mette au clair ce que mon cœur désire.

— Ils te demandent de faire un choix en suivant le chemin. Cette décision te permettra de retrouver les Anciens.

Sa réplique m'intrigue. Est-ce qu'Ousir lit dans mes pensées et fouille dans mes songes de la nuit ? Il a la beauté d'un prince et la force d'un Medjaï. Ce n'est pas un hasard si nos âmes s'appellent et se croisent sans arrêt. Je m'arrête alors dans mon élan. Comment peut-il en savoir autant ?

— Co...

— Ne pose pas de questions. Tu le sauras tôt ou tard. Rejoins Christian, maintenant... Mais je ne veux plus te voir dans le même état que ce matin.

S'il savait... J'écoute ses conseils et remonte le couloir, le cœur lourd. Être auprès de mon mari me détruit, car il me rappelle à chaque instant ce couple brisé qui n'attend qu'une chose, rentrer en Belgique pour se séparer. Nous reportons au lendemain cette conversation pour m'éclairer sur notre relation, même si je n'attends plus rien de sa part. Notre dernière altercation s'est montrée assez claire.

Mon esprit rumine. Il repasse en boucle ses baisers, ses touchers, sa tendresse et bon Dieu, son corps d'Apollon. J'ai peut-être passé une petite heure dans sa chambre. Cela me permet de rentrer dans la mienne avec un homme qui dort à poings fermés. Ses ronflements envahissent la pièce. Je referme en douceur la pièce à mon passage. Les fenêtres sont grandes ouvertes et les couettes sont à terre. Un courant d'air chaud traverse la cabine. La serviette sur la chaise, j'enfile ma nuisette. Quand je repense aux mots d'Ousir, je n'ai qu'un souhait, celui de le rejoindre et de terminer ma croisière à ses côtés. Cependant, fuir ma réalité ne m'aidera pas à la digérer.

« Ils te demandent de faire un choix. » Lequel ? Je n'ai pas besoin de me retourner le cerveau pour prendre conscience de cette requête. Cette décision ne peut être que celle de l'amour. Il faut décider de l'avenir de mon couple, car c'est l'unique façon d'ouvrir mon chemin, d'ouvrir la porte qui me guidera vers la bonne destination.

Si je désire progresser, il me faut le quitter. Son attitude est un frein à mon bonheur. Néanmoins, abandonner Christian me semble plus compliqué. Il a été le seul homme de ma vie pendant des années, et même si cette passion, cet amour n'existe plus. Rompre rime avec nouvelle vie. Je dois abandonner mes habitudes, mon confort, pour tout recommencer à zéro. C'est un mauvais moment à vivre pour atteindre la lumière et mon épanouissement.

Se respecter, s'écouter et s'aimer sont les trois règles pour accéder à l'acceptation de soi. Voilà ce que j'aurais dit à Monsieur Guy. Il est temps de mettre en œuvre mes propres conseils.

Un plongeon dans l'eau

« Faire confiance à l'homme qui t'a trahi une fois,
c'est confier de l'eau à une passoire. »
Proverbe égyptien : Le journal des savants (1832)

Après ma discussion avec Ousir, j'ai ressenti le besoin de me vider l'esprit. Puisque Christian est coincé dans les toilettes, j'ai pris soin de me changer dans la cabine et de venir ici, sur le haut du bateau. À cette heure-ci, il n'y a plus un chat dans les couloirs, ni dans le bar ou dans le hall. Les ténèbres de la nuit tombent sur le pays. Le silence apaise mes angoisses et soulage mes épaules du poids lourd qu'est devenu mon mariage bientôt brisé.

Mon corps plonge dans l'eau. Le bas de la piscine est illuminé par les petites lampes que contient le bassin. Ainsi, l'endroit est éclairé, même quand le soleil est couché. Je me détends dans l'eau tiède alors que la brise fraîche glisse sur ma peau maintenant humide. La tête versée en arrière et les paupières closes, mes pensées parcourent le début de cette escapade. Un véritable fiasco. Quand mon cœur se rapproche du guide, il s'éloigne de Christian. Un goût d'amertume envahit mon palais dès que je songe à mon époux. Il me dégoûte. Je ne réussis plus à le regarder dans le blanc des yeux. Le simple fait qu'il respire à mes côtés m'insupporte. La colère prend une place bien trop importante dans ma vie dès que mon esprit pense à lui. Il faut que je cesse de me bercer d'illusions. Notre idylle est morte, éteinte sous le tas de morceaux de verres sur lesquels nous marchons et saignons. Christian ne m'aime plus et Ousir occupe chaque espace de mes songes.

Dans les nuages, je ne remarque pas la présence d'une autre personne, jusqu'au moment où celle-ci rentre dans l'eau. Le bruit m'extirpe de mes rêveries. Son plongeon m'éclabousse le visage. Un cri s'échappe de ma bouche, surprise.

— Faites attention, bon sang ! crié-je, stupéfaite.

L'inconnu remonte à la surface et c'est la douche froide. Il est là. Il m'a rejoint dans le bassin sans me prévenir et je suis à moitié nue dans mon maillot de bain. Mes mains recouvrent ma poitrine, embarrassée par la situation. Cette fois-ci, impossible de camoufler ma timidité. La lumière nous éclaire suffisamment pour qu'on aperçoive nos visages avec précision.

— Désolé, je ne t'avais pas vue tout de suite… Je ne pensais pas te croiser maintenant dans la piscine. Personne ne vient à cette heure-ci, sauf toi apparemment. Tu aimes souvent te vider la tête loin de tous ces problèmes dans des endroits abandonnés la nuit.

J'émets un rictus moqueur, tendue. Depuis mon arrivée, tant de choses se sont produites. Ma conscience avale, bien qu'avec difficulté, la fin de mon couple. Mes sentiments pour Ousir se confirment de jour en jour, cependant, qui me comprendrait ? En une croisière, mon cœur a été volé par cet homme qui me ressemble tant. Il est la pièce du puzzle qu'il me manquait. Cela va paraître fou à l'égard de mes amis, qu'en huit jours, un guide ait réussi à me faire craquer. Même moi, j'ai des difficultés à y croire, pourtant, mes émotions sont bien réelles. L'attirance qui nous lie m'envoûte.

— Oui. J'avais besoin de réfléchir.

— Réfléchir à propos de quoi ?

Mon regard fixe le fond de la piscine alors qu'il vient se poser à mes côtés. L'eau s'agite et son corps à moitié nu s'expose en face de moi. J'ai honte de ce qu'il se trame au fond de mon être, gênée par les sentiments que je porte à Ousir alors que j'ai toujours la bague au doigt.

— Ce dont nous avons parlé. Ce n'est pas facile.

Il s'approche de moi et pose sa main sur mon épaule. Il m'observe avec intensité. Le désir brille dans ses prunelles, cependant, nous ne pouvons pas nous enlacer en public. Le lieu a beau être vide de touristes, la plupart étant au bar ou dans leurs cabines, la crainte d'être aperçus l'un contre l'autre me paralyse.

— J'en suis conscient, Romane. Je ne voulais pas te perturber, ni te faire souffrir, mais…

— Je sais, Ousir. Je sais pertinemment que mon couple est voué à l'échec et pour l'instant, mon cœur vacille entre le confort de ce mariage et l'aventure que je pourrais vivre sans mon mari.

Le silence s'impose entre nous, entrecoupé par le bruit des vagues. Le fleuve est moins calme que la nuit précédente. Nos rencontres secrètes commencent à me plaire, entre celles dans sa cabine ou celle au bord du navire. Toutefois, la culpabilité me ronge. Christian n'est pas au courant de mes visites sous le ciel étoilé. Il me pense chez Sarah et ne se doute de rien, excepté d'une chose, celle que j'en pince pour Ousir. Cependant, est-ce que nos rendez-vous discrets sont déplacés sachant que mon époux me trompe ? Est-ce vraiment de l'infidélité, puisqu'il couche avec une autre ? Mon intuition n'a aucune hésitation à ce sujet. À présent, au plus profond de mon âme, j'en suis convaincue.

— Tu veux peut-être parler d'autre chose ? Je ne peux rien faire pour toi pour le moment, tant que tu n'as pas choisi la vie que tu voulais mener.

Il a raison. Tout est entre mes mains et tant que mon cœur ne tranchera pas, rien entre nous ne sera envisageable. Pour la société, je suis mariée à Christian et non à ce guide. Nous avons beau nous rapprocher et apprécier notre compagnie, la croisière continue son chemin et les jours défilent.

— Est-ce que tu aimes voyager ?

Ma question sort d'elle-même. Nous changeons ainsi de sujet de conversation et oublions cette idée de choix. De toute manière, ma tête n'a pas l'intention d'y songer tout de suite. Mon corps a besoin de repos, au moins pour cette nuit.

— Oui, j'adore découvrir d'autres cultures et de nouvelles traditions. Grâce à mes parents, nous avons voyagé dans plusieurs pays, dont trois en Europe, mais depuis que je vis seul, c'est plus compliqué. Mon salaire ne me permet plus de partir tant de fois par an.

Je souris d'un air triste. Comme je le comprends. C'est Christian qui a financé ce voyage avec ses économies, croyant que nous récupérerions notre étincelle. Cela n'a pas fonctionné et ce dernier n'a qu'une envie, celle de retourner chez nous.

— Tu es allé où en Europe ?

— D'abord Prague, Athènes et ensuite Porto. Je sais, ce n'est pas dingue, mais l'histoire me passionne.

J'approuve d'un hochement de tête. Ces destinations sont vraiment belles, en particulier Prague et Athènes pour ses monuments historiques. Cet homme me parle tellement. Il possède des rêves qui s'accrochent aux miens.

Il complète le vide en mon être que Christian ne comblait plus. Il représente ma bouée de sauvetage dès que mon monde s'écroule. À la moindre pique lancée par mon époux lors des visites, Ousir me jette un regard de compassion. Sans le savoir, il me soutient et notre amitié me fait un bien fou, même si je préférais plus qu'une simple amitié. Ce que nous avons échangé m'hypnotise.

— L'histoire d'Égypte, en tout cas, est pleine de mystères, lui dis-je sur un ton accusateur.

Mon regard le fixe. Il sourit à pleines dents. Ce guide connaît tous ses secrets sur le bout de la langue. Il partage ce que je désire faire depuis des mois, un long séjour dans ce pays.

— Je te le confirme, et sans comprendre pourquoi, celle de mes racines a été comme une évidence pour moi.

Ses mots me touchent. Maintenant, c'est certain. Ousir est mon prince charmant, celui que j'attends depuis tant d'années, celui qui me sauvera de cette idylle éteinte. Nous discutons alors de la défaite de mon mariage. Celui-ci veut à tout prix me remonter le moral et il m'explique que nier l'évidence me brisera bien plus. Ce refoulement me fait honte. Moi, Romane, la psychologue qui conseille ses patients sur leur relation amoureuse, ne suit même pas ses propres conseils. N'est-ce pas un comble ?

— Je ne te presse pas, Romane. J'attendrai s'il le faut, si tu trouves que nous allons vite, cependant, je n'ai jamais ressenti ça. La seule femme avec qui j'ai partagé ma vie m'a dupé et depuis, mon âme a attendu de trouver celle qui m'offrirait le bonheur.

La tournure de notre conversation devient plus sérieuse. Je me vois surprise par ses aveux, pendant que je me cache toujours derrière ce voile de culpabilité qui m'embrase.

— Je sais bien ce que mon cœur a choisi, et ne me demande pas pour quelles raisons, mais j'ai l'impression de te connaître, ou de t'avoir connu ?

Cette sensation ne me quitte plus. Elle me colle à la peau. Je ne vois pas Ousir comme un inconnu mais comme un homme connu jadis dans une vie antérieure. Mon âme en est persuadée. Ma petite voix me chuchote que là est ma vérité, cependant, je ravale ses belles paroles. Ce dernier ne répond pas à ma question et se redresse, sortant du bassin. Il me tend une main que j'attrape sans hésiter.

Soudain, les bourrasques me frappent la peau et des frissons fourmillent dans mes membres. Je grelotte, gelée par la brise fraîche de la nuit. Cette croisière n'est pas de tout repos et mes jambes me semblent lourdes. Ousir me reconduit jusqu'à la chambre et nous ne parlons plus. Le silence apaise mes maux. La douleur face à ce choix me brise. Quitter l'homme avec qui j'ai partagé tant d'années pour un égyptien à la beauté fatale m'interpelle. L'histoire d'une seconde, mon esprit s'interroge sur les bonnes décisions à prendre, comme si elles n'étaient pas déjà prises. Cela me paraît insensé, même fou, de tout abandonner pour Ousir, du moins mon mariage. Cependant, après cette infidélité, jamais je ne verrai Christian du même œil. Ce guide m'offre un nouveau départ, car ce n'est pas seulement tout claquer pour cet homme, c'est aussi choisir mon bien-être et l'aventure au chagrin que mon union me fait ressentir.

Dès que nous arrivons dans notre couloir, il me laisse rejoindre ma cabine sans un baiser. Peut-être a-t-il peur d'être trop rapide ? Pourtant, c'est tout ce que je désire — ses lèvres, ses baisers, son corps. Personne ne peut comprendre ces envies irrésistibles sans les avoir vécues.

Le coup de foudre existe donc bel et bien, puisque ses derniers mots de la soirée m'attendrissent.

— Dors bien, Romane, et à demain. J'espère avoir la chance de te voir une nouvelle fois sourire comme ce soir.

Celui qui vole celui-là vole

« Si tu es grand après avoir été petit, si tu es riche après avoir été pauvre, sache rester simple. »
Ptahhotep

Le lendemain, Christian est malade comme un chien. Il est tordu en deux dans son lit avec ses crampes intestinales. Ce dernier préfère donc garder son énergie pour demain, à Assouan, l'une des dernières destinations à découvrir. Mon mari ne cesse de faire des allers-retours entre les toilettes et le lit, dans lequel il se couche en boule. Son teint est aussi blanc qu'un cachet d'aspirine et je ne vous parle pas de l'odeur qui règne dans les toilettes. Les fenêtres sont ouvertes pour aérer la pièce. C'est une horreur de s'y rendre. Je ne l'ai jamais vu souffrant à ce point. Néanmoins, c'est lui qui s'est mis dans cette situation.

C'est donc vêtue d'une robe que je sors de la cabine. Nous nous rendons à Kom Ombo puis à Assouan dans la soirée. Ces journées sont plus tranquilles, prévues depuis le départ par l'agence et évidemment, ils finissent par le plus beau temple et le plus connu, celui d'Abou Simbel. Il est si réputé que plusieurs navires de croisières s'y arrêtent. La foule sera donc plus grande, voire plus oppressante. Ses quatre énormes effigies à l'entrée ont fait le tour du monde. Beaucoup payent ce séjour juste pour le voir de leurs yeux. Et, en toute honnêteté, j'ai l'espoir de vivre une vision à cet endroit précis. Selon mes songes, ce lieu révélera la vérité, Ma Vérité. D'ailleurs, cette bâtisse a été construite sous l'ordre de Ramsès II, un grand pharaon qui a fait bâtir tant de beaux endroits ou de statues à son image. Les livres, lus à l'occasion du voyage, le représentaient en grand combattant. Cet homme a eu tant d'enfants, plus de six filles ! Et dire que mon époux n'est pas intéressé par cette époque... C'est si passionnant et surtout, impressionnant de comprendre leurs mœurs. Ramsès II a élevé ce temple suite à une promesse faite au dieu Rê. L'excitation bat dans le creux de mon ventre. La fin de ce séjour arrive et ce lieu si convoité m'interpelle.

Toutefois, aujourd'hui nous visitons le temple de Sobek et Haroëris. Ce dernier n'est pas assez important selon Franc, qui prend congé. Peut-être est-il toujours aussi malade que Christian ?

Le sac sur le dos, je rejoins les touristes à l'extérieur. Ma soirée de la veille m'a laissée rêver d'un avenir meilleur et d'une vie pleine de bonheur. J'ai l'impression qu'avec Ousir, le véritable amour est possible et qu'il ne me trompera pas pour une amourette ou un fantasme. Avec lui, tout me paraît plus simple, plus facile, tandis que mon époux actuel est si compliqué. Nos rendez-vous secrets ont rendu à ma vie de l'excitation et surtout, une raison de me lever chaque jour. La présence de Christian m'agace, tandis que celle du guide m'attendrit. C'est rassurant de se dire qu'il est à mes côtés dans cette dure épreuve et qu'il ne compte pas me laisser tomber. Ousir a été bien clair là-dessus, il attendrait le moment propice.

Je sors donc du navire avec Sarah. Les rayons du soleil sont moins intenses que la veille. La crème solaire en main, je masse mes bras et en particulier mon tatouage. Elle se tartine de crème après moi, puisqu'elle a oublié la sienne. La chaleur est plus tolérable que les jours précédents, qui eux, dépassaient les quarante degrés en pleine après-midi avec une atmosphère lourde.

— Tu aurais dû voir Franc cette nuit ! Il m'a dérangée plus de six fois pour se vider… Et l'odeur est dégueulasse ! Prendre une douche est une calamité avec lui…

La jeune fille croise les bras sur sa poitrine d'un air dégoûté. L'état de son frère la rend malade. Néanmoins, c'est un risque à prendre quand on se rend en Égypte. Les médecins le déconseillent même aux personnes à l'immunité sensible à voir le nombre de personnes qui se chopent la turista. C'est tout sauf une partie de plaisir, surtout quand on paye des milliers d'euros pour être sur ce navire.

— Tu parles… Christian n'est pas mieux. Je l'ai forcé à garder la fenêtre ouverte dans nos toilettes.

Nous rions toutes les deux. Notre groupe est nettement plus petit. Je soupçonne les touristes d'avoir abusé à leur tour des glaçons. Au moins, mon mari a une raison de détester cette excursion. Après les brûlures sur sa peau, les disputes que l'on enchaîne et cette fichue chiasse, il n'en conservera aucun bon souvenir.

— L'avantage, c'est qu'on est entre filles ! Dis-moi ce qu'il s'est passé avec lui hier. Il n'a pas été très doux pendant l'escapade au temple d'Horus.

Je pince mes lèvres, puis grimace. *Garde ton sang-froid.* Ce n'est pas un secret. Hier, ils m'ont tous vue en pleurs, avec une sale mine. C'est normal qu'elle veuille en savoir plus. Nous avons passé toute la croisière ensemble et je ne peux pas le nier, mon cœur a besoin de se soulager d'un poids.

— Rien… Mon couple part juste en vrille et j'apprends à l'accepter. Ce séjour avait pour but de ranimer notre flamme et ainsi de renforcer notre relation de couple.

Le groupe progresse vers le lieu du jour. Les discussions de tous forment un brouhaha. Ma nuit a été très paisible malgré l'avancement du bateau. Mes rêves n'avaient ni queue ni tête. Aucun signe, ni message, une vie banale. La fatigue a certainement eu raison de moi hier. Dans mes songes, mon corps a parcouru un chemin avant de courir à travers les champs, au centre de ces terres, et un scarabée s'est déposé sur mon épaule. Rien d'extraordinaire. Il n'y avait ni Dieu, ni Déesse, juste moi et mes désirs.

— Tu as plutôt éteint cette flamme, désolée de te l'avouer ! Mais vois les choses du bon côté, peut-être qu'Hathor t'a prévu une aventure qui en vaut le coup !

J'aime son franc-parler. Quand Sarah pense, Sarah dit. Elle n'est pas le type de femmes à jacasser et à raconter des potins sur tout le monde. Elle se tient d'une façon discrète. Je n'ai plus peur de me livrer à elle et puis ses paroles font écho en moi. Est-ce un hasard si elle a parlé d'Hathor, déesse de l'amour, et d'une nouvelle aventure qui se prépare ?

De toute manière, Inès n'est pas là pour m'écouter et il est impossible de la contacter via les réseaux sociaux. Ma meilleure amie ne s'est plus connectée depuis sept jours, exactement le moment où nous avons décollé de la Belgique.

Dès cette croisière terminée, Sarah et moi nous promettons de nous tenir au jus de nos nouvelles péripéties. Elle regagnera ses occupations, enfin, ses études et ses querelles de famille, tandis que j'essayerai de vivre avec un divorce amer. Cette rupture n'est rien à côté de la distance entre Ousir et moi qui s'installera. Revenir à la réalité, en Belgique, aura l'effet d'une gifle en pleine face. Ma psychologue aura du boulot. Peut-être qu'un chat m'aiderait à passer le cap face à cette vague d'émotions ?

— Hier matin, quand je me suis levée, il m'a reproché d'avoir des insomnies.

Bien qu'elle soit à l'écoute, mon esprit refuse de lui en décrire trop. Ma vie privée ne doit pas s'étaler en longueur dans notre discussion. Nous sommes là pour prendre du bon temps. Et puis, je suis impatiente à l'idée d'être dans ce temple, quand tout le monde prêtera une oreille attentive à Ousir. Cet homme est un puits de connaissances sans fond. Il en connaît tellement sur l'Égypte ancienne que cela m'impressionne. Il pique ma curiosité. Comment ce dernier a-t-il acquis autant en si peu de temps de vie ? Le guide est jeune, une trentaine d'années. La passion permet-elle d'aller si loin ?

— Christian est vraiment con… Si ton corps n'a pas besoin de sommeil, c'est ainsi, ça ne se contrôle pas ! Il ne faut pas rester avec un gars pareil, quitte-le.

Un sourire se dessine sur ma bouille. Tout a l'air si facile chez les adolescents. Ils présentent des solutions directes alors que la vie s'avère bien plus complexe. Si elle savait pour son adultère, elle n'hésiterait pas à lâcher sa colère sur celui-ci. La jeune fille me conseille de lire un livre la prochaine fois que ça m'arrivera. Toutefois, à deux heures du matin, cette envie n'est pas vraiment présente.

— Selon lui, je dois voir un médecin pour gérer ça. Cependant, j'ai déjà pris plein de rendez-vous et on ne trouve rien… Je ne suis pas assez sur l'écran pour que la technologie en soit la cause, mon alimentation est bonne et mon livre m'accompagne un peu chaque soir... Le problème est ailleurs.

J'ignore sa remarque sur notre rupture. Le seul à panser mes blessures est Ousir.

Un pied devant l'autre, nous nous promenons sur la terre plate, asséchée. Le bâtiment historique est à quelques minutes d'ici. Des palmiers s'érigent sur le chemin que nous empruntons. Le sol est aride, presque aussi sec qu'hier. Cependant, le sable ne vient pas se faufiler dans mes sandales.

— Voilà ! Il est où le problème, alors ? Ton époux est chelou, réplique-t-elle d'un ton ironique.

Celle-ci couine. J'émets un rictus moqueur. Elle a raison. Je me suis faite discrète cette nuit-là, c'est ancré dans mes souvenirs. Il dormait comme un loir et ronflait. Cet homme trouve juste des excuses pour provoquer des disputes. Là est ma théorie, car ainsi, il pourra retrouver sa belle et partir sans une once de culpabilité.

— Il a sous-entendu son infidélité.

Cette phrase m'échappe, c'en est presque inconscient. Elle produit l'effet d'une bombe dans mon cœur. Le prononcer à voix haute me force à voir la vérité en face. Cependant, aucune larme ne coule sur mes joues. Je ne réussis plus à pleurer ou à ressentir de la colère, à croire que la sagesse d'Ousir déteint sur moi... ou que mon psychique a accepté l'idée. Cela ne me surprendrait pas non plus de nier ce fait, de refouler cette évidence pour éviter de souffrir.

Sarah ne répond pas. Elle semble surprise ou gênée par le sujet de notre conversation. Le silence, en soi, est une réponse assez violente pour comprendre ce qu'elle en pense. Les secondes s'écoulent, ressemblent à de longues minutes, jusqu'au moment où la jeune femme riposte :

— Quitte ce gars, tu mérites mieux. Ton petit accrochage avec le guide n'est plus un secret pour personne. Attends… C'est la troisième fois qu'on vous voit proche. Vous vous déshabillez du regard, c'est tellement… gênant, parfois !

Elle me donne une frappe amicale sur l'épaule. L'ambiance se détend, et après cinq bonnes minutes de marche, ce trésor se dévoile avec fierté, tenu par ses multiples colonnes. La plupart des personnes du groupe sortent leur téléphone portable ou leur appareil photo. Les clichés démarrent avec leur éclair qui aveugle le guide touristique. D'ailleurs, ce dernier demande plus de calme de notre part pour commencer son discours sur l'histoire de ce temple. Je me rapproche à l'avant, suivie de mon amie. Néanmoins, mon regard évite celui d'Ousir. Il me rappelle son baiser, cette attirance que l'on ressent l'un envers l'autre, cette excitation qu'il fait naître au creux de mon bas ventre.

— Pour ceux qui ne connaissent pas ce temple, il est voué à Sobek et Haroëris. C'est l'un des moins réputés d'Égypte, ou celui auquel on ne pense pas lors de cette croisière. Sobek traduit dans votre langue veut dire Crocodile. Il est l'enfant de Neith, une divinité aquatique. Ses propriétés, vous vous en doutez, sont celle de l'eau et de la fertilité. Sobek est appelé le Seigneur du Lac dans la plupart des bouquins que vous pourrez lire. Est-ce que l'un de vous en sait plus sur Haroëris ?

Les chuchotements s'élèvent dans la foule. Je les toise, intriguée. Y a-t-il des égyptologues parmi nous ? Ou des étudiants dans cette filière ? À voir l'âge de ces individus, j'en doute. Une grosse partie est retraitée, tandis que l'autre fait partie de ma génération. En même temps, les jeunes n'ont pas l'occasion de se payer un voyage à cinq mille euros.

Puisque personne ne lui répond, Ousir nous amène au centre du bâtiment. Il est similaire aux autres, suivant la même architecture. Ses colonnes s'élancent vers le ciel, une allée pleine de statuettes parsème l'entrée et l'aspect démoli intensifie son histoire et le temps écoulé.

— Haroëris est, pour le dire vulgairement, une divinité plus ancienne qu'Horus. Son culte s'est imposé dans toute la vallée du Nil. Le plus important à apprendre de ce Dieu est qu'il protégeait le peuple en empêchant les deux astres de se rencontrer.

Le guide se retire, cédant la place aux voyageurs, qui se ruent les premiers vers les parois remplies de dessins et d'écriteaux. Sarah les copie, déterminée à compléter son album souvenir, tout en m'abandonnant sur place. Ne pas vivre une énième vision me soulage. Cela m'évitera le surnom le plus ridicule du séjour. Ce qui est certain, c'est que ces inconnus n'oublieront pas mes nombreuses chutes de tension. J'ai de la chance qu'Ousir croie en moi et en ces hallucinations. Par ailleurs, il me tourne le dos pour surveiller le groupe de vacanciers. Ce dernier vise au respect des règles et du bâtiment historique. Son travail lui tient tant à cœur. Parfois, je me demande comment il est arrivé à ce stade, si éveillé et ouvert d'esprit.

Le destin a peut-être prévu de nous mettre ensemble, et s'il l'a écrit, cela se fera. Pour l'instant, je rejoins mon amie. Moi aussi j'ai un album photo à construire, n'est-ce pas ?

Te quitter pour m'aimer

« Isis illumine le jour de chaque homme sur ces terres. Sa douceur nous rassure, sa tendresse apaise nos douleurs, son sourire nous donne la force d'avancer sur notre chemin. Nombreux sont ces citoyens qui disent l'avoir rencontrée dans leurs rêves sous la forme d'une femme vêtue d'une robe rose, d'une longue chevelure ébène, d'une beauté à couper le souffle.

La mythologie égyptienne est très compliquée à saisir quand on ne s'y connaît pas. Toutefois, je vous écris ici des faits plus vulgaires pour vous initier à cette Histoire. Les Égyptiens de cette époque utilisaient le langage des oiseaux. Cette langue est simple à comprendre, il vous suffit d'écouter votre cœur. Qu'entendez-vous lorsque je vous dis : Le passage universel est une phase que chacun vivra dans sa vie. Le pas sage uni vers elle. Nous sommes liés à Isis, à Marie, nous sommes connectés au ciel à partir du moment où on le désire. »

Christian tire la chasse, le bruit m'extirpant de ma lecture. Je veille à ce qu'il aille mieux. Par la même occasion, j'ai évité Ousir toute la journée. Je ne sais pas si je peux l'aimer, si j'en ai le droit. Où est-ce que nous en sommes ? Mon cœur souhaite tant être auprès de lui, être lié au sien et recommencer à zéro. Je brûle tant d'envies qu'il m'arrive de rêver de ce guide, de ses caresses, de ses baisers. Il envahit mon esprit et vole l'amour qui illumine mon âme. Je n'aspire à rien, à part son lit et son corps. Mes pulsions prennent le contrôle sur mon esprit, et j'ai cette divine sensation de l'avoir connu dans le passé. Pourquoi ?

Comment ? Impossible de vous le dire, pourtant, ce guide connaît les raisons et j'espère qu'il me les révélera à la fin de ce séjour.

Toutefois, la peur du jugement me prend au ventre. Si ma famille apprend ce drame, ce divorce avec Christian, ils ne me verront plus comme l'élève modèle et sage que j'étais, mais plutôt comme une rebelle qui a trompé son mari dès qu'une occasion s'est présentée. Aucun d'eux ne désirera m'entendre, car à leurs yeux, Christian est un homme parfait et idéal que chaque femme rêve d'avoir à ses côtés. S'ils croisaient le chemin d'Ousir, ils tomberaient eux aussi sous le charme de son regard, de ses lèvres, de sa prestance. De plus, les parents de mon mari ne m'appréciaient pas tant que ça. Ils réclamaient à chacune de nos visites un petit enfant. Cela avait le don d'irriter mon homme dès notre arrivée. L'ambiance qui en suivait laissait à désirer.

— Tu te sens mieux ? lui demandé-je à la sortie des toilettes.

Son teint est beaucoup moins pâle que ce matin. C'est bon signe. Nous aurions dû prendre des médicaments avec nous avant de nous envoler dans ce pays. À part mes probiotiques, je n'ai rien sur moi. Espérons que ça fera l'affaire.

— Oui, mes crampes se sont adoucies.

J'approuve d'un signe de tête, c'est déjà ça de réglé.

— Tu viens demain à Assouan ? Je vais me promener au souk le matin. On y trouvera des souvenirs à bon prix.

Son rire envahit la pièce. Cette mélodie malsaine me heurte. Il se moque de moi. Ce ne serait pas une première qu'il me traite d'imbécile. Sa formation en histoire et son poste lui montent à la tête. Christian prend vite la grosse tête malgré ce qu'il pense.

— Le souk ? C'est ridicule ! Ce ne sont que des bricoles qui sont vendues sur place. Je n'irai pas là-dedans me frotter avec ces étrangers. Des pickpockets vont te voler tes affaires et tu viendras pleurnicher après. Je me contenterai de la visite d'Abou Simbel.

Je refuse de rentrer dans son jeu. Ça animera la colère qui existe entre nous et notre rancœur. Il est hors de question de m'arracher les cordes vocales pour un second round. Se hurler dessus tels des animaux n'arrange rien. Je n'ai pas la force de croiser ses ténèbres maintenant. Sarah m'a mise de bonne humeur, ce n'est pas pour qu'il gâche tout. Le souper sera servi dans une grosse heure, une bonne excuse pour terminer ma lecture. Mon amie a raison, ça m'apaise. Mon esprit cesse de ruminer dès que je commence mon livre.

« *La maladie ou l'âme a dit provient aussi du langage des oiseaux. Les Dieux vous mettent sur la route dès que vous quittez le chemin de votre destinée. Des signes et des messages vous sont envoyés. Prier la Divinité de Thot vous ouvre la voie vers la connaissance. Il arrive souvent que pour éclairer des rêves ou une situation, des prières soient envoyées à ce dernier. Sachez qu'ils répondent toujours, peut-être pas de la façon dont vous le désirez, mais ils répondent.*

Il existe ainsi d'autres exemples de ce langage, comme accueillir la mort ou la cueillir. Nous pouvons jouer à ce jeu pendant de longues heures. Des significations sont cachées sous cette façon de parler. Ces mots doivent venir à vous naturellement, car vous parlez de cette manière avec votre cœur. Une personne qui réfléchira à créer ce jeu échouera. Les Égyptiens n'échangeaient pas avec leur ego, mais avec leur lumière. »

— Tu comptes passer toute la soirée le nez dans un livre ?

Pourquoi une telle question de sa part ? Il ne me regarde plus depuis des jours et mes occupations ne l'intéressaient pas avant cet instant précis. Je suis presque certaine qu'il a appelé cette femme tandis que je vagabondais aux côtés de Sarah.

— Tu l'as appelée aujourd'hui ?

J'observe sa réaction, l'analyse. La lueur de ses yeux le trahit. Il est surpris par mon audace et ma franchise. Je ne me cache plus derrière la couverture du roman pour le regarder. Christian tape ses doigts sur ses genoux, il est nerveux. C'est ainsi que s'exprime la culpabilité qui le ronge. Cinq ans de mariage suffisent à le connaître par cœur. J'ai touché là où il fallait. Les doutes deviennent alors des certitudes. Il est bien infidèle. La seule question, c'est avec qui ?

— Je ne vois pas de quoi tu parles.

— Oui, c'est vrai. Je me cache aussi quand j'appelle en Belgique ! On ne sait jamais, je pourrais coucher avec Michael ! dis-je sur un ton ironique.

Aucun nom ne m'est venu si ce n'est celui du mari d'Inès, l'un des seuls hommes que je côtoie et qui restait plausible comme dérision. Comment a-t-il rencontré cette dame ? Est-ce qu'elle sait qu'il est marié ? Tant d'interrogations s'offrent à moi. Mon esprit en est tourmenté et embrouillé.

En tout cas, son comportement n'est pas discret. S'il avait voulu garder sa relation secrète, il aurait dû éviter de s'absenter autant. Depuis combien de temps me trompe-t-il, d'ailleurs ? Quand est-ce que tout a dérapé, est parti en vrille ? Et dire qu'on le croyait honnête et parfait avec moi… Mon cœur avait tout faux. Christian a juste bien caché son jeu.

— Attends, je rêve ou tu…

— Non ! le coupé-je. Je me fous simplement de toi. Il ne me viendrait pas à l'idée de baiser avec ton pote ! Ce serait dégueulasse de ma part.

J'en oublie la politesse. Tant pis pour la vulgarité. J'en ai plus qu'assez d'être cette femme modèle et zen à cause de mon métier. Je suis avant tout humaine, une femme qui ressent autant d'émotions que ses patients. Je ne suis pas parfaite, mais je suis moi. Impossible de me mentir plus longtemps. Cet homme ignoble a fourré son putain de pénis dans une autre alors qu'on couchait encore au début de cette croisière. C'est une blague de très mauvais goût. J'aurais préféré qu'il me quitte avant le départ ou qu'il m'en parle, au lieu de me faire l'amour comme si on s'aimait d'un amour fou. Maintenant, mon âme se sent salie par cet acte, par le fait d'avoir été touchée et caressée tandis qu'il pensait à une autre. Je me sens utilisée comme une poupée.

— Depuis quand ?

Ma voix est froide et sèche. Je ne laisserai pas filer, pas cette fois. Le souper peut attendre. J'ai besoin de savoir, d'en avoir le cœur net. Me trompe-t-il depuis le début de notre mariage ou est-ce que nous nous sommes perdus de vue plusieurs années après ? J'avale avec difficulté ma salive. La réponse va tomber. Il ne fuira plus. Je m'en moque d'avoir le nom de cette femme, combien de fois ils se voyaient par semaine ou s'il la voyait au travail. Tout ce que je désire savoir, c'est quand cela a-t-il commencé ?

— Bientôt deux mois.

J'attends une réaction de sa part. Son visage n'exprime aucun remords. Notre discussion est assez tendue. À quoi est-ce que je m'attendais ? Qu'il s'écroule à mes genoux, me supplie de le pardonner ? De rentrer en Belgique et de reprendre notre vie de couple tout en oubliant sa gaffe et la mienne ? Quoique la mienne se justifie, puisque j'ai débuté à la suite de cette révélation.

Que feriez-vous, vous, si vous appreniez que votre mari vous trompe ? Très peu se réfugient dans leurs bras. La plupart des femmes sont en furie, hurlent, les mettent à la porte. Je pense qu'au fond de moi, j'aurais aimé fuir cette vérité, fermer les yeux et continuer de vivre dans mon confort. Néanmoins, mon cœur refuse. Il m'écœure. Dès que je le rencontre, le dégoût prend possession de moi. La haine, l'envie de me venger pour m'avoir fait subir ce déshonneur, cette saleté, me traverse l'esprit. Réaliser qu'il pense à elle quand il est avec moi, ou en moi, me répugne. J'en ai des nausées. J'ai l'impression d'avoir été ce fichu trou dans lequel il se vide, d'avoir été un simple objet sexuel sur lequel il se défoulait alors qu'il ne ressentait plus d'émotions à mon égard. Notre relation n'était donc à ses yeux que purement sexuelle. Mon cœur est meurtri, brisé. La colère s'empare de mon âme dès que je suis dans cette cabine.

— Dès notre retour, je demande le divorce.

Sur ces mots, je me relève du siège. Mes mains placent le livre sur la table basse, et sans lui poser un regard, je sors de là. J'étouffe. Je suis salie et j'aurais beau prendre autant de douches que je le désire, cette sensation persistera. Seul Ousir m'apportera cette sérénité qui m'aide tant. Il m'accorde son amour, tandis que mon mari m'a abandonnée comme un lâche. Il a de la chance que je ne sois pas enceinte ou que nous n'ayons pas d'enfants.

Cette fois-ci, j'ai fait mon choix. Je vais écouter mon cœur, mon corps et ses envies. Demain, la visite à Assouan se fera sans Christian. Je me rapprocherai d'Ousir. Il pansera mes maux de ses mots doux. J'ai besoin d'oublier toute cette histoire et de me sentir bien. L'Égypte symbolisera ainsi un nouveau tournant dans ma vie.

Perdue dans mes pensées

« *Ce qui est passé est mort* »

Proverbe égyptien ; Les proverbes de l'Égypte.

Ne trouvant pas le sommeil, mon corps erre entre les couloirs et termine au bar. Le dernier client s'en va après avoir payé ses cinq verres d'alcool. La résistance des hommes m'étonnera toujours. Pour ma part, après le deuxième verre, oubliez-moi pour la conduite et la politesse. Je pars en vrille et me mets à rire sans raison. Par ailleurs, mon corps rejette toute goutte de boisson alcoolisée, alors je commande un jus de fruits frais au serveur, qui ne tarde pas à me servir. Son regard interrogateur me toise.

— Qu'y a-t-il ? demandé-je sur un ton agacé.

— R... rien, d'habitude, ce sont des hommes qui restent tard le soir au bar.

Je lève les yeux au ciel, puis m'abandonne dans mes pensées. Je ne suis pas d'humeur à discuter, en particulier après l'engueulade avec Christian. Bientôt deux mois, deux foutus mois qu'il me trompait et il n'avait pas l'air d'éprouver le moindre remords. Bien au contraire, mon époux se portait bien et vivait sans une once de culpabilité. Je n'en reviens pas. Avant de partir en Égypte, il me murmurait des mots doux, des « je t'aime », sans ressentir la moindre étincelle à mon égard. Ça me répugne. J'ai envie de l'égorger, de serrer mes doigts autour de son cou et de lui faire payer cette infidélité. Je me sens sale et anéantie par cette révélation. Pendant tout ce temps, ma conscience refoulait la vérité et maintenant, il est impossible de la nier. Il l'a dit à voix haute, mot pour mot. Soixante jours à coucher dans le lit d'une autre. Qu'ai-je donc raté dans ma vie de couple pour qu'il aille voir ailleurs ?

— Je ne cesserai donc jamais de te rencontrer à des endroits aussi différents les uns que les autres en pleine soirée ?

Dois-je me réjouir de sa présence ou réclamer la solitude ? Les minutes s'écoulent, le soleil s'est couché, et Christian n'a même pas cherché à me rattraper. Il ne m'aime plus, c'est certain.

— Et le plus étrange est que tu me croises à chacune de mes sorties.

Ma réponse lui vole ses mots. Il me rejoint au bar et commande la même boisson que moi. Le jus de fruits frais me rafraîchit après cette journée haute en chaleur et en émotions. Ses traits s'endurcissent lorsqu'il aperçoit mes yeux rougis par mes sanglots. Il était hors de question de craquer sous le regard de mon mari. Il se moque bien de mon bien-être, de mon amour ou de notre mariage. Cela n'a plus aucune valeur pour lui.

— Je me promène chaque soir, en particulier car je te rencontre à chaque fois. Qu'est-ce qu'il s'est passé ?

Ce n'est pas une question rhétorique qu'il me pose. Non, Ousir veut savoir et il ne me lâchera pas tant qu'il n'aura pas eu sa réponse. Je prends une inspiration avant de lui expliquer dans les moindres détails ma confrontation avec Christian. Ses poings se resserrent et ses lèvres se crispent. Cet homme me laisse sans voix, entre sa beauté et la protection qu'il m'offre. Qui aurait cru vivre un coup de foudre pendant une simple croisière sur le Nil ? Cela me paraissait impensable avant de le rencontrer, lui et ses airs de Medjaï. Toutefois, mon cœur ne peut s'empêcher de jongler entre le chagrin de cette trahison et la joie de le croiser ici même. Quand va-t-il cesser de jouer aux montagnes russes ? Mon âme est fatiguée de chercher et de comprendre ce qu'il se passe dans ma vie. Si seulement tu étais là, Thot, tu pourrais m'éclaircir les idées.

— Tu mérites mieux, Romane. Combien de fois faudra-t-il te le répéter ?

Je baisse la tête, honteuse et les joues en feu. Il me dévoile sa flamme depuis notre rencontre, depuis que nous nous rapprochons, et je ne cesse de le repousser en douceur. Cependant, mon cœur en assez de rejeter un homme que je désire plus que tout.

— Mériter mieux ? Comme te mériter toi ?

À ce moment-là, il dévie le regard, gêné par mes mots. Il ne s'y attendait pas. Le silence s'impose entre nous. Nous terminons notre verre sans qu'Ousir ne réponde à ma question et ensuite, le barman ferme le bar et nous laisse à nos occupations. Toutes les personnes de la pièce terminent dans leur cabine, tandis que nous nous fixons avec intensité.

Avant qu'il n'ait l'occasion d'en dire plus, je me penche, puis l'embrasse. Au début, il ne bouge pas, surpris par mes avances, puis répond à mon baiser. Ses mains s'enfuient dans ma chevelure quand mes bras entourent son cou. Nos lèvres ne se lâchent plus et notre baiser se fait plus passionné. Son souffle chaud effleure ma peau. J'oublie tout, mes problèmes, mon mariage, cette croisière. Tout ce qui m'importe, c'est lui et notre attirance. Cette alchimie qui nous lie l'un à l'autre. Je m'en moque de ce que diront les autres à mon retour, ma famille ou mes amis. L'amour reste l'amour, qu'il se construise en trois mois ou en plusieurs jours, le sentiment reste le même. Personne ne comprendra cette étincelle que nous ressentons l'un envers l'autre. Ils nous critiqueront pour avoir cédé lors d'une escapade. Tant pis. Le principal est que je vive heureuse et que cet homme m'apporte de la gaieté. Il me comble de bonheur à chaque fois qu'il est à mes côtés, pendant que Christian brise mon cœur un peu plus.

Quand notre accolade prend fin, nous nous dévorons du regard dans le plus grand silence. Ses doigts caressent mes lèvres et son front se pose contre le mien. Nous restons ainsi, là, corps à corps, et emplis de désirs.

— À la fin de ce voyage, j'espère que tu accepteras ma présence, lui murmuré-je d'une petite voix.

Il m'adresse un sourire et ses mains descendent sur ma taille.

— Tout ce que tu désires, tant que ça te fait plaisir.

Je le prends dans mes bras, puis colle mon oreille contre son torse. J'écoute son cœur battre et cette mélodie me réconforte après cette horrible soirée dans ma chambre. Ses baisers chassent les ténèbres de mon âme.

— Même si j'adore ta compagnie, il faut que tu te reposes. Demain, nous visiterons Abou Simbel et tu vas en avoir le souffle coupé.

Il n'a pas tort. Je rêve de me promener sur ce site historique et de toucher de mes doigts le temple. C'est le plus grand et le plus précieux à mon cœur. Mon intuition sent que ma dernière vision s'y produira. C'est obligé. Ce lieu sacré est bien trop chargé en énergie et en histoire.

— D'accord. Merci d'être là.

— Merci à toi d'accepter notre attirance et de ne plus te cacher derrière un homme qui ne te respecte plus.

Ousir me raccompagne jusqu'à ma cabine, dont l'atmosphère m'oppresse. Je regrette déjà notre embrassade au bar. Nous y étions si bien et il a fallu rentrer chacun de notre côté. Christian ne n'a pas attendue et s'est endormi dans le lit comme un porc. Sa présence me répugne. Celle d'Ousir, quant à elle, m'attendrit. Cette conversation et ce seul baiser ont suffi à me changer les idées. Espérons que demain soit un meilleur jour.

Au Souk d'Assouan

« Cache le bien que tu fais, imite le Nil qui dissimule sa source. »
Proverbe égyptien

La nuit a été très longue, aussi longue que l'éternité. J'ai vu s'écouler chaque heure. Voir les minutes défiler m'a épuisée. Entre les coups contre le mur et les gémissements, les ébats de nos voisins me démoralisent. Ç'a été un véritable enfer, mêlé à cette chaleur et à l'humeur de Christian.

Je me repose dans le lit, vêtue d'une robe courte. Je patiente, pense, réfléchis. Il faut agir. Dès que nous serons de retour, j'appellerai mon avocat pour entamer les démarches. Une minute de plus à ses côtés me donne la nausée. Qu'il garde l'appartement, les meubles, peu m'importe ! Le besoin de vivre est plus fort. J'ai envie de tout ressentir, de profiter de cette vie qu'il me reste. Assez de s'enfermer, de prendre des habitudes entre le boulot et le dodo. Aujourd'hui, j'ai décidé de m'amuser et de lâcher prise.

Pendant que Christian ronflait dans le lit, j'ai dormi dans le sofa. Mes membres sont lourds, ainsi que mes paupières. Toute la journée, je l'ai évité. Son simple souffle a le don de m'irriter. Mon esprit l'imagine avec elle, lui chuchotant les mots doux qu'il me murmurait auparavant. Voir ses mains sur elle et non sur moi m'écœure. Ma gorge se noue et mon estomac se retourne. Le dégoût. C'est le seul sentiment qui me vient dès que je l'aperçois. Par la même occasion, j'ai pris soin de retirer l'alliance qui demeurait sur mon annulaire. Ousir remarquera peut-être ce détail. La voie maintenant ouverte, hors de question de se cacher plus longtemps. Si Christian s'envoie en l'air, pourquoi pas moi ? Cette colère envers ces injustices me possède. Elle me rend folle. Notre soirée de la veille a confirmé chacun de mes doutes. Ousir accepte notre amour et notre relation. C'est rassurant de penser à notre avenir. Peut-être avons-nous une chance de vivre heureux ? J'ai passé cinq ans dans les bras d'un homme incapable de prendre soin de sa femme. Ce prince d'Égypte, lui, saura combler le vide que Christian a creusé dans mon cœur.

Ce matin, Sarah a décidé de m'amener dans un petit salon de thé local avant la visite du temple. Son frère nous accompagne, content de terminer ce voyage. Quant à Christian, il préfère attendre dans la cabine. Il n'est là que pour Abou Simbel. C'est cet endroit que j'attends de découvrir tant depuis des mois et des mois !

Des légendes racontent qu'Isis apparaissait en son centre. Seules les personnes au cœur pur la rencontraient. Habillée de sa robe blanche, elle prenait celles-ci dans ses bras pour les guider vers son chemin, sa destinée. Même si cela me semble tiré par les cheveux, je préfère y croire que d'abandonner mes croyances. Les Dieux de l'Égypte sont toujours à mes côtés. Ils me soutiennent et me montrent la direction à prendre depuis le début. Pourquoi donc cette légende serait fausse ?

— Tu en as pris du temps ! crie Sarah quand je sors de navire.

Aujourd'hui, j'ai enfilé ma plus belle robe du séjour, fleurie aux plantes multicolores. Elle met en valeur mes formes et mon peu de poitrine. Serait-ce cet aspect physique qui déplaît à Christian ? Son infidélité sème le trouble dans ma tête. Les doutes envahissent mon esprit. Qu'est-ce qui cloche chez moi ? *Sors-toi ces idées de la tête, Romane...* Je me suis promis de ne plus me juger et de me détester autant. Il m'a trompée, mais il ne me détruira pas.

— Pardonne-moi... J'ai voulu me faire jolie pour la finale !

Elle lève l'un de ses sourcils et prend cet air curieux comme elle a l'habitude de le faire. Un rire m'échappe. Cette femme a le don d'apporter la bonne humeur autour d'elle. Sa joie réchauffe un peu plus cette journée qui nous attend.

— Ah oui ? Une occasion particulière ?

Bras dessus bras dessous, elle m'amène à son rythme, pendant que son frère reste à l'arrière. D'ailleurs, celui-ci a enfin quitté son téléphone pour admirer les merveilles de ce pays. Il sourit à la vue du paysage. Franc a la bouille d'un adolescent. Nous faisons donc dos au navire. La moitié du groupe s'aventure à son tour dans la ville. Plusieurs vacanciers se dirigent aussi vite dans le centre, pendant que nous nous éloignons vers ce salon de thé très mignon. Des fleurs rouges poussent sur les appuis de fenêtre, se démarquant des murs jaunâtres. Les chaises en bois sont disposées sur la terrasse. Le frère de Sarah s'empresse de passer la commande, tandis que nous nous asseyons au soleil. Nous n'avons pas eu l'occasion de goûter aux spécialités de ce pays, ni de manger un plat typique d'Égypte. Toutefois, le serveur vient nous préparer notre thé à la menthe. Le salon est vide, nous sommes leurs premiers clients de la journée.

La théière en main, il verse le liquide dans nos trois petits verres. Sarah filme la scène alors que son frère prend des photos de nous. Il me les montre la seconde qui suit. C'est l'unique photo de moi que j'aie de cet endroit. Elle sera parfaite pour mon album photo. Les clichés me manquent, mais les souvenirs, eux, sont ancrés dans ma mémoire. C'est le principal.

— Alors, y a-t-il quelque chose de spécial, Romane ? Tu ne m'as pas répondu, tantôt, réplique mon amie.

Elle ne perd pas le nord. Mes doigts s'entremêlent, embarrassée. Non, je ne vais pas lui avouer tout de suite mon attirance pour Ousir ou de moins ce que nous avons fait. Mon cœur a besoin d'être certain que les sentiments sont réciproques. Ce coup de foudre me sauve de mon mariage brisé. Peut-être est-ce pour ça que je me relève si facilement après cette rupture. Après tout, je m'y attendais un peu et le comportement de Christian m'éloignait de lui. Cela fait des mois que mon esprit se prépare à assimiler le choc de ce changement.

— J'ai juste pris la décision de divorcer… Autant s'amuser, non ? Christian ne s'en est pas privé.

Franc s'étrangle avec sa propre salive, surpris par ma réponse. Les passants nous jettent des regards curieux. Ils n'ont pas l'habitude de croiser des femmes dénudées de cette façon. J'en oublie presque que nous ne sommes plus en Europe. La langue qui m'encercle n'est pas le français ni l'anglais, mais l'arabe. Je ne capte rien à ce qu'ils disent. Les panneaux sont gravés avec des dessins.

Nous prenons notre verre et trinquons à cette fin de voyage. Dans quatre jours, ce rêve sera terminé. Les nuages gris de Belgique remplaceront le soleil de l'Égypte. La froideur de l'hiver me glacera le corps. Je reprendrai ma place dans mon fauteuil pour écouter ma chère Madame Dubois ou Monsieur Guy. Ses récits me manquent, parfois. Je me rappelle à quel point la vie peut être tragique. L'infidélité n'est pas la pire chose qui puisse nous toucher. Ces mauvaises idées sont chassées de mon esprit. Non, il ne faut pas penser à ça maintenant. Je bois la dernière gorgée de ma boisson. Le goût sucré envahit ma bouche. Ce thé est fantastique. Dommage qu'Inès ne soit pas là pour le déguster. Elle raffole autant que moi de cette boisson.

Nous réglons ensuite l'addition et remercions l'homme qui nous a servis.

— Et si on se rendait au Souk maintenant ? Le guide nous a donné rendez-vous devant le navire à quatorze heures pour visiter le temple.

Je jette un coup d'œil à l'heure sur mon téléphone. Il est tout juste midi. La chaleur me coupe l'appétit. C'est le moment idéal pour se promener dans la ville. Un courant d'air traverse les différentes rues d'Assouan. Le brouhaha de la foule me parvient aux oreilles. Il se distingue des cris des commerçants. Je suppose qu'ils proposent leurs affaires à bon prix. Le Souk regorge de fruits et légumes frais, de plusieurs souvenirs touristiques et de tuniques. Le monde qui parcourt le marché est inattendu. Sarah et moi nous regardons, surprises. Comment allons-nous nous faufiler à travers tout ce monde ? Franc force sa sœur à se tenir près de lui. Il vaut mieux éviter de se perdre dans une foule pareille. C'est mignon de le voir la protéger. Christian n'en aurait pas fait autant pour moi, sauf si cela atteignait son image.

Je suis donc la première à faire le pas. Mon corps se faufile entre les personnes. Plusieurs familles font leurs courses, achètent les aliments de la semaine. Des marchands d'épices surveillent d'énormes plats, dont s'échappent différents arômes. Un commerçant d'olives me propose une dégustation, que je refuse poliment. Quant à Franc, il se sert et en pique une. La grimace qu'il exprime est à mourir de rire. Un sourire s'étire sur mes lèvres. Aurait-il oublié les épices ? Ce dernier suffoque, puis est pris d'une quinte de toux. Je lui tends ma bouteille, qu'il saisit sans une hésitation. Ses gorgées s'enchaînent. Sa pomme d'Adam se soulève.

— Désolé, je l'ai finie… Attendez-moi à la fin du Souk, là-bas, à quelques mètres, je vous rejoins tout de suite.

La bouteille vide, ce dernier la jette avant de s'aventurer à nouveau dans la foule. La première boutique est au centre de la rue. J'amène donc Sarah avec moi et nous nous arrêtons face à un stand de souvenir. Des aimants, des porte-clefs et d'autres babioles sont proposés. Je reconnais tous les différents lieux que nous avons visités. Le temple de Khnoum, d'Horus, de Sobek, ou le plus connu, Abou Simbel. Sans oublier les différents signes symbolisant le pays, qui sont attachés sur une plaque d'argent. Des sigles mythologiques sont aussi à disposition. Je choisis un bracelet en bois avec l'œil d'Horus. Il s'associe à la perfection avec mon tatouage. Sarah, n'ayant plus d'argent de poche, soupire. Il y a de très beaux souvenirs à vendre ici. Attristée par sa réaction, je lui achète le porte-clefs d'Isis sur lequel elle a flashé. Cette dernière me saute dessus, joyeuse. Son écoute est d'une grande aide en ce moment. Elle le mérite amplement.

— Tu as écouté ce que je pensais ! En tout cas, je suis fière de toi. Tu vas pouvoir profiter de la vie !

Sarah passe son bras autour de mes épaules, tandis que nous nous dirigeons vers la sortie du Souk. La foule m'oppresse, ce brouhaha m'angoisse. Je suis bien contente de m'extirper de là. Comment les habitants font pour supporter ça ? C'est invivable, en particulier avec cette chaleur. Je me demande comment les femmes peuvent porter autant de couches sans transpirer ou fondre au soleil. Rien qu'avec ma robe, je me sens toute collante. La crème solaire n'aide pas non plus à conserver son air frais.

— Oui ! J'ai hâte d'en finir avec cette histoire. Plus vite j'en serai débarrassée, mieux ce sera.

La jeune fille approuve d'un mouvement de tête. Elle m'amène vers des marches, où nous prenons place. Franc ne devrait plus tarder. Les couleurs qui émanent des maisons m'éblouissent. Le paysage est si merveilleux entre ces murs bleus, rouges, verts et pleins d'autres pigments !

— Et donc, cette robe ? Franc peut gober ton blabla, mais pas moi !

Je mordille ma lèvre inférieure. Ce guide ne me sort plus de la tête. Il a volé mon cœur et mon âme. Ce n'est plus un mystère à résoudre pour Sarah ou pour les vacanciers de cette croisière. D'après ses mots, ils ont remarqué notre petit accrochage. Le coup de foudre existe donc vraiment.

— Je pense en aimer un autre. Mon cœur s'emballe dès que je le vois... J'en ai des papillons dans le ventre et me sens tout étourdie... Pourtant, je devrais être triste après ma rupture avec Christian, mais non. C'est comme si son attitude ne me touchait plus et que je m'y étais préparée. Ou peut-être que mes sentiments n'étaient plus et que je refusais de l'admettre...

Si un jour, on m'avait dit que je me confierais à une femme de dix-huit ans, je ne l'aurais pas cru. Cependant, une bonne écoute fait toujours du bien. D'ailleurs, elle semble bien plus mature que la plupart des filles de son âge.

Celle-ci esquisse un sourire quand j'aborde mes ressentis en présence de ce mystérieux inconnu.

— Ouh lala ! C'est super excitant ! Tu n'as rien à perdre, de toute façon. Ton mariage n'est plus à sauver. Tu as bien le droit de te divertir...

Lorsqu'elle me réplique cette phrase, un rire nerveux m'échappe. Sarah remplace le rôle qu'Inès aurait tenu. Cette jeune femme représente ce que je rêvais d'être à son âge : intrépide, vivante et joyeuse. J'adore son côté joyeux qu'elle exprime la plupart du temps. Elle dévore les moments importants de la vie et n'en rate pas une miette.

— Oui... mais motus et bouche cousue ! Ton frère arrive !

Franc revient pressé. Nous avons été coincés plus d'une heure dans la foule. Tandis que nous discutons du séjour, des chats errants viennent à notre rencontre. L'un d'eux se frotte contre ma jambe. Il est si blanc, si doux. Je le caresse le temps que le frère de Sarah se pointe. Il est essoufflé, le front plein de sueur. Ses cheveux luisent à la vue du soleil. Il me lance la bouteille, que je rattrape de justesse. Les chats miaulent, effrayés, puis fuient sa présence. Sarah souffle, agacée de ne pas avoir su prendre sa photo. C'est dingue, comme elle souhaite immortaliser chaque parcelle de ce voyage, mais je la comprends. C'est peut-être la dernière fois qu'on pose les pieds sur cette terre.

— Bon, c'est l'heure de rejoindre le point de rendez-vous du guide ! s'exclame cette dernière.

Elle m'adresse un clin d'œil, affichant un air coquin. Je saisis tout de suite ce qu'elle insinue. Franc, perplexe, ne pose aucune question. Il doit se dire que c'est un délire entre femmes et qu'il vaut mieux ne pas s'en mêler. Christian ne sait pas que je me suis déjà rendue deux fois dans la cabine d'Ousir pour l'embrasser, ou pour discuter de nos problèmes de couple. S'il l'apprend, il n'hésitera pas à laisser un commentaire bien salé à l'agence.

— Allons-y !

C'est donc de bonne humeur que nous contournons le Souk pour rejoindre le groupe de touristes. En avant vers Abou Simbel !

☥

Isis

Isis est une déesse qui a rempli de nombreux rôles dans la mythologie égyptienne, toutefois, elle reste la Déesse de l'Amour. Elle représente la Mère et l'épouse exemplaire après avoir sauvé son mari, Osiris. C'est d'ailleurs, l'une des déesses les plus populaires.

« Ô toi Isis, je te salue de mon âme, puisse ton amour me pénétrer et adoucir la colère de mon cœur ».

Tendre Lotus

« Je te vois, je t'entends, je suis là. »

Ousir nous conduit jusqu'au bâtiment. L'excitation bat au creux de nos ventres à l'idée de découvrir ce temple. La chaleur et le climat aride nous épuisent, néanmoins, le soleil est parmi nous aujourd'hui. Dès que nous serons de retour en Belgique, la pluie nous accueillera à bras ouverts. Ma vie ne me manque pas du tout, et si je pouvais rallonger cette croisière, je le ferais. Ce serait même le moment idéal pour entamer des études sur l'Égypte ancienne.

Pendant que mes amis sont partis à l'avant, je traîne à l'arrière du groupe. La route n'est pas compliquée à repérer, puisqu'il suffit de marcher droit devant soi pendant une dizaine de minutes. Tout le monde semble plus à l'aise les uns avec les autres. On se reconnaît entre nous, on sourit poliment quand on se croise ou on lâche des petites répliques drôles. Ce voyage nous a unis pendant huit jours. J'espérais, en ralentissant le rythme, trouver Christian, cependant, il n'est pas là. Peut-être a-t-il refusé au dernier moment de découvrir cet endroit ? Cela ne m'étonnerait pas de sa part. Je suis même prête à parier qu'il est occupé sur son ordinateur à choisir sa prochaine destination. Maintenant que nous ne sommes plus ensemble, il va sauter sur l'occasion pour s'enfuir en Écosse ou en Bretagne.

— Bonjour, Romane. Je peux te parler ?

Ousir apparaît à mes côtés. Il a abandonné son débardeur pour un haut blanc, qui sans se mentir, le moule toujours autant. Sa chevelure ébouriffée lui donne un air sauvage. Mes yeux ne le quittent plus, hypnotisée par sa beauté. J'accepte sa proposition de discuter, tout en me demandant ce qu'il compte me dévoiler. Des images de notre soirée me reviennent, ainsi que notre baiser fougueux. Le goût mielleux de ses lèvres me manque déjà, cependant, il n'est pas venu parler de ça.

— Tu vas recevoir une dernière vision, la plus primordiale de ce voyage. Ce lieu est trop sacré pour que tu y échappes, mais ne t'inquiète pas. Je suis derrière toi, je te rattraperai si tu tombes. Et au passage, merci pour hier. Sache que ta visite aujourd'hui aura un impact sur nous, en bien évidemment.

Les sourcils froncés, je le regarde d'un air ahuri. Je suis stupéfaite par ses propos. Ousir suppose peut-être que ce temple est si important qu'il ne me ratera pas. Son raisonnement me semble logique. Il en aura des faits à m'expliquer quand on reprendra la route. Mon esprit doute toutefois de ses paroles. Vais-je vraiment rencontrer à nouveau les Dieux ? L'espoir bat dans mon cœur, en particulier lorsqu'il parle de nous, de notre baiser, de notre futur.

— Et si tu te trompes ?

Je ne crains pas mes rêves, ni même les messages, bien plus vivants que je ne le crois, cependant, cela reste embarrassant d'être extirpée de son monde sans le savoir. Cette sensation d'évanouissement me dérange. Mais comme on dit en Égypte, qui veut le miel doit souffrir des piqûres des abeilles. On ne peut pas tout recevoir dans la vie sans obstacle ni épreuve.

— Sache que je les vois, moi aussi. J'ai appris à contrôler cette force qui m'attire vers eux. Ça me permet de voir ces endroits avec toutes leurs merveilles sans perdre connaissance. Connais-tu la légende d'Abou Simbel ?

Sa question me laisse perplexe. Est-ce celle qui concerne Isis ? N'était-ce pas des sornettes ? Le livre que j'ai lu est très spirituel. Il se base sur les connaissances d'une personne dite initiée à l'Égypte ancienne. Est-ce que ces mythes font partie de l'Histoire ? Puis-je avoir confiance en ces textes comme en mes rêves ? Après avoir réclamé plus d'explication, Ousir se lance, l'air enjoué par ma curiosité.

— La légende raconte que la déesse Isis est intimement liée à l'énergie de ce temple. Les âmes pures ont la chance de la rencontrer sous forme de vision ou de songe. Cela ne me surprendrait pas que tu en fasses partie. Pose-lui les questions que tu désires, et sache que je suis là aussi pour toi. Ils m'ont mis sur ton chemin pour t'éclairer.

Isis, une déesse symbolisant la mère aimante et modèle. Son amour Universel est indescriptible. L'imaginer dans mes bras m'en donne des frissons. Je me rapproche d'Ousir dans ma marche et frôle son bras. Qu'est-ce qui m'intimide tant, là, tout de suite, maintenant ? Pourquoi n'ai-je pas le courage de l'embrasser et de me réfugier contre lui ?

— Comment sais-tu tout ça ?

Il esquisse un sourire amusé. Qui a dit que la curiosité était un vilain défaut ?

— Tu le sauras quand tu seras prête. Nous arrivons. Profite de cette rencontre. À tout à l'heure.

Il reste sur ma droite, calme, sans un mot. Ousir est si sage, à croire qu'il en a appris assez dans cette vie-ci pour suivre son cours. Je serai toujours aussi impressionnée et inspirée par sa sérénité. La brise du vent est douce. Cette fois-ci, je n'ai pas de perte d'équilibre lorsque ces illusions me dominent, sans que je sache pourquoi. Le temple se dévoile à son époque d'origine. Les statuettes sont complètes et intactes, s'élançant avec fierté vers le haut. Elles sont pigmentées et brillent à la vue du soleil. Le sable me pique les chevilles, mais j'ignore ce détail désagréable pour progresser vers ce lieu sacré. Il n'y a plus personne, ni aucun bâtiment aux alentours. Seul Abou Simbel se tient devant mois. Les hiéroglyphes inscrits dans la pierre font deux fois ma taille. Ils sont chatoyants, soigneusement gravés. Les amulettes inscrites sont celles que j'aperçois la plupart du temps sur les bâtisses vénérables. Le silence apaise mes craintes sur ce phénomène. Qui perd autant le sens de la réalité que moi ? Si j'en croyais mes études, je serais bonne pour l'internement.

Un pas devant l'autre, mon corps avance vers l'entrée, espérant rencontrer une personne ou un Dieu. Cependant, le faucon ne vole pas dans le ciel aujourd'hui. Les Dieux ont prévu autre chose, mais quoi ? Tandis que je marche en direction de la porte, une lumière rose m'illumine. Je m'accroupis, aveuglée, puis me protège à l'aide de mes bras. Les yeux clos et les jambes pliées, je me penche de façon à toucher le sol de mon visage. De qui émane cette étincelle si puissante ? Dès que les rayons s'atténuent, je me redresse. Une femme en longue robe blanche se dirige vers moi. Ses gestes sont doux, fins et harmonieux. Sa longue chevelure ébène est placée sur ses épaules avec délicatesse. Son visage exprime la tendresse. La beauté de cette dame est inhumaine. Elle dégage un charisme et une prestance inestimée. Je ne bouge plus, paralysée. Mes genoux sont à terre, bloqués au sol. Son corps est admirable et céleste. Mes yeux la toisent de haut en bas avant que je ne prenne conscience de son identité.

— Lève-toi, Romane, et accepte l'amour que l'on t'apporte.

J'obéis sans discuter. Cette dernière se situe face à l'entrée du temple. Serait-ce donc Isis ? Avec sa beauté sans pareille, sa douceur et son regard énigmatique, mon cœur n'a nul doute. La force que dégage son aura est impressionnante. Debout, mes bras tombent le long de mon corps. Je me sens stupide de ne pas réagir alors que je la rencontre enfin. Est-ce un rêve qui se réalise, ou un souvenir passé remonté à la surface ?

— Tu en as fait du chemin, n'est-ce pas ? Le culte que tu nous as voué pendant des années a payé. La prêtresse que tu étais est toujours en toi.

Les sourcils froncés, j'ouvre la bouche. Aucun son n'en sort. Moi, prêtresse ? Où sont donc passées mes connaissances ? La curiosité me tord l'estomac. Ousir m'a proposé de la questionner, cependant, je suis subjuguée par ce moment intime avec Isis. Elle s'approche et me tend la main pour effleurer de ses doigts mon visage. Toute sa lumière, tout son amour m'envahit. Des larmes de joie recouvrent le sol desséché. Je lui adresse un sourire, enveloppée de cette énergie. Ils ont toujours été là, oui. Ils m'ont soutenue et supportée dans chaque épreuve. Les Dieux m'ont aimée depuis le jour où la vie m'a accueillie. Je refusais de les écouter tandis qu'eux entendaient mes pensées, mes sanglots ravalés et l'amour caché au fond de mon âme.

Mes lèvres tremblent à la suite des pleurs qui m'échappent. Sans hésitation, mon corps se réfugie contre elle. Elle me délivre l'Amour avec un grand A. Je suis libérée de tous mes maux causés par la cruauté de ce monde. Je maintiens notre étreinte. Cet amour devrait être partagé dans le monde, dans notre univers, pour montrer à quel point il est bon et fort.

— L'homme de ton cœur est Ousir. Vos âmes ont choisi de vivre ensemble ici-bas. Ne ressens-tu pas cette attirance légendaire envers cet homme ? Vous étiez liés par le destin depuis toujours… C'est pour cette raison que vos sentiments ne s'expliquent pas. Ils sont naturels et puissants. Dès que tu retourneras à la réalité, tous tes souvenirs à votre égard reprendront vie au fond de ton être.

La scène est merveilleuse avec ce lieu scintillant de couleurs et la déesse présente. Les rayons du soleil l'illuminent comme jamais je ne l'avais vu auparavant. Ce moment sera immortalisé pour toujours dans ma mémoire et mon âme s'en souviendra. Je prends mon courage à deux mains. Cet instant ne sera pas éternel.

— Qui suis-je ? Pourquoi ces rêves et ces visions ? Je ne comprends pas…

Sa main droite relève ma tête, autrefois baissée par la honte qui me ronge. Ses poignets sont dissimulés sous des bracelets dorés. La déesse tient la croix d'Ankh, aussi appelée croix de vie. Son cou porte un magnifique collier pétillant de lumière, et ce, sans parler de ses yeux envoûtants.

J'attends avec impatience sa réponse. Un ruban blanc est attaché dans sa chevelure. Elle incarne la beauté éternelle.

— Tu es une ancienne prêtresse, Ensémekhtouès. Tu m'as honorée il y a des siècles et sauvé tant d'Égyptiens. Tu nous as voué une vie entière. Tout ce que tu as appris de cette époque est en toi, au fond de ton âme. Il te suffit de le vouloir pour éveiller ces savoirs anciens. Les rêves t'ont mise sur le droit chemin. Toutes ces visites en Égypte t'ont plu, n'est-ce pas ? Tu te sentais chez toi, comme dans mes bras. Mon fils, Horus t'a suivie, mais tu ne l'as pas aperçu dans le ciel, non ? Il te protégeait, et au dessin sur ton bras, je comprends que tu as commencé un nouveau culte.

Son regard fixe mon tatouage, l'œil d'Horus sur mon bras droit. Les tracés noirs sont fins et aussi précis que ces hiéroglyphes sur les parois du temple.

— Thot t'a demandé de retrouver les Anciens et te voilà face à moi. Tu as suivi ta route, telle qu'elle t'avait été dictée par le Dieu Horus. Ensémekhtouès, nous sommes là, en toi ! Ne l'oublie pas.

Le paysage commence à se flouter. Mes yeux s'écarquillent. Non, non, je veux rester ! La quitter si vite me briserait. Elle vient à peine de guérir mon cœur, mes blessures et toute la rancune, le dégoût qui étaient bloqués au fond de moi. Je ne veux pas revenir à la réalité.

— Dans ton dernier songe, tu t'es vue nue, car tu réincarnais la pureté que je t'ai offerte à ta naissance. La fumée rose symbolisait l'amour naissant en ton âme. Horus veillait sur toi, n'est-ce pas ?

— Et les lotus ?

Cette question m'échappe. Mon essence se sent attirée par notre monde. Dans quelques instants, cette vision ne sera plus, ma connexion sera rompue. Sa voix se fait lointaine. Elle remonte, rejoint les cieux pour retourner auprès de Râ.

— La renaissance, Ensémekhtouès. Écoute ton cœur et ton âme. Tes savoirs anciens te reviendront en mémoire, et ainsi, nous pourrons nous rencontrer de nouveau. Ton cœur pur t'a conduit jusqu'à moi, nous ne doutons plus de toi. Avant de partir, ne laisse personne dicter tes conduites. Toi seule sais, toi seule connais. Une dernière épreuve t'attend à ton retour, mais nous serons là pour soulager tes douleurs.

Malgré mes maintes tentatives de m'accrocher à elle, en vain, sa présence s'évapore en poussières. Les cendres remontent vers le ciel grâce aux bourrasques de vent. Mes cheveux se détachent et m'empêchent d'en voir plus, brouillant ma vue. Tout l'amour qui émanait de cette dernière a disparu à son départ. Les couleurs étincelantes du temple s'effacent. Les traces de l'histoire prennent place. Les statuettes se détruisent pour revenir à leur état normal. Je me débats contre les forces de l'Univers, cependant, il est trop tard. Je vais devoir suivre ce qu'elle m'a dévoilé pour la retrouver.

Mon corps s'effondre. Mon dos claque contre le sol et le soleil me trouble. Je ferme mes yeux, éblouie, quand une voix m'appelle. Sa mélodie m'atteint, voilà mon retour à la réalité. Je suis abasourdie lorsque je reviens. Aucun vacancier ne m'encercle, téléphone en main et chuchotements à tout va. Ils avaient tout prévu, oui. Seul Ousir me fait face, comme s'il s'était apprêté à me rattraper, tandis que les autres visitent l'intérieur du temple. Les Dieux ne laissent rien au hasard.

Son visage au-dessus du mien, il me souhaite un bon retour. Un sourire se plaque sur mes lèvres. Mes sentiments pour lui prennent enfin tout leur sens. Je me sens pleine d'énergie pour faire face à notre amour et accepter ma rupture. Isis m'a guérie. Elle a retiré et supprimé toutes ces émotions négatives qui me possédaient. Elle les a remplacées par l'amour et la foi. J'ai rencontré Isis, l'une des plus grandes Déesses. Ce voyage m'a apporté beaucoup de surprises et bien plus que ce que j'espérais.

— J'étais une prêtresse, lui murmuré-je d'un ton joyeux.

Ousir sourit, content de me voir bien consciente. Mon âme est revenue à sa place, dans mon enveloppe corporelle. La descente m'a paru moins violente que les fois précédentes.

— Enfin, tu te souviens !

Ce dernier me serre contre lui, avec une force inouïe. Je le rappelle à l'ordre pour qu'il s'adoucisse. Il ne m'a jamais semblé aussi joyeux depuis notre départ. Maintenant, mon cœur est prêt à lui accorder tout son amour et son attention. La Grâce d'Isis a déclenché tout le processus de reconnaissance. Avec le temps qui défile et Ousir à mes côtés, mes savoirs seront remémorés en quelques mois et notre amour gagnera en puissance. Notre idylle déploiera ses ailes et nous vivrons heureux l'un avec l'autre. Notre attirance prend soudain son sens, elle a toujours existé et le hasard n'existe plus. Les dieux ont mis cet homme sur ma route, car il est celui de mon cœur et de mon âme. Cela explique pourquoi je l'ai aimé si vite ou plutôt, pourquoi il m'a attiré d'un simple regard. C'est à croire qu'elle a changé une partie de mon âme, mais laquelle ?

— Accepte-toi.

La réplique du guide me surprend. Mon corps ne retient plus ses envies. Je lui vole un baiser. Ses lèvres s'unissent aux miennes. Ses mains me tiennent avec tendresse le visage. Je l'embrasse avec passion et fureur. Je n'ai pas besoin de connaître son plat favori ou son passé pour l'aimer, notre amour me suffit. Nous avons l'éternité devant nous pour tout ça. La Déesse a ranimé ma flamme, oui, mais celle qui brûlait depuis toujours entre Ousir et moi. Elle l'a su et elle l'a vu !

Je reste blottie contre lui des minutes durant. Mon âme se sent bien contre lui. Plus besoin d'être une femme que je ne suis pas, de m'habiller comme l'homme le désire car son patron dîne à la maison, ou parce qu'on rencontre des collègues. Ousir m'accepte tout entière. Nos esprits sont connectés. Il ne m'est pas nécessaire de parler pour savoir à quoi il pense ou ce qu'il ressent. Cet aspect mystérieux qu'il possédait s'est envolé après ma rencontre avec Isis. Elle a retiré le voile, la terre dans mes yeux qui m'empêchaient de le voir. Elle m'a nettoyée de toutes ces peurs, ces phobies et ces angoisses. Je me sens plus légère, plus moi.

— Levons-nous et rejoignons le groupe !

Je suis ses indications. L'atmosphère paraît soudain plus spirituelle. Pendant que nous nous dirigeons vers l'entrée d'Abou, un cri transperçant le ciel me fait sursauter. Le faucon est présent, ou plutôt Horus. Il vole au-dessus de nos têtes et veille sur nous.

Mes lèvres trahissent un sourire. Je les remercie pour leur bonté. L'intérieur du temple est magique, trop merveilleux pour être réel. Ousir doit certainement lire dans mes pensées, car il émet un rictus moqueur.

Je rejoins Sarah, qui, occupée à prendre des photos, ne me voit pas arriver. Franc est là, observant l'une des colonnes.

— N'est-ce pas beau ? chuchote Franc, étonné.

Je me positionne dans son dos. Ousir a raison. En contrôlant la puissance de leurs énergies, de leur Amour, de petites étincelles colorées apparaissent sur les hiéroglyphes.

— Oui, c'est incroyable.

Sa sœur passe son bras autour de mes épaules. Elle a dû prendre conscience de l'absence de Christian. Néanmoins, aucune amertume n'est coincée dans ma gorge aujourd'hui. Cela me désole juste que cet homme n'ait pas pu respecter ma passion envers ce pays. De toute manière, il n'y a pas de hasard, juste le destin. Je suis là où je dois être et mon futur ex-mari est là où les Dieux l'ont décidé.

Sarah m'amène plus en profondeur dans la bâtisse. L'art exprimé sur ces colonnes et sculptures nous émerveille. Je suis abasourdie par tous ces détails. Cependant, mon amie me sort de mes pensées, engageant la conversation.

— Tu vas bien ? Il n'est pas... Là ?

Ses chuchotements s'élèvent dans la pièce dans laquelle nous sommes. Je vérifie le couloir de l'entrée. Mon guide s'occupe des vacanciers et de leurs interrogations. C'est tellement captivant de l'observer envoûté par nos origines.

— Ce n'est pas important. Moi, je suis là, je saisis l'instant présent et ces merveilles gravées dans ma mémoire.

Sarah semble sincère quand elle m'explique être heureuse de mon évolution. Avant mon arrivée, j'étais une femme incertaine, et ma vie ne m'enthousiasmait plus. Dès que je rentrais du travail, Christian m'emprisonnait dans ses habitudes. J'obéissais à tous ses désirs. J'écoutais tout ce qu'il me racontait. Le bonheur n'existait pas dans notre foyer. En seulement huit jours, tout a changé. Leurs signes, leurs rêves m'ont transformée, et la présence d'Isis a sauvé mon âme. Je ne me laisserai plus jamais être aussi abattue que celle que j'étais. Peut-être est-ce la gravité de la situation qui m'a ouvert les yeux ?

— Tu l'as dit ! Allez, hop ! Va te poser contre l'une des colonnes, que je te fasse un beau souvenir de ce temple.

Nous plaisantons par la suite quand elle commence à grimacer. La jeune fille imite les célébrités face aux caméras. Je me tords de rire lorsque Franc intervient et la suit dans son délire. Ces deux-là font vraiment la paire. Qu'est-ce qu'on ne ferait pas pour rencontrer de si belles personnes en voyage ? Certains diraient que le soleil nous a frappés sur la tête, ou alors que la fatigue nous tape sur le système. Je profite de cette robe pour les photos devant Abou Simbel. La visite n'a duré que deux petites heures, cependant, ma clairvoyance est bien développée. Je n'ai plus peur de m'en aller ou de plonger dans de nouveaux songes.

Sur la route du retour, les différents bateaux de croisière sont à l'arrêt. Sarah me raconte des potins sur les différents faits historiques de l'Égypte. Elle en vient ensuite à Franc, qui déteste les chats. N'étaient-ils pas vénérés à cette période ? Son frère ne porte pas dans son cœur les sphinx dépourvus de poils. Nous en discutons le temps de revenir jusqu'au navire, où sa sœur proclame qu'elle en achètera un le moment venu. Néanmoins, je me rappelle subitement la réalité de cette époque. Les chats n'étaient vénérés que grâce à la divinité Bastet, puisque la plupart des Égyptiens avaient des chiens chez eux. Serait-ce donc mon esprit qui gagne en connaissances anciennes ?

— Et toi, ça te dirait ? Car mon frère est trop stupide pour s'occuper d'un animal, il ne sait même pas garder une plante en vie… Tu devrais les voir faner à la maison. Ma mère en est désespérée.

Je hausse les épaules. Avoir un animal serait une responsabilité en plus dans mon déménagement. Et puis, entre la vente de mon appartement, le divorce et la recherche d'un nouveau chez-moi, ce n'est pas ma première préoccupation. Sur ce, ils me quittent à la porte de leur chambre. Je rejoins la mienne, légère.

Avant d'ouvrir la porte, j'entends des petits bruits qui s'échappent de la cabine. Mon cœur bat d'un coup bien plus vite. Ce sont des gémissements. Qui est à l'intérieur avec Christian ?

Au temps passé

« Tu as l'avantage sur la colère quand tu te tais. »
Ptahhotep.

Des gémissements sortent de la cabine. Est-ce une bonne idée de rentrer, de les découvrir là, tous les deux ? La femme qui lui a pris son cœur est là, celle qui a détruit ma vie, deux mois plus tôt, celle qui a changé Christian. Cette dame prend bien du plaisir à l'instant même. La journée a été si paisible et agréable, voilà que la soirée est gâchée. L'envie de me rendre auprès d'Ousir est bien là, cependant, la Vérité n'est qu'à un pas. Je dois prendre mon courage à deux mains. Isis m'a prévenue, une dernière épreuve m'attend et mon cœur est certain qu'elle est là. L'avenir prévoit de grandes choses pour moi, mais pour les atteindre, il me faut me détacher à jamais de Christian.

Le sac sur le dos, je range les clefs dans ma poche. S'il est à l'intérieur, la chambre n'est pas fermée. Je sais au fond que dormir là cette nuit me sera impossible, en particulier si son corps s'est uni au sien dans mes draps, mon matelas. Je ne pourrais même plus supporter de vivre dans cette pièce.

Les membres du corps tremblant, j'ouvre sans un bruit la porte. Les bruits du lit envahissent la pièce, bougeant en rythme. Il me suffit d'avancer de trois pas pour enfin tout savoir. Sans réfléchir, je m'approche, le cœur battant à tout rompre. Sa peau nue contre la sienne me dégoûte. Je tombe des nues lorsque je réalise qui le chevauche, les seins pointus en l'air. J'hésite entre vomir, fuir ou leur faire face. Des nausées me nouent l'estomac. Cette nouvelle a l'effet d'une gifle en pleine face, telle une trahison. Je n'y crois pas, ou plutôt, je ne veux pas y croire. Comment a-t-il pu ? Comment ont-ils osé ?! C'est injuste d'avoir une vie chamboulée pour des désirs sexuels qui n'ont rien à faire là.

— Attends, je peux tout t'expliquer, s'exclame-t-elle.

Cette dernière cherche un objet pour cacher sa nudité. Je prends du recul, fixant le vide. Mon cœur est meurtri par cette révélation. Il se brise, se resserre, m'arrachant des larmes qui coulent sans effort sur mon visage. Tout, tout sauf elle… Jamais je n'aurais pu le deviner. C'est presque irréel. Le choc est trop fort pour mon esprit. Des sanglots m'échappent, tandis que mes jambes sont aussi molles que du coton. Bon sang, Isis, j'aurais tant aimé éviter cette situation.

— Laissez-moi ! hurlé-je entre deux sanglots.

Ils ne bougent plus. Christian cache ses parties intimes avec mon oreiller. Cela ne pouvait pas être plus écœurant. Voilà comment gâcher le plus beau séjour d'une vie en une partie de baise. Mon visage est caché par mes mains. Je me sens trompée, trahie, abusée.

— On… On n'a pas voulu au début, mais la situation nous a échappé.

Mon mari continue sur sa lancée. Je relève la tête pour les fixer tous les deux. Aucun scrupule ni remords dans l'expression qu'ils affichent, alors que mon visage aux lèvres crispées doit certainement refléter tout le dégoût qu'ils m'inspirent. Le silence s'impose dans la chambre. Il me faut cinq longues minutes pour assimiler la scène aperçue. D'ailleurs, qu'est-ce qu'elle fout sur place, bon sang ? Elle ne devait pas être en Belgique ?

Cette traitresse s'approche de moi dans l'espoir de développer ses explications. Je la repousse avec violence, puis me rue sur ma valise. Hors de question de rester dans la même pièce qu'eux ou de dormir ici ce soir. En deux temps trois mouvements, mes bagages sont remplis et refermés. Je fourre tout à l'intérieur du sac — vêtements, lingerie, magazines. Les mains chargées, je m'apprête à sortir de là, quand elle fait barrage à la porte.

— Pousse-toi tout de suite de là, je n'ai pas envie de déraper moi aussi, menacé-je.

Je suis hors de moi, brisée et plongée dans une colère folle. Si elle ne se déplace pas, je sens que je vais perdre le contrôle. Mon cœur est à deux doigts d'exploser. L'unique envie qui me possède est celle d'être loin de ces emmerdes. J'en perds ma politesse, puis m'apprête à devoir la pousser une seconde fois.

— Pardonne-moi, mais je l'aime…

Mes yeux s'écarquillent. Dites-moi que je rêve… J'ai aimé Christian de tout mon cœur. Si cet amour n'avait été que foutaises, je n'aurais pas dit oui à sa demande en mariage. Cette femme s'est mise en travers de ma route. Elle n'a donc aucun cœur ?

— Qu'est-ce que tu crois, Inès ? Que je ne l'ai pas aimé, moi ? Que je me suis emmerdée pendant des années à cohabiter avec un homme que je n'apprécie pas ?!

Ma voix est agressive et tranchante. Si j'en avais eu l'audace, je lui aurais sauté au cou pour l'étrangler, cependant la violence ne résout rien. Christian tente une approche. Je le fusille du regard, puis le pointe du doigt.

— Je te trouvais déjà connard de me tromper, mais baiser avec ma meilleure amie ?! Tu pouvais pas te trouver une autre femme ? Et toi, qu'est-ce que tu fous là, bordel ?

Je crie si fort que je perds la puissance de ma voix. Ma gorge me brûle, mon cœur se resserre. Mes cordes vocales s'arrachent.

— J'ai suivi votre programme dans un autre navire pour profiter de ce voyage avec Christian... Et puis, ça m'a permis d'aller de l'avant. Regarde, j'ai quitté Michael !

J'avale avec difficulté ma salive. Mes yeux se ferment, ma poitrine se soulève. Leurs mots m'échappent. Je n'écoute plus leurs explications, tâchant de me calmer. J'en ai assez de la politesse. Mon corps bouscule celui d'Inès, sur mon passage. Elle attend une réaction de la part de son nouvel homme, tandis que je dégage de là. S'évader, loin, partout, sauf dans cette cabine. Le couloir me paraît soudain beaucoup plus long. Je n'ai nul refuge, à part celui d'Ousir. Sans prévenir de mon arrivée, je cours, puis me rends dans sa chambre. Il ne l'avait pas fermée à clef, comme s'il se préparait à me recevoir.

Mon corps s'effondre littéralement au sol, recroquevillé en boule. Mes pleurs ne cessent plus. Je leur en veux tant de m'avoir menti. Cet adultère est odieux, il m'est impossible de vivre pire. C'est affligeant et honteux. J'ai l'impression d'être si sale, crasseuse, et peu importe le nombre de douches que je prendrai, ce sentiment ne s'effacera pas de soi.

Ousir bondit sur moi. Sans un mot, il m'enlace dans ses bras. Sa présence me réconforte. Elle me rassure. Son eau de toilette me chatouille les narines. Je coince ma tête dans le creux de son cou. Maintenant, je suis à ma place auprès de lui. Sa chaleur m'enveloppe. Cet homme est l'unique qui me respecte. Il m'a remarquée dès le début de ce voyage et m'a sauvée dans l'allée du sphinx.

— Chhuuuttt, je suis là.

Il resserre son étreinte. Je n'ai plus envie de bouger. Être là contre son corps me réconforte. Ousir se détache de moi, puis plonge son regard dans le mien. Avec mes yeux gonflés, ma ressemblance avec un zombie doit être flagrante. Je ne prononce pas le moindre mot, ce simple échange me suffit. Ma respiration se calme. Elle reprend un rythme normal et apaisé.

— Oublie-les pour maintenant et concentre-toi sur l'instant présent.

Je m'apprête à riposter, cependant, aucune idée ne me vient. Croit-il cela si facile ? Ma vie d'adulte a débuté aux côtés de ces deux personnes et du jour au lendemain, elles s'effacent de mon existence. L'infidélité est déjà un choc, mais l'adultère avec ma meilleure amie ? C'est compliqué à digérer. J'ai trouvé la raison aux questions si étranges d'Inès. Elle comptait juste garder sa proximité, la main mise sur mon ex-mari.

Mon esprit rumine, ressasse la scène. C'est une véritable torture, jusqu'au moment où les lèvres d'Ousir rencontrent les miennes. Je lâche prise et me laisse prendre au jeu. Il a tout compris, il sait ce que je désire, comment me consoler. Mes bras s'enroulent autour de son buste. Nous nous embrassons avec folie. Nos corps se collent, se frottent. Ousir me porte jusqu'au lit dans lequel il me dépose avec délicatesse. Il se glisse sur moi, ses mains me parcourent. Elles sont partout, me caressent. Je ne sais plus où donner de la tête. Toutes mes pensées sont concentrées sur lui. Et si c'était de ça dont j'avais besoin depuis le début pour reconstruire mon cœur brisé ? Ousir panse mes blessures et sa façon de le faire m'enivre de plaisir. Il ne m'en faut pas plus pour prendre le contrôle de la situation. Je nous fais basculer pour m'asseoir sur lui. Celui-ci s'empresse de retirer ma robe. Il la jette dans la pièce sans y faire attention. Ses doigts détachent mon soutien-gorge quand je lui retire son haut. Haletante, je l'attire vers moi, mordille ses lèvres, l'invitant à m'embrasser sans jamais s'arrêter.

Mon corps frétille sous son toucher, ma peau frôle la sienne. Ses mains malaxent mes seins, des gémissements se glissent hors de ma bouche. Mes yeux se plongent dans les siens. Il me veut autant que moi. Je m'attarde sur son entrejambe, la chaleur grimpant d'un coup sec. J'en perds tous mes sens. Pourquoi n'es-tu pas apparu dans ma vie plus tôt ?

☥

Lorsque nous terminons, je m'allonge contre lui, blottie dans ses bras. Nous avons le souffle coupé. C'est dingue le charisme qu'Ousir détient, ce sex-appeal. Nos gémissements sont vite remplacés par un silence agréable, entrecoupé par le bruit des vagues contre le navire.

— Je tiens à toi, Romane.

Ses mots me touchent en plein cœur. Je tourne ma tête vers lui et esquisse un sourire. Dès qu'il est à mes côtés, toute la tristesse et la colère s'envolent. Elles s'évaporent, laissant place à notre amour. C'est comme s'il chassait les démons qui me hantent depuis le début de ce séjour.

— Je tiens à toi aussi, Ousir.

Nous nous regardons avec intensité, des paillettes dans les yeux. Sous les couvertures, je meurs de chaud. Mes mains s'aventurent dans sa chevelure, si douce et soyeuse. Mon corps réagit sous chacune de ses tendresses. Cette cabine semble magique. Dès que je pénètre entre ces murs, mon cœur n'est plus qu'apaisement. Mes malheurs me sortent de la tête. J'ai l'impression de revivre.

— Tu as pris tes affaires ? me demande celui-ci.

J'acquiesce, gênée. J'espère ne pas trop m'imposer pendant ces derniers jours.

— Non, tu ne me déranges pas… Je comptais te proposer de dormir avec moi cette nuit. Je n'aime pas te voir dans cet état.

Quel est ton secret ? Je n'ai pas besoin de parler pour que tu comprennes mes ressentis les plus profonds. Je vais finir par croire que nous sommes des âmes sœurs, ce qui expliquerait pourquoi il semble tout connaître sur moi, alors que nous avons passé si peu de temps ensemble.

— Comment est-ce que tu fais pour deviner mes pensées ?

Ousir ricane, amusé. Ma question l'égaye. Bon Dieu, ce sourire est si magnifique.

— Parce que toi et moi sommes liés. Les dieux ne te l'ont pas dit dans ta vision ? Nous nous sommes connus dans une vie antérieure.

Je m'assieds sur son matelas, la couverture cachant mes seins. Mes cheveux sont en bataille. L'image qu'il doit se faire de moi n'est peut-être pas aussi belle que je l'aurais voulu.

— Est-ce que tu peux m'en dire plus ? Je ne comprends pas. Est-ce que nous sommes liés à chaque nouvelle vie ?

Il se redresse à son tour. Le dos contre le mur, son bras glisse au-dessus de mes épaules. Ousir m'attire contre lui. Cet homme garde sans arrêt son calme. J'aimerais connaître sa technique pour ressembler à Monsieur zénitude. Il enlace sa main dans la mienne. Cette conversation va être sérieuse, ça se sent. Le corps nu, je ne peux m'empêcher de l'admirer. Entre les surprises, les déceptions et les rencontres, cette journée est digne des montagnes russes. Je n'ai plus le temps de m'ennuyer, et même si je le nie, cette histoire avec Inès me brise. Je vais prendre des jours pour m'en remettre.

— En quelque sorte. Tu es connectée à l'Égypte ancienne comme je le suis. Nous avons tous les deux voué une vie ancienne aux Dieux et ils nous récompensent à chaque descente sur terre. Nos âmes possèdent les mêmes vibrations, c'est pour cette raison qu'elles s'allient si bien. Si tu préfères, nous sommes sur la même longueur d'onde.

Assimiler tant d'informations en si peu de temps est compliqué. Qu'est-ce que ça veut dire ? Cet univers m'échappe et me passionne à la fois.

— J'ai eu mon lot de vies antérieures en Égypte. J'ai été un Medjaï, puis un grand prêtre. Cela ne te parle pas ? Personne ne s'intéresse vraiment à ces rôles… J'ai occupé une grande place dans les pyramides. Tu sais, le pharaon m'avait choisi pour le remplacer dès qu'il s'absentait. De là, je tiens toutes mes connaissances sur cette époque. À l'opposé de toi, j'ai appris à gérer leurs appels, les signes et les messages. Ainsi, je vois chaque lieu touristique de ce pays dans son originalité.

Je l'écoute avec attention sans l'interrompre. Ce qu'il me raconte me captive. Mon esprit en vient même à imaginer Ousir dans sa tunique égyptienne. Qu'est-ce qu'il devait être beau dans cette tenue.

— Et comment as-tu appris à contrôler leurs puissances ?

Ma curiosité paraît lui plaire, puisqu'il renchaîne sans aucun doute. Cet homme vit pour l'Égypte.

— C'est un long travail sur soi, je t'initierai. Suis les conseils d'Isis et tu en sauras tout autant que moi, peut-être même que tes savoirs s'allieront aux miens. Nous fusionnerons en une seule lumière. Et pour tes rêves, tu es l'unique personne capable de les interpréter correctement.

Tout semble plus clair, mais aussi plus flou. Trop de questions se bousculent dans mon esprit, cependant, Ousir ne peut y répondre. Il y a des choses que je devrais apprendre par moi-même. Nous profitons alors de ce silence et de la brise qui nous caresse. Nous restons là, allongés sur le matelas, l'un contre l'autre sans parler. Le temps s'écoule sans que nous ne bougions. Ousir a pansé chaque partie de mon cœur brisé. Il m'a donné l'envie, le désir du Savoir.

J'enfuis ma tête dans le creux de son cou. Il n'est jamais trop tard pour reprendre des études, non ?

Lumière d'Égypte

« Apprécie un être en fonction de ses actes. »
Mérikarê

Le retour d'Assouan à Louxor se déroule avec Ousir. J'ai coupé le contact avec Sarah, Franc et Christian l'histoire d'une journée complète. Il m'a amenée sur le haut du bateau, où nous nous sommes baignés dans la piscine. Entre ma maladresse et les coups de soleil, nous avons bien rigolé ensemble. Ma peau n'est pas habituée à des rayons si intenses. Néanmoins, j'ai eu droit à ses petits soins. Toute la soirée, il m'a massé le dos avec une crème après solaire. Nous avons beaucoup échangé sur lui et la passion qui nous unit. J'en ai appris beaucoup en quelques heures. Ousir éclaire mes connaissances sur les différents pharaons, leurs chronologies, les dynasties, sans oublier les animaux et les objets sacrés ! Évidemment, je connaissais déjà la croix d'Ankh, le lotus ou encore le scarabée. Ce sont les plus connus. L'œil oudjat ou d'Horus est ancré dans ma peau. D'ailleurs, Ousir adore la finesse de mon tatouage.

Quand la nuit est tombée sur l'Égypte, ce dernier m'a lu une légende sur les lieux. Cette journée passée avec lui m'a fait beaucoup de bien. Je me sens tellement mieux, comme si toutes mes douleurs avaient disparu. Plus besoin de masque ou de cacher ce que j'aime, il m'accepte comme je suis.

« Il fut un temps où les pyramides représentaient l'entrée, la Porte d'un autre univers. Elles étaient disposées de façon à

suivre les étoiles, reflétant la Ceinture d'Orion. Les momies gardaient chaque joyau, chaque trésor qui permettait d'y accéder plus facilement et qui payait ainsi notre passage. Beaucoup d'historiens racontent qu'à l'époque, on pensait qu'il suffisait de voler l'objet sacré d'une tombe pour les sortir de leur sommeil profond. Personne ne souhaite faire face aux pharaons endormis, gardiens de la Porte, car ils dissimulent une force inouïe pour protéger le Secret. Le Secret n'a jamais été décelé. Plusieurs théories défendent l'idée du noyau de l'Atlantide. Les pyramides ne symboliseraient donc pas leur fin, mais la reconnaissance d'un nouveau monde.

La légende dit que seuls les héritiers de l'Égypte Ancienne pourront passer la Porte, mais avant cela, ils se réuniront par hasard des millénaires plus tard. Les Dieux ont de toute façon écrit leur histoire. Chacun a une épreuve à résoudre. Ceux qui possèderont le cœur pur à la fin de leur vie jouiront de la chance d'une rencontre avec les Divinités. Purifier son cœur est un aspect très important pour accéder à la Vérité. La Vérité t'offre le Savoir et le Savoir est une Sagesse. Cependant, on ne va pas se mentir, toi et moi, nous avons déjà vu les Dieux de l'Égypte. »

L'aspect fantaisiste de sa légende me trouble. Certaines phrases m'appellent, éveillent une étincelle, et ça, Ousir l'a discerné derrière mon regard. Ne dit-on pas que les yeux sont le miroir de l'âme ?

— Bon, tu dois leur parler, une toute dernière fois. D'accord ?

Je reviens à la réalité. J'avais oublié ce détail de ma vie… Il faut discuter avec Christian et Inès avant le départ. Cette conversation ne peut être évitée malheureusement, puisqu'ils m'attendent à l'intérieur du bâtiment.

Mon cœur se gonfle d'énergie et d'ardeur avant de pénétrer dans l'aéroport, ce même endroit où tout a commencé. Ils sont là, debout, main dans la main, comme si cela était normal. Mon cerveau a assimilé cette rupture et mon cœur s'est accroché à Ousir. C'est à croire que mon amour a été transporté d'un homme à un autre.

Christian tient Inès par la taille. Lorsque j'arrive à leur hauteur, mon amant patiente à l'arrière. Je déteste les tête-à-tête, cependant c'est ce qu'un adulte fait. Mon cœur en ressortira plus fort que jamais. Les deux jours aux côtés de mon nouvel amour ont suffi à me requinquer. D'ailleurs, mon âme est certaine qu'Horus nous accompagne, ainsi qu'Isis et toutes les autres Divinités. Ils ne me laisseront plus jamais seule.

— Ah, Romane ! Je t'ai cherché partout sur le bateau ! s'écrie Christian, inquiet.

Bien sûr, Inès dormait sur un autre navire. Sa bonté n'a rien de sincère après son infidélité. Il désire juste m'adoucir. Mon visage reste impassible. Je n'exprime rien à part de l'indifférence. Quoique non, le dégoût me prend bien trop pour le nier. Ce goût amer intensifie chacune de mes grimaces.

— Ne te fatigue pas, je ne vous raccompagne pas.

Christian manque de s'étouffer avec sa gorgée d'eau. La bouteille qu'il tient est à moitié vide.

— Pardon ? Et où est-ce que tu vas aller ? On va régler nos problèmes en Belgique !

Un rictus moqueur glisse sur mes lèvres, plombant l'ambiance entre nous. L'expression d'Inès se refroidit. Qu'est-ce qu'ils pensaient ? Que je le supplierai à genoux et que j'oublierai ce malentendu ?

— C'est ton problème. Le divorce sera réglé en temps et en heure. Je dois visiter un dernier lieu avant de revenir.

Je croise les bras. Ils ne paraissent pas si navrés ou heurtés par la situation actuelle. C'en est intimidant quand on prend du recul. Ils sont deux face à moi. Le silence pèse sur nos épaules. D'ailleurs, je me demande comment Michael a pris cette nouvelle ? Aucun message de sa part n'a été envoyé après cette révélation.

— Et avec qui ? Je te signale que ce pays, c'est le désert complet. Je suis bien contente de sortir de là, peste sa maîtresse.

Un sourire se dresse sur mon visage. Je n'ai pas envie de discuter plus longtemps avec eux. Ils essayent de me sortir les vers du nez. À partir de maintenant, c'est ma vie, plus la leur. Ces derniers ne sont plus concernés. Je m'attends déjà à croiser Inès dans mon appartement, cependant, mon déménagement se fera dès mon retour en Belgique. Entre mes livres et mes vêtements, reprendre mes affaires ne sera pas très long. Le seul dilemme reste l'emplacement de mon cabinet. Je dois y réfléchir avant de reprendre mes activités.

— Tu es certaine ? Je veux dire… Attends, ton alliance, où l'as-tu mise ? Je te signale que nous ne sommes pas encore divorcés.

Christian a toujours été de la vielle-école. Il ne supporte pas d'être ridiculisé en public. Sa famille se posera bien des questions sur notre rupture.

— Là où on ne la trouvera plus.

Avant de quitter le navire, je l'ai jeté par-dessus bord dans le Nil en signe d'adieu et de reconnaissance envers Rê pour m'avoir ouvert les yeux. Mon ancienne meilleure amie observe sa réaction. Elle m'a bien manipulée pendant tout ce temps où elle s'envoyait en l'air avec lui. Il est surpris que je puisse aussi bien m'en remettre. Il faut dire que je suis tout aussi étonnée. Inès pose sa main sur son torse, puis lâche un baiser sur sa joue. Je rêve ou elle lui fait la moue ? Essaye-t-elle de marquer son territoire ? Quand on y réfléchit, nos meilleurs amis sont nos meilleurs ennemis. C'est bien une preuve qu'on ne connaît jamais assez ses amis ou ses proches.

— Pourquoi tu t'en es débarrassée ? J'aurais pu la récupérer !

Je ne saisis pas son reproche. Il me trompe, m'abandonne, puis me critique sur mes décisions. À ce que je sache, nous ne sommes plus ensemble depuis un petit moment, et officiellement depuis trois jours. *Il est temps de grandir, Romane.* Je reviendrai de cette excursion plus forte et changée.

Sur ces mots, je le laisse sur son interrogation pour rejoindre mon âme sœur à l'extérieur. Christian crie mon nom dans l'espoir que je rebrousse chemin, Inès le retient. Je sors de là sans leur jeter un coup d'œil. Aucun regard, aucune rancune. Enfin libre, je respire et profite. Là est ma vie, ici, en Égypte. Que l'aventure commence !

☥

Mon regard toise la bête d'un mauvais goût. Est-elle digne de confiance ? Elle est si grande et ses pattes sont fines. L'eau dégouline de son énorme bouche. Plusieurs scénarios s'enchaînent dans mon esprit. Et si je tombais de son dos ? M'étalant au sol comme une loque… Ce serait d'un ridicule !

— Hop, grimpe, avant qu'elle ne se relève. Je monte sur l'autre.

Ousir me montre le chameau sur ma droite. Ils sont couverts de tapis rouges avec des décors orientaux. Le touareg tient la corde qui contrôle l'animal. Je donne toute ma confiance envers mon amour, puis place mes jambes au-dessus de son dos. Le gardien du désert bredouille des mots en arabe et subitement, la bête se relève. Un cri sort de ma bouche. Je suis surprise par les sensations qui m'envahissent, puis manque de perdre l'équilibre. Est-ce que je dois rire ou pleurer de la situation ? Optant pour le premier choix, je pouffe de rire avec Ousir, qui lui est habitué. Il chevauche le chameau sans difficulté puis demande à son ami les cordes, gardant la mienne pour nous rendre ensemble vers les pyramides.

Le soleil est au zénith. Aucun nuage ne parsème le ciel.

Couverte d'un chèche, protégeant ainsi ma tête des rayons du soleil, nous nous dirigeons tout droit vers Gizeh. Je pétille d'excitation tandis que mon homme immortalise ce moment d'un selfie. Il faut dire que ce voile lui va à merveille.

— Alors, prête à pénétrer dans l'une des Portes ?

Il m'adresse un clin d'œil. Un sourire ne quitte plus mes lèvres. Ce dernier fait référence à notre légende favorite. Je me sens emportée par le rythme de ce chameau, comme secoué légèrement en avant. Sans que je ne m'y attende, Ousir réplique des mots arabes et soudain, les chameaux accélèrent. Mon corps se rattrape de justesse à l'équipement sur son dos, qui me permet de garder l'équilibre. Un éclat de voix m'échappe. Mon Medjaï se fend la poire, enjoué par le pouvoir qu'il détient sur moi quand je suis sur cet animal.

— Arrête-les ! J'ai peur, je vais tomber ! parviens-je à proclamer.

Aussitôt demandé, aussitôt fait. Les animaux ralentissent leur rythme. Mes yeux n'ont pas quitté Ousir, toutefois, il m'invite à regarder devant moi. J'ouvre la bouche, interdite. Mon cœur explose d'émerveillement. La grandeur des pyramides se dessine au fur et à mesure que nous nous rapprochons du lieu. Les pierres sont empilées les unes sur les autres, pointant ainsi le ciel bleu. J'observe leur hauteur, leur force. Elles se tiennent debout depuis des milliers d'années. Mes yeux remontent jusqu'à la pointe de l'une d'entre elles et le soleil m'aveugle. Ces pyramides sont si hautes. Je ne réussis pas à réaliser le nombre de siècles qu'elles ont vécu. Elles livrent une bataille contre le temps et pour l'instant, elles gagnent haut la main. C'en est presque inimaginable. Ces pierres doivent certainement être sacrées pour survivre à tant d'années de guerres et de tempêtes.

J'attends avec impatience le moment où je descendrai du dos de mon chameau pour poser les pieds à terre. C'est d'un réconfort incroyable quand on n'a pas l'habitude de les chevaucher. De plus, l'intérieur de mes cuisses me fait mal après cette promenade, les jambes serrées pour éviter la chute.

Mes pieds s'appuient enfin sur le sable brûlant. À cause du vent, les grains me picotent le bas du corps. C'est désagréable, cependant, notre traversée sur le Nil m'a donné l'habitude. À chaque visite de temple, le sable ne manquait pas. Le taux de touristes me surprend, néanmoins, j'ai la chance d'avoir mon propre guide personnel, qui, soit dit en passant, est très sexy dans cette tenue. Ce dernier tend les cordes aux gardiens, qui le remercient.

Il enlace sa main dans la mienne, puis m'accompagne à leur hauteur. Je suis surprise par la taille des blocs, qui sont plus gros que moi. Ce trésor est d'une valeur inestimable à mon cœur. Mes doigts les effleurent. Leur paroi est rugueuse, beaucoup moins lisse que je ne l'imaginais. Je prends une photo de ce constat.

— C'est… incroyable. Tant de millénaires se sont écoulés depuis.

— Oh que oui ! Et là-bas, c'est le sphinx !

Mon regard fixe le lieu qu'Ousir me montre du doigt. Nous marchons jusque-là. La chaleur m'oppresse et mon corps brûle sous ce soleil frappant, mais cette visite en vaut le coup. Ce qui est dommage, c'est qu'aujourd'hui l'État interdit l'accès à l'intérieur des pyramides, qui est protégé.

L'effort pour atteindre la statuette est plus féroce que les jours précédents. Je suppose que la fatigue de notre marche joue beaucoup. Ousir est aussi essoufflé quand il arrive devant ce chef d'œuvre. Je me rappelle alors ce rêve, avant que nous arrivions sur ces terres. Le sphinx me rejoignait auprès des pyramides de Gizeh. Maintenant, je saisis mieux leur message. Ils voulaient que je découvre cet endroit, que je vienne jusqu'ici. À présent, je pourrais le dire. J'ai vu l'Égypte, sa nature, son origine et son essence.

— Alors, heureuse de ce voyage ?

Sa demande me surprend. Je ne peux être plus comblée qu'à l'instant même, auprès de lui.

— Qu'est-ce que tu crois ? Tu m'as ouvert les yeux et libérée d'une relation qui me rendait malade. Je suis à ma place aujourd'hui.

Son sourire vaut de l'or. Je lui vole un baiser avant de tourner mon regard vers le sphinx. Là est mon origine. Je viens d'ici, je suis d'ici et je vis à travers cette Histoire. Les

Dieux vivent au cœur de mon âme. Ils m'ont guidée et je les ai écoutés. Ainsi, mon cœur s'est ouvert. Ousir m'enlace dans ses bras, puis nos lèvres se rencontrent. Je l'embrasse avec passion. Mon corps a trouvé sa place auprès de ce Medjaï.

Rappel d'enfance

Flash-back

« — *Cours mon chéri, cours ! Il nous rattrape, crie la mère affolée à son fils.*

Les deux protagonistes fuient dans les multiples couloirs de la pyramide. Des cris transpercent les murs. Les jambes à leur cou, ils parcourent une grosse partie de leurs découvertes, brisant les échelles et les papiers de leurs recherches. L'enfant hurle, apeuré. La caméra zoome sur la momie qui les poursuit, vengeance en tête. »

— Tu n'en as pas assez de voir toujours le même film ?

Ma mère coupe le DVD, puis s'assied à mes côtés dans le divan. Je soupire, déçue.

— Non, remets-le ! C'est bientôt la fin !

Je la supplie. Elle ne semble pas fondre devant ma moue, alors papa intervient. Il lui pique la télécommande des mains et la cassette continue son chemin. Je connais par cœur la chute. L'égyptologue sauve sa famille et emprisonne la momie grâce au Livre des Morts, puis retourne en Angleterre. Mon père aussi l'a vu des millions de fois, pourtant on ne s'en lasse pas. À seulement quinze ans, ce monde me captive déjà. Petite, j'obligeais maman à le mettre à la télévision à chacun de mes anniversaires. Cela l'a peut-être gonflée de le regarder aussi souvent, mais ça me faisait tellement plaisir !

— Tu es sûre de ne pas être une petite prêtresse, petit scarabée ? Seul un vrai passionné ne s'ennuie pas face à ce sujet !

Je ris aux remarques de mon père, qui hausse les épaules. Je n'en sais rien, après tout. Mes parents ont toujours été très croyants et mon intérêt pour la mythologie égyptienne se développe d'année en année. Néanmoins, cela ne plaît pas à maman, puisque j'en oublie une partie de mes études, dont mon cours de géographie qui a le don de m'endormir.

— Peut-être, la vie me le dira un jour !

Nos rires s'élèvent dans le salon, tandis que maman souffle, ennuyée par notre petit délire.

— Arrêtez vos bêtises ! Quant à toi, jeune fille, j'espère que tes notes remonteront pour ton projet bilan.

Il faut dire qu'elle plombe souvent l'ambiance. Heureusement, je ne lui ai pas partagé mon rêve, celui de devenir psychologue. Elle s'en arracherait les cheveux. Selon cette dernière, ce sont des charlatans. Pourquoi faire payer quatre-vingts euros une séance pour aider les personnes ou les empêcher de se suicider ? Elle ne comprend pas en quoi c'est un métier, ni comment je pourrais en vivre. Et puis, n'est-ce pas injuste de payer pour discuter de ses problèmes ? Bref, je ne me suis pas trop étalée sur ce sujet, car on sait comment cela se terminera.

— Oui, ne t'inquiète pas.

« — *Ce voyage nous a changés, n'est-ce pas ? déclare Rachel en souriant.*

Le soleil se couche sur le pays. Son fils, Daniel, est accroché à sa jambe. Après une quête aussi dangereuse, il n'est pas près de désobéir une seconde fois.

— Tu l'as dit, répond Rick.

Sur ces mots, le couple s'embrasse. Leur amour fusionne et le générique débute ».

Je reste plantée là, observant la scène finale, pendant que mon père s'en est allé. Il est dans la cuisine et se dispute avec ma mère, certainement sur le sujet habituel : mes études. Pourquoi s'inquiète-t-elle autant ? Parfois, je me sens prisonnière de son emprise. Elle contrôle chacune de mes envies à sa guise. Cela ne devrait plus être ainsi à mon âge. Adolescente, je n'ai aucune difficulté à cuisiner des repas ou à ranger ma chambre sans qu'elle n'y fouille ! Non, ma mère a besoin de gérer chaque parcelle de ma petite vie.

Les bras croisés, j'attrape la télécommande sur le coussin, puis éteins l'écran. Il m'arrive de penser à l'histoire de l'Égypte. Je rêve d'y voyage plus tard en compagnie d'un futur mari. C'est idéaliste, non ? Toutefois, je prévoirai un séjour d'enfer avec un gigantesque album de toutes mes photos. Peut-être trouverai-je mon âme sœur sur place ? Un prince d'Égypte… J'aimerais tellement vivre chez eux et m'ancrer de leur histoire. Le surnom de mon père ne peut pas être dû au hasard, le petit scarabée que je suis prendra un jour son envol.

Il y a du mouvement dans la rue, je jette un coup d'œil par la fenêtre. Avec surprise, un bus s'arrête en face de la maison. Une exposition égyptienne, celle de Toutankhamon, se déroule dans un mois à Paris. Serait-ce un signe de là-haut ? Un message de leur part ? Dubitative, je hausse les épaules. De toute façon, maman ne m'amènera jamais dans une si grande ville. Elle en a assez de mon centre d'intérêt et, vu comment leur conversation est partie, je vais passer un sale quart d'heure.

— Elle fera les études qu'elle désire ! Pourquoi es-tu si bornée ?

Des verres éclatent dans la pièce. Je n'ose pas intervenir, par peur de me prendre un objet en pleine face.

— En égyptologie ? C'est le chômage qui l'attend ! C'est ce que tu veux ? Arrête de l'encourager dans ces folies, car je me fais passer pour la méchante, maintenant !

Le silence de papa est son unique réponse. Il me rejoint dans le salon pour regarder son programme préféré. C'est ainsi que ça se termine souvent. Je me fais petite et discrète dans le sofa, cependant, papa m'adresse un sourire rassurant.

— Ne t'inquiète pas, tu verras. Le petit scarabée que tu es deviendra grand et un jour, tu comprendras pourquoi ce thème te passionne autant.

Cette phrase énigmatique est la dernière qu'il lâche de toute la soirée. Mon esprit ne s'y attarde pas plus longtemps. Je conserve alors ce mystère dans un coin de ma tête. J'espère qu'il dit vrai.

La salle Sacrée

« C'est grâce à l'amour que l'on porte que ton œuvre pourra durer. »
Mérikarê

Mon corps flotte dans les airs, ou n'est-ce qu'une sensation ? Lorsque je me réveille, les flambeaux m'aveuglent. Mes yeux se plissent, éblouis. Ma chambre n'est plus, Ousir est parti. Je suis assise sur les genoux, à l'entrée d'une grande salle où il fait sombre. Les flammes ont une couleur verdâtre. Je ne saisis pas très bien où mon âme vagabonde, cependant, toutes les divinités sont représentées sous leurs effigies en statuettes. Ces sculptures font trente-trois mètres de haut. Leur autorité me domine. La prestance qui s'en dégage est impressionnante.

Paralysée, je n'ose plus bouger. Ils sont placés en cercle, tandis que l'entrée est dans mon dos. J'ai une vue sur toute la scène. Le silence me pèse et la fraîcheur de la pièce me fait frissonner de la tête aux pieds. Les poils derrière ma nuque se hérissent, ainsi que ceux de mon bras. J'hésite entre la peur qui me consume face aux statues s'élançant vers le haut, ou la joie de les retrouver. Mon cœur semble toutefois apaisé par cet endroit silencieux. Je fronce les sourcils, l'air perplexe. Est-ce que je dois m'avancer vers le centre du cercle ou garder ma place ?

Mon regard passe sur leurs visages, de l'ibis au chacal, du faucon au séthien. Isis est au milieu des Dieux, apportant ainsi l'équilibre avec Osiris. Je m'abaisse dans le plus grand respect. Ma respiration est l'unique son qui brise ce silence.

Subitement, les flammes s'embrasent. Elles illuminent plus intensément la pièce. J'admire la scène avec émerveillement. Ils semblent prendre vie juste sous mes yeux. Ébahie, je ne rate pas une seconde de ce que je vois. Les feux envoient des filets verts dans chacune des sculptures, puis disparaissent en leur cœur.

— Ensémekhtouès.

Leurs voix s'unissent en une seule mélodie forte. Il me faut plusieurs secondes pour comprendre qu'ils s'adressent à moi. Je n'ai pas l'habitude que l'on m'appelle par ce nom, celui de ma vie précédente. Ce dernier sonne d'ailleurs très bien. Après plusieurs recherches, l'association des mots désigne « celle que l'on n'oublie pas ». Cela prend tout son sens quand on y pense. Les Dieux ne m'ont pas oubliée malgré toutes les vies vécues auparavant. Horus m'a suivie, supportée et protégée pendant une éternité. Je leur en serai toujours reconnaissante.

— Oui ?

Mes mots s'effacent dans le silence de la salle. Le mystère plane au-dessus de mon âme. Pourquoi m'ont-ils donné rendez-vous dans cette salle plongée dans l'obscurité ? Où sont passés les pyramides et les beaux temples ?

— Je te vois, prononce Horus.

— Je t'entends, réplique Thot.

Et juste à la suite, Isis rajoute :

— Je suis là.

La seconde d'après, l'Amour m'envahit. Cette émotion avec un grand A, celle qui nous fait perdre la tête et qui nous rend meilleurs. Une fumée rose m'enveloppe, rentrant par mes narines et ma bouche. Un agréable goût sucré persiste sur ma langue. L'impression qu'ils m'enlacent contre eux me possède. C'est la première fois que je croise Anubis ou le Dieu Osiris. Le Dieu de l'Après-Vie étant mon favori. Trop peu de personnes se penchent sur lui ou le bénissent alors qu'il nous guide de l'autre côté. Chacun d'eux a un rôle précis. Ces Dieux ne sont ni bons, ni mauvais, il y a un juste équilibre entre la Haute-Égypte et la Basse-Égypte. Il ne peut y avoir le Bien sans le Mal. Seth et tous les autres sont les bienvenus dans cette salle.

— Merci.

Ce mot n'est pas suffisant pour exprimer ce que je ressens, cependant il emporte toute ma puissance. Je les vois tous, moi aussi. Tandis que nous partageons ce moment intime, plongée dans un songe parmi les plus beaux de mon existence. La croix d'Ankh apparaît dans mes mains. Elle est lourde, pourtant, sa beauté me subjugue. C'est une merveille recouverte d'or sur laquelle sont gravés des signes.

Toutefois, cette croix de vie symbolise la fameuse clef de la Porte où le Secret est dissimulé. Suis-je trop influencée par cette légende, ou est-ce mon cœur qui me parle ? La clef de la Vie, cela sonne si bien. Serait-elle celle qui ouvre la Porte du royaume des morts ? Elle a uni Isis et Osiris lorsqu'ils ont sauvé l'humanité, soit lorsque Horus est ressorti victorieux de cette guerre contre Seth. Il est dit que cette croix est construite à partir du Nil, et surtout, grâce au nœud d'Isis.

Je la retourne pour l'observer sous toutes ses formes. Je prends alors conscience de la raison pour laquelle ils me l'ont offerte. Les Dieux m'ont donné la Clef de la Connaissance et du Savoir. La sagesse de Thot pénètre dans mes veines. Tous mes souvenirs remontent à la surface, ceux de la prêtresse que j'étais et des dieux que j'ai honorés. Je réapprends mes savoirs anciens et découvre le physique je possédais. Une grande femme aux longs cheveux ébène, à la peau caramel et aux yeux perçant la Vérité au fond de vous. Les traits de son visage sont fins et ses gestes parfaitement maîtrisés. Subitement, je fais le lien avec la femme de ma vision, apparue en plein milieu de l'allée des Sphinx. Mon âme m'apportait elle-même des messages, aidant ainsi les Dieux à me guider. Tout était prévu depuis le début.

J'explore chaque vision qu'ils m'exposent avec fierté. Tout se déroule à grande vitesse, en une fraction de seconde, pourtant, je n'en perds pas une miette. Dès que les images s'arrêtent, mon âme a acquis le niveau de Pleine Conscience, celui où plus aucun sujet ne me semble sombre, flou.

— Maintenant, tu as vu, tu as entendu et tu as vécu, déclare Osiris.

Ensémekhtouès. Je me répète ce prénom à maintes reprises. J'ai vu et entendu, mais j'ai surtout vaincu. J'ai vaincu chacune de mes peurs, de mes angoisses. J'ai surmonté toutes les épreuves que la vie a posées en guise d'obstacles sur mon chemin. J'ai enterré mes craintes tout en maîtrisant mes émotions. Le lotus autrefois fermé a fleuri.

— Ta mission n'cst pas terminée.

La voix d'Anubis me surprend, bien plus grave que je ne l'imaginais. Toute mon attention est concentrée sur lui, sur sa critique. Du courage, j'en ai eu. De la peur, j'en ai ressenti et de l'envie, j'en aurai toute ma vie. Ce n'est pas ce qu'il me manque. Mon séjour m'a apporté de la force et de la bravoure.

— Nous allons t'aider, mais en retour, apporte ce message au monde. Publie ton histoire, lâche prise et abandonne toute emprise autour de toi. Le récit que tu écriras aura un impact sur l'âme des lecteurs.

Anubis termine ses explications. Peut-être souhaite-t-il éclairer les âmes de Lumière avant de les guider sur leur chemin ? Avant de tous nous réunir, comme le dit la légende ?

Nepthys, déesse de la protection, prend alors la parole.

— Il fera écho dans leur cœur. Nous te chuchoterons les bons mots quand tu publieras notre rencontre, le trouble ne sèmera pas ton esprit.

Plus les minutes défilent, plus mon corps s'éloigne d'eux. Écrire un livre ? Cela ne m'était pas venu à l'esprit, cependant, j'acquiesce sans hésitation. Ils font des miracles et me l'ont déjà prouvé. Je me sens moi-même auprès des Dieux. Ils me connaissent et savent qui je suis. Aucun secret ne réside entre nous. L'ambiance dans la salle est d'une incroyable légèreté. Je les fixe avec intensité pour ne pas oublier leurs images, cette scène. Chaque détail est gravé dans ma mémoire.

Avant de partir, je m'agenouille. Mon âme est aussitôt rappelée à la réalité afin de retourner dans son enveloppe corporelle.

— Tu étais Hier et voilà qu'aujourd'hui, je crée les demains.

Sans le vouloir, mon corps prend du recul et s'éloigne. Une porte se ferme, je tombe dans un trou noir et hurle à en perdre la voix, tant la sensation qui me domine est forte. Mon estomac se retourne, mon cœur se soulève et ma gorge brûle. Mes poings se serrent. Ce n'est que l'histoire d'une minute avant d'être de retour sous les couettes. Mes songes sont bien plus clairs et précis qu'au départ. Les conseils d'Isis fonctionnent à merveille. Ousir m'a beaucoup aidée à travailler sur moi. Il y a tant à apprendre et à découvrir de cet univers. La méditation a été le commencement. Elle m'a ouvert des portes et m'a permis de me remémorer beaucoup de souvenirs. Finalement, il n'y a pas de hasard, mais seulement le destin. Et comme ils me l'ont dit, la vie me réserve encore bien des surprises.

Partie 3 :
Le passage uni vers elle

« Aime-toi comme je t'ai aimé, que ton âme puisse s'élever. »

Cinq ans plus tard

« Sache être critique vis-à-vis de toi-même, qu'un autre n'ait pas à te critiquer. »
Hordiédef

Les années ont passé à une vitesse folle. Entre mon déménagement, mon mariage et tous les autres évènements, je ne les ai pas vues s'écouler. J'ai emménagé dans un autre appartement lors de mon retour de la croisière. Christian avait l'air affaibli ce jour-là, et pour cause, son teint était pâle et son corps flaque. Je m'en souviendrai toujours, puisque son couple avec Inès n'avait pas fait long feu. L'excitation de l'interdit et de l'adultère s'est évaporée à l'instant même où j'ai divorcé. Ce n'était peut-être plus aussi bien pour eux de se retrouver par la suite. Inès ne ressentait plus cet amour à ses côtés et cette dernière est retournée auprès de Michael qui l'a acceptée. Dès que sa maîtresse l'a quitté, Christian a eu le réflexe de me contacter dans l'espoir d'être pardonné. Cependant, je n'étais plus cette femme qu'il avait connue. J'avais changé. Il a donc enchaîné les conquêtes sans jamais se poser.

Quand je suis revenue en Belgique avec Ousir, on a emménagé ensemble dans un petit appartement le temps de s'adapter et de savoir ce que nous cherchons comme cocon. En attendant, les pièces oscillent entre les plantes vertes de mon homme et ma décoration égyptienne. On se croirait dans une jungle exotique. Une statue d'Isis a été entreposée au-dessus de l'entrée en guise de protection.

J'ai aussi profité de nos points communs pour ajouter des pierres précieuses dans notre salon et en particulier mon cabinet. J'ai un goût particulier pour le lapis-lazuli avec son éclat bleuté. Les murs, peints de saumon, grouillent de cadres souvenirs. Les meubles sont faits d'olivier et notre chambre regorge de symboles égyptiens. Ousir les a choisis avec minutie. Il m'a dit que chaque signe représentait une image importante ou protectrice de la mythologie.

Je me sens plus épanouie que jamais maintenant. J'ai retrouvé mes anciens savoirs, soit les différents rituels, les prières et les traditions de l'ancienne Égypte. Mon amant est fier de ce que j'ai accompli. J'ai aussi eu l'opportunité, pendant trois ans, d'étudier l'histoire de ce pays et ses croyances.

— Tu devrais organiser des conférences, m'a conseillé un jour Ousir.

Et depuis, je les enchaîne. Les places se vendent comme des petits pains, car peu partagent ces connaissances. J'apporte mon savoir aux passionnés et les aide à se décider. Beaucoup me demandent des conseils sur les croisières et les voyages, ou sur les temples à visiter. Quels sont les incontournables, comment se reconnecter aux Dieux de l'Égypte. Je suis enfin moi, la femme que j'ai toujours rêvé de devenir. Une femme indépendante qui s'affirme et accepte ses défauts.

Alors que je suis plongée dans mes pensées, deux petites mains viennent toucher mon visage. Je sors de mes rêveries, cligne des yeux, puis aperçois sa bouille d'ange. Ses bouclettes brunes lui donnent un air attendrissant. Ses deux prunelles sombres m'apaisent. Elles reflètent son âme si calme et lumineuse. Becke. Becke est mon enfant, une fille adorable. Du haut de ses quatre ans, son caractère est bien trempé. Cette dernière sait exactement ce qu'elle veut ou non. Si à cet âge, elle fait déjà son petit chef, je n'imagine même pas comment se passera son adolescence.

— Oh, mais ne serait-ce pas ma petite Nefertiti qui est réveillée ? crie Ousir en se ruant sur elle.

Il imite un monstre sanguinaire, tandis que Becke hurle, éclatant de joie. Leurs rires embaument toute la pièce et détendent l'atmosphère. Je n'ai jamais entendu de sons si mélodieux. Cette vie me semble si merveilleuse que j'ai dû mal à y croire. Il y a cinq ans de ça, je ne m'attendais pas à avoir un enfant, à me remarier ou encore à devenir une auteure à succès. Les Dieux ont eu raison de moi. Ils m'ont donné un bon coup de main sur ce point.

— Papa, arrête !

Ousir la chatouille, le sourire aux lèvres. Cette scène est celle dont tout le monde rêve : la famille parfaite. Ou presque parfaite, car il m'a fallu deux grosses années pour divorcer. La justice belge est d'une lenteur… Enfin, il faut dire que Christian m'a mis des bâtons dans les roues. Il a refusé le contrat que mon avocat proposait. Toutefois, nous avons trouvé un accord. Il gardait l'appartement et je n'en réclamais rien.

À la suite de cette nouvelle, mon Medjaï nous a ramenés en Égypte où nous nous sommes mariés. Becke a profité de ce festin, en témoignent les nombreuses photos qui parcourent toutes les pièces. Je portais une longue robe blanche ce jour-là. Ousir me compare toujours à une princesse du désert. L'alliance qu'il m'a offerte lors de la cérémonie est gravée d'une phrase romantique — *l'Amour est une étape éternelle de la vie*, écrit en égyptien évidemment.

— Tout va bien, mon amour ?

Je réponds d'un hochement de tête. L'ordinateur posé sur mes genoux, mon esprit est tourmenté par le prochain roman que j'écris. J'hésite entre la légende racontée par Ousir ou quelque chose de tout à fait différent, porté sur l'histoire. Je me tâte… Il y a tant de sujets possibles sur lesquels on peut créer une intrigue. Un simple geste de la vie quotidienne est une façon de débuter un roman. Finalement, tout est inspirant.

Prise par le doute, je l'éteins, puis me penche vers Becke. Elle glousse lorsque je la prends dans mes bras. J'adore ses petites boucles brunes. Elle m'amuse et reste ma source d'inspiration. C'est elle qui me donne la force face aux épreuves de la vie ou aux critiques négatives. Plusieurs lecteurs ne s'empêchent pas de m'humilier sur les réseaux, me surnommant ainsi l'illuminée ou la prêtresse sans talent. J'en ai longtemps pleuré avant d'endurcir mon cœur. Mes prières m'ont apporté du réconfort.

— Oui, je suis perdue dans mes textes, mais ça va revenir !

Il s'approche de nous et me vole un baiser. Sa beauté surhumaine m'éblouit toujours. Parfois, je me demande comment il a pu tomber amoureux d'une femme comme moi, puis je me rappelle nos vibrations, notre passé, ce lien qui nous lie pour l'éternité. Il a aimé mon âme comme j'ai aimé la sienne.

— Je crois en toi. Tu es prête pour demain ? C'est le grand jour !

— Un peu nerveuse…

Demain se produit ma première rencontre avec mes lecteurs au salon de Paris. Je suis angoissée à l'idée de mal écrire un prénom ou de balbutier. Bien que je sois auteure, je reste de nature nerveuse. Pour certains auteurs, cela reste une évidence. Ils sont à l'aise et échangent beaucoup quand moi, j'aimerais me cacher derrière un bouquin. De plus, aucun d'eux ne réalise à quel point on peut être intimidé par la situation. Mais il faut que j'apaise mes craintes. Je suis certaine que ça ira.

— Aie confiance en toi. Pendant que tu dédicaceras le matin, je ferai un tour avec Becke. Il y a bien un livre qui lui plaira.

J'approuve d'un signe de tête.

— Et tu n'oublieras pas de te faire plaisir, d'accord ?

Ousir me prend l'enfant des bras, satisfait par notre complicité. Elle chouine, puis se calme une fois la tétine en bouche. Je lui caresse la joue, sa peau est si douce. Si ce n'est pas la belle vie, ça. C'est une enfant admirable, sage, qui évolue chaque jour. Mon tendre mari prend soin de moi et de notre princesse. Je l'embrasse avec douceur, fière de lui, avant de me redresser. Le dîner ne va pas se cuisiner tout seul. Je les abandonne à leurs occupations. Mon mari est tellement à l'aise avec les enfants. Il m'a soutenue lors de l'accouchement et les premières semaines, les plus difficiles. Jamais je ne le remercierai assez. Entre mes sautes d'humeur, ma fatigue et mon caractère de chien, je culpabilise parfois. Il est si tranquille quand je bous de nervosité. Sur nos cinq ans de couple, je ne l'ai pas vu en colère à un seul moment.

— Tu veux de l'aide ? crie-t-il du salon.

Tandis que je dépose les aliments sur le plan de travail, mes yeux lisent la recette. Nous essayons de nouveaux plats en ce moment.

— Non, occupe-toi de la petite !

Je grignote dans la cuisine. C'est le petit avantage lorsqu'on prépare le repas.

— Bon, on va jouer rien qu'à deux, ma petite Nefertiti !

Mes oreilles sont tout ouïe. Notre cocon respire le bonheur. J'espère que ma vie continuera sur cette voie.

Au salon de Paris

« Prie humblement avec un cœur sincère pour que toutes tes paroles soient dites en secret. »
Anty

— J'ai adoré votre livre ! Ma sœur et moi attendons avec impatience votre prochain !

La femme âgée me tend les bouquins, je lui souris, gênée. Je n'ai pas l'habitude de recevoir autant de compliments en une journée. La fierté me bombe le torse. Je remercie mes dernières lectrices avant de rejoindre l'arrière du stand. Mon éditrice m'y attend depuis une vingtaine de minutes. Les dédicaces ont pris du retard. Nous ne nous attendions pas à avoir un tel succès. Plusieurs centaines de personnes se sont rendues à Paris juste pour me voir. J'ai encore du mal à y croire tant cela me semble incroyable.

— Les journalistes sont déjà dans la salle ! Viens, je vais t'y conduire.

Pas de pause pour moi aujourd'hui. J'espère qu'Ousir s'en sort avec Becke. Dans deux petites heures, nous serons à l'appartement et je jouerai avec mon enfant. Son petit air gai me manque. Le brouhaha s'efface dans mon dos lorsque je ferme la porte. La pièce dans laquelle je suis est bondée de monde. Glissant une phrase à mon éditrice, elle reste discrète.

— Pourquoi sont-ils autant ? chuchoté-je, embarrassée.

Nous montons sur la scène pour nous asseoir sur les sièges à disposition. Un micro est posé sur la table basse à mes côtés, tandis que mon éditrice se place sur ma droite. Qu'est-ce qui peut bien les attirer dans mon roman ? Les Dieux font vraiment des miracles !

— Excusez-moi, l'interview va commencer. Je vais vous demander de lever la main et Romane vous donnera la parole un par un. Pour toutes questions délicates, nous nous réservons de ne pas y répondre par respect envers nos vies privées, merci.

Le silence s'installe, le groupe s'assied. La voix de ma patronne est tranchante et directe. J'ai toujours admiré chez elle ce côté autoritaire. Elle apporte le respect des hommes qui ont tendance à nous écraser, nous les femmes. J'attrape le micro sur le côté, appuie sur le bouton ON, puis observe la salle. La nervosité me tord l'estomac. Ils ont tous le bras levé, les mots leur brûlent les lèvres.

La première journaliste est une dame blonde au fond de la salle. Avec son style des plus classiques, je m'attends à une question typique. C'est toujours angoissant d'être pris sur le fait, dans l'improvisation. L'auteur n'est pas préparé à répondre aux questions. C'est du direct, nous n'avons pas le droit à l'erreur ni aux âneries. Il vaut mieux imaginer nos réponses la veille pour éviter de bafouiller devant eux.

— Est-ce vrai que vous avez vécu toutes ces visions ? Ne serait-ce pas dû à la chaleur du pays ? Vous dites dans votre roman avoir rencontré Isis et d'autres Dieux, n'est-ce pas un peu tiré par les cheveux ? Ces hallucinations nous font penser à la schizophrénie. Est-ce que vous n'en souffrez pas ?

Mes yeux s'écarquillent. Après un coup d'œil discret, mon éditrice est aussi surprise que moi par la franchise de cette inconnue. La peur s'empare de moi. Se moque-t-elle de moi ? Et si, à tout hasard, je perdais toute crédibilité ?

Je garde mon calme, une voix grave se distingue parmi les chuchotements du groupe, celle de Thot. Ma connexion avec eux s'est renforcée. Ils sont là, présents pour me soutenir dans cette phase. N'aie pas peur d'avouer la Vérité. Tu n'es pas seule.

— Ce ne sont pas des hallucinations à cause du soleil et si j'étais schizophrénique, comme vous le sous-entendez, je ne serais pas face à vous aujourd'hui. J'ai réellement eu ces visions et j'ai réellement fait ces rêves. Rien n'a été modifié dans le roman, à part les prénoms pour préserver l'anonymat. Je vous ai tout réécrit dans le moindre détail.

Sans attendre, d'autres personnes lèvent la main, pressées d'être choisies, tandis que certains écrivent ma réponse. Je pointe le doigt vers l'homme à lunettes sur ma gauche, un peu maigrichon.

— Quels conseils avez-vous à donner aux admirateurs de l'Égypte ancienne ?

Voilà une question plus intéressante. Prêts à retranscrire mot pour mot mes réponses, ils ont tous leur stylo ou un microphone sur leurs genoux.

— Suivez votre cœur. Voyagez au cœur des temples pour entendre les chuchotements de votre âme et surtout, n'ayez pas peur. Rien n'arrive pas hasard. Si ces personnes doivent se rendre en Égypte, ils iront. Toutefois, je tiens à préciser qu'ils n'auront pas forcément les mêmes visions que les miennes. Chacun a son propre chemin.

Lorsque je vois le nombre de personnes, il me semble impossible de terminer à l'heure convenue avec Ousir. Si la petite ne tient pas le coup, il rentrera à l'hôtel pour l'occuper. Mon petit ange doit s'ennuyer au centre de cette foule qui se bouscule pour arriver premier dans la file de dédicaces. J'ai de la chance qu'Ousir soit assez grand pour la porter sur ses épaules. Cela lui évite d'être cognée par des lecteurs brusques.

— Madame, comment a réagi le guide touristique au départ ? Est-ce que vous avez couché avec lui dès le premier soir ? N'est-ce pas interdit par l'agence par laquelle vous être passée ? Sinon, n'importe qui peut s'envoyer en l'air avec le personnel.

Je mords l'intérieur de mes joues, agacée. Si je portais un pénis, personne n'aurait eu le culot de me poser cette question. Les femmes ont beau être des vipères, les hommes sont parfois bien culotés ! J'esquisse un sourire poli pour détendre l'atmosphère, qui semble être bien tendue. En même temps, quel journaliste oserait parler sur ce ton à des auteurs bien plus connus que moi ? Aucun d'entre eux.

— Mes sentiments pour le guide, comme vous le dites, étaient partagés. C'est tout ce qu'il y a à dire.

Entre Isis, l'adultère, la beauté de mon ex-mari ou Inès, les interrogations s'enchaînent, tantôt intrigantes, tantôt stupides. Voyant la situation partir en cacahuète, mon éditrice rallume son micro pour prendre la parole. Si je les laisse continuer sur cette voie, je vais mourir de honte dans les cinq minutes qui suivront. Et dire que j'imaginais ces journalistes intéressés par la mythologie égyptienne, j'avais tout faux. Ma vision du monde est bien trop douce à côté de la réalité.

— Écoutez, nous vous demandons des sujets sérieux qui ont pour thème le livre. Toutes les questions à sous-entendus sexuels ne seront pas prises en compte, ni celles sur le personnage d'Edward ou de Jeanne. Le but ici n'est pas de débattre sur ce que l'on pense de l'infidélité mais d'en apprendre davantage sur l'auteure et ses écrits.

N'ayant aucune idée de surnom pour Christian et Inès, je leur ai donné des noms très communs. Que mon éditrice soit bénie. Elle est l'unique personne à comprendre à quel point les préjugés sont embarrassants. Beaucoup d'individus me collent l'étiquette de la méchante dans l'histoire pour avoir abandonné Christian derrière moi. Toutefois, le rôle de chacun change selon la personne qui raconte l'histoire, n'est-ce pas ?

Soudain, la pièce se retrouve plongée dans un silence qui ne laisse personne indifférent. Je sens leurs yeux me toiser, me reluquer. Ils m'examinent, cherchent peut-être un geste qui me trahirait. Néanmoins, une main se distingue dans la foule. J'accepte sa demande en croisant les doigts pour que ce soit captivant. Je n'ai nulle envie de voir des insultes à mon propos dans les gros titres. Si on pouvait éviter cette catastrophe, ce serait un bonheur. Surtout que mon éditrice n'a pas prévu ce désagrément. Cet homme barbu est donc le dernier à nous interroger. Mes oreilles sont tout ouïe.

— La légende citée dans votre livre, est-elle vraie ? Les pyramides sont-elles les Portes et les pharaons les Gardiens ? J'ai essayé d'ailleurs de trouver quelle était la clef, mais vous y faites référence à la fin ! La croix d'Ankh nous permettrait donc d'ouvrir les portes d'un autre univers pour accéder aux savoirs de l'Atlantide ? Que pensez-vous de l'Atlantide ? Comptcz-vous écrire un autre bouquin sur cette légende pour éclaircir le sujet ?

Un sourire se dessine sur mes lèvres. C'est amusant de voir leur curiosité face au Secret. Voilà une personne perspicace qui a fait de véritables recherches à travers mon histoire.

— Il y a une part de vérité selon moi, à vous de la trouver et d'écouter votre intuition. Quant à la rédaction d'un prochain roman sur la légende, je vous avoue que c'est fort probable. J'attends simplement de me sentir prête pour le débuter.

Sur ce, toute l'équipe de la maison d'édition se redresse, moi y compris, pour quitter la salle. Le doute plane sur la foule. Ma patronne clôture ce moment exclusif, puis me rejoint. En réalité, je ne leur ai pas tout dévoilé à travers mon bouquin. La légende est bien plus vraie que nature, car je l'ai senti au fond de moi. Ils l'ont partagé à Ousir, me l'ont murmuré à l'oreille et je n'ai fait que l'écrire. Beaucoup trop de vérités sont dissimulées entre les lignes de mon roman. Seuls les héritiers de l'Égypte comprendront.

À vous, passionnés d'Égypte, ouvrez la voie de votre âme pour que les mots puissent vous envahir. Ce soir, ils vous rendront visite.

Notes de l'auteur

Je tiens à préciser pour chaque lecteur que j'ai modifié certaines parties de l'histoire du roman. Beaucoup de recherches ont été faites dans l'espoir de se rapprocher au mieux de la réalité, cependant, pour une plus grande facilité en ce qui concerne les Dieux, j'ai choisi de modifier l'Ennéade et d'y ajouter une touche personnelle.

Les rêves de Romane sont les miens. Ils m'ont inspiré ce roman et les prochains tomes à venir. Vous trouverez ainsi à travers l'intrigue plusieurs faits qui proviennent de ma propre vie privée.

J'espère que la suite de cette histoire vous plaira, car elle vous réserve encore bien des surprises.

Remerciements

Avant tout, je souhaite remercier mon professeur de philosophie à l'université de Mons, monsieur Trovato. J'ai, pendant longtemps, hésité à créer sur ce sujet et vous m'avez aidée à surpasser mes peurs. Grâce à vous, je n'ai pas fait qu'écrire un roman, mais trois et bientôt, d'autres suivront.

Merci aussi à Emilie Viaene, auteure de So Romance, qui a relu le premier jet de ce bouquin. Ta lecture m'a été d'une grande aide et m'a donné envie de poursuivre cette aventure.

Merci à Mayday MC et Rainie pour leur soutien à chaque fois que j'avais envie de baisser les bras. Nos nombreuses conversations m'ont apporté la force qu'il me manquait pour mettre le mot fin à cette histoire. Merci aussi à toi, Mayday, pour ton aide en ce qui concerne certains aspects historiques.

Merci à l'équipe des éditions So Romance qui a accepté de se lancer dans ce défi loufoque. Vous m'accordez votre confiance en publiant chacune de mes histoires et je ne l'oublierai jamais.

Merci à Thot, Horus et tous les autres dieux qui ont pu m'inspirer à travers mes rêves, car sans cela, cette croisière sur le Nil n'aurait pas existé.

Et enfin, merci à vous, chers lecteurs, de me suivre à travers mon parcours d'auteure. J'espère vous faire rêver encore de nombreuses fois grâce à mes personnages et mes idées.

Puisse la force de Râ vous traverser dans votre lecture !

Vous avez aimé votre lecture ?
Découvrez les autres romans des éditions So Romance
disponibles en format papier et numérique.

You... And me
Tome 2 : Un automne mystérieux
Depuis qu'elle sait qu'Adrian est potentiellement le père du bébé de Léa, Zoé ne sait plus quoi penser. Détruira-t-elle un possible bonheur familial en restant auprès de lui ? Où les mènera leur histoire ? Peut-elle lui faire confiance et accepter ses sentiments de plus en plus forts ? ☒ Adrian, lui, est persuadé de deux choses : il n'est pas le père de l'enfant et il ne peut plus vivre sans sa Tigresse rousse. Alors, il est prêt à tout pour faire éclater la vérité. Mais jusqu'où cela le conduira-t-il ?

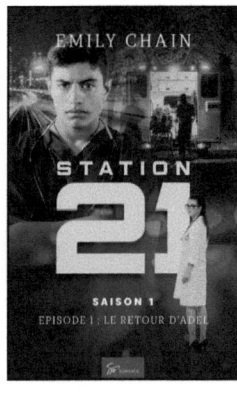

Station 21
Saison 1 - Episode 1 : Le retour d'Adel
Adel, jeune ambulancière, tente tant bien que mal de se remettre de la mort de son collègue et amant. Après quelques semaines de repos, elle reprend le travail en espérant réussir à se changer les idées. L'arrivée animée de S., un jeune homme au passé mystérieux, lui insufflera une nouvelle énergie. Encore plongée dans ses souvenirs, Adel donne sa chance à la vie et, pourquoi pas, aux rencontres fortuites...

You. Always.
Tome 1 : Dans ma peau
Emma et Mathieu s'aiment depuis toujours, sans jamais se l'avouer. Tous les deux remplis d'ambition, ils tracent leur route sans jamais se donner une chance. Lorsqu'Emma le croise par hasard dans les escaliers d'un hôtel londonien, ils mettent leur vie en pause et s'accordent un week-end pour tenter leur chance. La saisiront-ils ? Leur amour est-il assez fort pour vaincre les surprises que la vie leur réserve ?

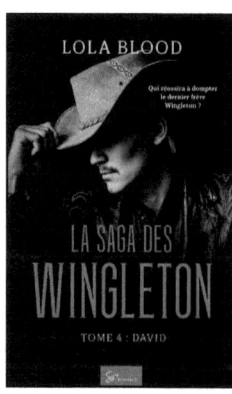

La Saga des Wingleton
Tome 4 : David
David est le plus jeune frère des Wingleton, et le plus attaché au domaine familial : il est le responsable du haras de la famille. Au tempérament aussi fougueux que celui des chevaux qu'il dresse, David est bien déterminé à continuer à profiter de la vie, et des relations d'un instant. Jusqu'à ce qu'il croise la route d'une jeune Andalouse au caractère bien trempé...

Pour en savoir plus
www.soromance.com

© Éditions So Romance, 2020 pour la présente édition

Éditions So Romance
159 avenue de la Couronne
1050, Bruxelles
www.soromance.com

D/2020/14.771/49
ISBN : 9782390451990

Maquette de couverture : Philippe Dieu
Photo : © Bilibin Maksym / Shutterstock ; Givaga / iStock